LE DON

HELEN FITZGERALD

LE DON

Traduit de l'anglais (Australie)
par Françoise Rose

belfond
12, avenue d'Italie
75013 Paris

Titre original :
THE DONOR
publié par Faber and Faber Limited, Londres

Si vous souhaitez recevoir notre catalogue
et être tenu au courant de nos publications,
vous pouvez consulter notre site internet :
www.belfond.fr
ou envoyer vos nom et adresse
aux Éditions Belfond,
12, avenue d'Italie, 75013 Paris.
Et, pour le Canada,
à Interforum Canada, Inc.,
1055, bd René-Lévesque-Est,
Bureau 1100,
Montréal, Québec, H2L 4S5.

ISBN 978-2-7144-5231-3

Belfond | un département **place des éditeurs**

place
des
éditeurs

Pour mes frères et sœurs : Mary-Rose, Patrick, Brian, Michael, Peter, Catherine, Bernadette, Gabrielle, Anthony, Elizabeth, Angela et Ria (pardon si j'ai oublié quelqu'un !).

1

POUR UNE BONNE NOUVELLE, c'était une bonne nouvelle. Quelqu'un venait de mourir.

« Venez à l'hôpital aussi vite que possible », me dit le médecin, et je demandai au chauffeur de foncer. Oh, mon Dieu, vite ! Il y avait si longtemps que je l'attendais, cet appel, que je contemplais le portable réservé à cet usage unique en me demandant ce que je ressentirais quand il sonnerait enfin. J'avais sursauté chaque fois que je m'étais rendu compte que j'avais oublié de le recharger ou que je l'avais laissé à la maison, chaque fois que d'autres téléphones carillonnaient ou qu'une sirène mugissait à proximité.

J'ai toujours su que ma résurrection signifierait la mort d'un autre. Alors, comment ai-je pu prier pour que cela arrive ? Comment ai-je pu caresser ce portable en le suppliant de sonner : *Sonne, s'il te plaît, sonne pour moi* ? Comment ai-je pu passer chaque seconde de ma vie à attendre qu'une personne meure, probablement de manière aussi horrible que subite ?

Tandis que le taxi s'approchait de l'hôpital, je me disais que je n'étais pas responsable de cette mort et qu'un tel cadeau ne se refusait pas. J'imaginais le défunt, le scalpel incisant sa chair, l'organe qu'on prélevait pour le placer dans une boîte doublée d'un matériau argenté qu'un type emportait en toute hâte, la tenant à bout de bras comme il l'aurait fait du paquet de sandwichs au jambon de son déjeuner.

Ma respiration s'accéléra. Mes mains se mirent à trembler. Cette fois, ce n'était pas mon imagination. C'était en train de se passer en ce moment même.

Quelqu'un était mort.

Et pas n'importe qui…

Mon père.

2

ASSIS SOUS LE MAIGRE FILET D'EAU DE LA DOUCHE, Will cessa de se récurer et ferma les yeux. Il s'était frictionné les bras pendant si longtemps qu'un nouvel écoulement de sang était venu s'ajouter aux taches rouge sombre qu'il tentait d'effacer. Il marmonna pour lui-même, à travers les gouttes : « J'ai *fait* quelque chose. Enfin. » Puis, se laissant glisser, il s'étendit de tout son long sur l'émail froid de la baignoire vide et sourit. Il avait sauvé ses filles. À présent, elles pouvaient aller à l'hôpital et reprendre le cours de leur vie.

Il ne lui restait plus qu'à attendre. Le sang était entièrement parti. Il attendrait et, pour passer le temps, il penserait à l'endroit où tout avait commencé.

Le Bothy.

Dix-huit ans plus tôt.

Sur scène, une fille chantait la toute dernière composition de son groupe, *Tu peux toujours siffler*. Sa voix était extraordinairement grave, et sa chanson, un cri de colère qui semblait s'adresser à tout le genre masculin. Sa robe noire était si courte qu'on voyait sa culotte. Il avait un verre dans chaque main parce que son meilleur pote, Si, avait payé deux tournées d'un coup pour éviter de refaire la queue au bar, et que Will n'arrivait pas à décider par quoi il devait commencer. La bière dans sa main droite ? Ou le cidre, dans la gauche ? Il aimait bien les deux, mais pas de la même manière. Il regarda la bière...

Choisis-moi. Je suis un peu amère. J'ai du caractère. Tu ne m'oublieras pas.

La fille sur scène avait les yeux bleus et une tignasse noire d'un volume aussi étonnant que celui de sa voix. Elle avait dû voir Will mater son entrecuisse car, dès qu'il releva la tête, elle se toucha à cet endroit et lui lança une œillade. Comme il était le genre de type à se sentir gêné quand on le surprenait à reluquer la culotte des filles, il baissa les yeux vers ses pieds.

Quelque chose à mi-chemin avait soudain acquis des proportions embarrassantes.

En dépit des inquiétudes de Si, il n'y avait pas foule. Une quarantaine de personnes, tout au plus. Will dissimula son entrejambe derrière le verre de cidre, de manière que personne ne remarque son état. Quand il reporta son regard sur la scène, la fille lui fit un nouveau clin d'œil. Elle était plus âgée que lui – dans les trente-cinq ans – et aussi flamboyante, aussi... *exotique* que la pulpe d'un fruit de la passion. Elle chanta des mots qui lui étaient personnellement destinés : *Tu peux toujours siffler, tu ne m'auras jamais.* Elle inclina un peu la tête, en lui jetant un regard par en dessous, façon Lady Di.

Il n'avait toujours pas bu une goutte de l'un ou l'autre breuvage. Il leva le verre de cidre et le fixa intensément.

Moi ! Moi ! Je suis doux. Je glisse tout seul. Tu ne t'en apercevras même pas.

La chanson était finie et, avant d'avoir pu dire ouf, Will reposa son verre intact sur le comptoir car la fille se dirigeait droit vers lui.

« Comment tu t'appelles ? lui demanda-t-elle.

— Will Marion, répondit-il.

— T'es mignon. Tu fais quoi, dans la vie ?

— C'est une longue histoire.

— Alors, ne me la raconte pas… Tu veux venir en coulisse ?

— Comme une groupie ?

— Oui. »

À vingt-neuf ans, Will n'avait encore couché qu'avec deux femmes : Jennifer Gleeson, qui lui avait demandé d'arrêter de s'escrimer sur sa symphyse pubienne et d'aller prendre quelques leçons d'anatomie, et Rebecca McDonald, qui l'avait largué trois mois avant le concert. Ils étaient restés ensemble sept ans et il ne s'y attendait pas du tout. « Tu n'es bon qu'à te défoncer, avait-elle déclaré. Tu n'en fiches pas une rame, et je n'arrive même plus à supporter ta vue. »

Cette femme, Cynthia, n'allait pas tarder à devenir la troisième. Sobre comme un chameau, Will se retrouva perché sur un tabouret de bois très haut et très branlant, dans une loge qui ressemblait à une grotte, à l'écouter rechanter la chanson rien que pour lui. Quand elle eut terminé, elle alluma un joint (la chanson n'était pas meilleure la seconde fois), tira dessus pendant trois bonnes secondes, puis, avant d'exhaler, lui demanda s'il voulait l'embrasser ou s'il préférait qu'elle l'embrasse.

Will était un bon garçon. Gamin, il n'avait jamais brutalisé ses camarades ni triché aux examens, il n'avait jamais fugué ni dit à son père qu'il n'était qu'un vieux con coincé. Par la suite, il n'avait jamais eu d'ennuis avec la police ni brisé le cœur d'une femme. Il était bon, voyez-vous, mais incapable de prendre une décision.

« Ça fait une différence ? s'enquit-il.

— Oui.

— Alors, à toi de décider, proposa-t-il.

— C'est toi qui m'embrasses. »

Ce qu'il fit.

Un homme indécis a besoin d'une femme déterminée.

Cynthia recommanda à Will de travailler dur. S'il se donnait du mal, il deviendrait à coup sûr le nouveau Steven Spielberg. Il s'y efforça pendant quelque temps, elle lui apportait du thé bien fort et lui souriait pendant que, assis à son bureau, il gribouillait des notes pour un futur scénario.

Elle lui affirmait que s'il suivait ses conseils, s'il s'y conformait à la lettre, il deviendrait en un rien de temps un amant hors pair. La première année, ils passèrent beaucoup de temps au lit. D'après Cynthia, Will apprenait vite. Et lui affirmait que le seul contact de sa peau le rendait fou de désir.

Elle lui demanda de prendre soin d'elle, de faire la cuisine, de lui masser le dos. S'il comblait tous ses besoins, elle deviendrait enfin ce qu'elle n'avait jamais réussi à être, une personne normale et satisfaite de son sort. Les repas étaient délicieux et servis à heures fixes, les massages tendres et apaisants.

Au bout d'un moment, elle lui suggéra de prendre le boulot que lui proposait son père – s'occuper de son agence de locations de vacances en ligne. Peut-être que travailler dur ne suffisait pas. Ses projets d'écriture et de mise en scène n'avaient abouti à rien.

Elle déclara qu'elle n'avait plus très faim, que les repas à heures fixes ne représentaient finalement que des contraintes supplémentaires, et que, peut-être, il utilisait trop d'huile pour bébé durant les massages.

Elle décréta aussi qu'elle gérerait elle-même la contraception...

Et que les jumelles s'appelleraient Georgie et Kay.

Elle lui demanda de s'occuper des gamines pendant qu'elle faisait les courses.

Will avait trente-trois ans quand Cynthia partit faire les courses. C'était un samedi matin. Georgie, trois ans à l'époque, hurlait parce qu'elle voulait sortir avec sa mère et s'acheter une sucette. Kay dormait, insoucieuse comme toujours de la crise de colère de sa sœur. À son réveil, elle rejoignit sa jumelle devant la fenêtre pour guetter le retour de Cynthia et lui faire signe quand elle s'approcherait de la porte d'entrée.

Si Cynthia était revenue, elle aurait eu devant les yeux une véritable image d'Épinal. La famille idéale. Son compagnon aimant, tout sourire. La plus turbulente de ses filles cognant la vitre de sa main. La plus mignonne gloussant de rire.

Mais elle ne revint pas. À une heure de l'après-midi, Will l'appela sur son mobile (qu'elle avait laissé à la maison). À deux heures, il transbahuta la poussette double jusqu'au domicile de la meilleure amie de

Cynthia, qui habitait à deux rues de là et aimait bien se faire une ligne de temps à autre.

« Ah, elle n'est pas rentrée ? dit Janet. Ah. »

Janet était un peu bohème, ce qui voulait dire que son appartement était une porcherie, qu'elle avait les cheveux en bataille et que ses seins expressifs, gros comme des courges butternut, s'agitaient de façon menaçante, libres de toute entrave. Pendant que son fils mordillait l'ourlet du long tee-shirt qui lui servait de robe, elle raconta à Will ce qu'elle savait.

Cynthia en avait marre de lui.

Cynthia n'avait jamais demandé à être mère.

Elle se sentait piégée.

Elle avait recommencé à se shooter.

Elle voulait devenir célèbre !

Elle avait vidé leurs comptes en banque.

Piqué ses caméras et tout son matos hors de prix.

Et s'était tirée avec Heath.

Ah, Heath. Lui et Cynthia, ils étaient comme frère et sœur – avaient vécu dans la même famille d'accueil quand ils étaient ados sous tutelle de l'État, puis, jeunes adultes, avaient fait partie du même groupe de rock contestataire, partagé le même goût pour la drogue et la liberté d'expression.

Will l'avait rencontré pour la première fois un an environ après s'être mis en ménage avec Cynthia. Tout juste sorti de prison, il avait débarqué chez eux, ivre, la pommette barrée par une entaille sanglante. Il avait serré Cynthia dans ses bras en disant : « Ma foi, si ce n'est pas Mme Marion ! Ça fait un sacré bail. » Administrant à Will une claque dans le dos assez vigoureuse pour lui faire régurgiter son repas, il s'était exclamé :

« Alors comme ça, c'est toi, M. Cynthia ? Si on prenait une bière, hein ? »

Ils s'étaient assis tous les trois à la table de la cuisine tandis que Heath leur narrait sa toute dernière aventure – sa première nuit de liberté, qu'il avait passée, comme de juste, à célébrer l'événement – où il était question d'une batte de base-ball et de cinq autres types. Will avait été pris d'un rire nerveux. De toute sa vie, il n'avait jamais connu individu plus effrayant. S'il se trouvait à court de bière, Heath lui fracasserait-il la tête à coups de batte ? Celle-ci se trouvait-elle dans le gros sac-poubelle noir qu'il trimballait ?

« C'est quasiment mon frère, avait déclaré Cynthia un peu plus tard. La seule famille que j'ai. Je sais qu'il est différent de toi, que vous n'appartenez pas au même monde, mais pourrais-tu essayer de t'entendre avec lui, par amour pour moi, s'il te plaît ? »

Will avait essayé. Un mois après, lorsque Heath, tout haletant au sortir d'une bagarre, avait sonné à la porte à trois heures du matin pour réclamer le canapé, la télé et un brin de causette avec sa meilleure amie au monde, il avait souri et murmuré qu'il allait roupiller et les laisser discuter tous les deux.

Lorsque Cynthia et Heath avaient reformé le groupe, qu'ils s'absentaient tout le week-end pour enflammer des foules d'une quinzaine de personnes environ, il avait encore souri et dit qu'il était content pour elle.

Il avait essayé de s'entendre avec Heath, mais n'avait réussi qu'à le craindre davantage. C'était un voyou. Un caractériel dangereux.

Et voilà que sa femme s'était tirée avec lui.

Comment avait-elle pu faire ça ? N'était-ce pas une sorte d'inceste, puisqu'ils étaient quasiment frère et sœur ? N'allait-elle pas vivre constamment dans la peur ? Dans l'inquiétude ? Qu'était-elle donc, bon sang, pour avoir envie de se maquer avec une brute pareille ? Certainement pas la femme pour laquelle il cuisinait des petits plats, celle qu'il massait et dont la peau douce le rendait fou de désir.

Les parents de Will et son pote Si avaient pourtant tenté de lui ouvrir les yeux.

« Es-tu sûr que ce soit une bonne décision ? » avait demandé sa mère quand Cynthia et lui avaient emménagé ensemble.

« Elle est trop... différente », avait déclaré son père.

« C'est une cinglée camée jusqu'aux yeux ! s'était écrié Si. Bordel, mec, qu'est-ce que tu fous avec elle ? »

Ils avaient tous entièrement raison. Cynthia et Heath faisaient la paire. Pourquoi avait-il cru que les choses finiraient par s'arranger ? S'il avait été plus déterminé, il aurait repoussé toutes ces idées à la noix – ce boulot barbant, cette paternité prématurée. S'il avait été plus déterminé, il se serait rendu compte que l'attirance qu'elle exerçait sur lui était fondée sur le sexe et une fascination mêlée de crainte. Elle était pareille à l'un de ces accoutrements bizarres et voyants qu'on rapporte d'un voyage à l'étranger. Impossible à porter dans la vie de tous les jours.

Mais il l'aimait. Elle était l'artiste qu'il voulait être. Elle chantait dans les pubs avec Heath et ses copains, alors que Will, depuis l'obtention de son diplôme en arts visuels, n'avait rien réalisé d'autre que des dîners on ne peut plus sommaires. Au moment de leur rencontre, Will était sans emploi et habitait chez ses parents. Les trois projets de film commencés à l'université étaient restés dans les limbes. Il avait de bonnes idées, pourtant, des plans grandioses, mais il allait rarement plus loin que la liste des choses à faire. Si jamais il lui arrivait de rédiger une adaptation ou un scénario et que quelqu'un (un écrivain, un producteur, un financier) émît un avis sur son travail, il se mettait à douter de lui et modifiait l'idée originale, au gré des remarques de chacun, la remaniait, la bousillait, tournait en rond.

Il commençait à prendre conscience que sa vie tout entière en était elle aussi restée au stade préparatoire – une phase de préproduction interminable, qui n'aboutissait à rien. Tout ce qu'il faisait, en réalité, c'était regarder des films, boire du vin, écouter de la musique et manger des chips, tel un ado de dix-sept ans.

Durant le temps qu'ils avaient vécu ensemble, Cynthia et lui, il s'était efforcé de la garder constamment près de lui, comme si sa présence même allait le rendre plus intéressant – car Dieu sait que tout seul il ne présentait pas le moindre intérêt.

Il comprenait pourquoi elle lui avait mis le grappin dessus. Il était jeune, plutôt beau gosse, à ce qu'on disait, et il lui avait promis de la rendre riche et célèbre. Pour commencer, il allait réaliser une vidéo musicale absolument époustouflante. Au cours de leur première année de vie commune, il avait esquissé plusieurs tentatives pour tourner et monter la vidéo, sans jamais aller jusqu'au bout. L'alcool lui inspirait des idées qu'il griffonnait sur des bouts de papier, la nuit, assis sur le canapé-lit de son bureau, mais qu'il n'arrivait jamais à matérialiser sur la pellicule le lendemain. Le projet Cynthia finit par rejoindre ses autres réalisations avortées au milieu du fatras qui s'entassait dans la pièce, jusqu'au jour où elle décida de s'en occuper elle-même. Elle installa la caméra et chanta face à elle. Elle partit tourner en extérieur avec ses potes du groupe. Elle effectua le montage la nuit, en se servant du logiciel qui lui avait coûté les yeux de la tête. Elle filma Will, également, pour faire des essais et s'assurer que tout fonctionnait bien, prétendit-elle.

Elle ne lui avait même pas laissé un mot d'adieu.

« À tout de suite », avait-elle dit, en s'emparant de son sac en patchwork baba, avant de franchir le seuil d'un bond léger. Oui, il en était sûr, elle avait fait un petit bond.

Si vint le voir ce soir-là. Il vivait toujours à Édimbourg, à une heure de route de chez Will, qui habitait à Glasgow. Ils avaient perdu contact pendant un an ou deux, à l'époque où Will changeait des couches en s'évertuant à faire plaisir à Cynthia. « Quelle garce ! dit Si. Quelle salope de garce ! » Il fit boire trop de bière à Will, lui conseilla de la retrouver et de la massacrer, puis rentra chez lui où il dormit huit heures d'affilée. À la différence de Will, qui ne parvint pas à fermer l'œil plus de deux heures en tout parce que Georgie n'arrêtait pas de se réveiller et de demander : « Où est maman ? »

Sacrée bonne question.

Pourquoi Will n'essaya-t-il pas de la retrouver ? Pourquoi ne remua-t-il pas ciel et terre, ne se bougea-t-il pas le cul, ne la supplia-t-il pas de revenir ? À présent, il savait – peut-être même l'avait-il su dès le départ, et s'était-il dissimulé la vérité à grand renfort de vin et de guimauve musicale : Will Marion était un bon à rien, un fainéant, un pauvre con. Il l'avait toujours été. Son père avait raison. Lorsque Will recevait son bulletin scolaire, son père disait invariablement : « N'existe-t-il donc aucune matière où tu sois à peu près bon, mon garçon ? » Quand ses petites amies l'avaient laissé tomber, elles avaient toutes les deux déclaré en substance : « Tu n'arriveras jamais à rien, Will. » Quand ses projets de film avaient capoté, Si s'était exclamé : « Qu'est-ce que tu espérais, mec ? Tu n'as même pas essayé. »

Pourquoi ne l'avait-il pas fait ? Pourquoi n'avait-il pas étudié avec plus d'application à l'école, ne s'était-il pas investi davantage dans ses relations, dans son travail ? La réponse la plus simple, c'était qu'il avait la flemme. Il ne voulait pas se donner du mal parce que – en fouillant un peu plus profond – il était sûr d'échouer.

Donc, plutôt que de ne pas pouvoir la convaincre de revenir, si, très hypothétiquement, il parvenait à la retrouver, Will s'inventa des excuses. D'ordre pratique, comme la garde des enfants. Ce n'étaient pas ses parents qui allaient l'aider, n'est-ce pas ? Ils étaient trop contents qu'elle soit partie. Pas la peine de leur demander de s'occuper des jumelles tandis qu'il se lancerait aux trousses de Cynthia. Ils faisaient partie de ces grands-parents qui aimaient se vanter auprès de leurs amis de la supériorité de leurs petits-enfants dans tous les domaines, mais n'avaient strictement rien à foutre desdits gamins. Ils n'avaient gardé les petites qu'une seule fois, avant le départ de Cynthia, et pendant une heure seulement. Alors, inutile, hein ? Il ne demanda pas ce service non plus à Si, car les gamines se mettaient à pleurer dès qu'il entrait dans la pièce. Il ne le demanda pas davantage à Janet et ne fit appel à aucune aide maternelle, se persuadant que là était la raison qui l'empêchait de partir à la recherche de Cynthia.

À quoi aurait-il servi de la retrouver ? Elle avait un nouvel amant. Elle s'était remise à l'héroïne. Et, tout au fond de lui, avec l'aide du vin qu'il buvait après avoir mis les filles au lit, il comprenait pourquoi elle avait fait ça et il l'admirait. Elle valait mieux que lui. Elle devait le quitter.

Il en reçut la confirmation par courrier, sous la forme d'une cassette vidéo expédiée par Cynthia, deux semaines après son départ. Elle avait griffonné dessus : « Je n'avais pas le choix. » Will fit pleurer Georgie en arrachant *Pingu* du magnétoscope pour insérer à la place la cassette envoyée par sa femme.

Des images de lui-même, montées à la va-vite.

La porte de la salle de bains est ouverte. Will vient de se lever et il est en train de pisser. Gros plan sur son postérieur légèrement velu. Suivant son habitude, il lâche un pet, en interrompant à peine le jet.

Il zappe d'une chaîne à l'autre. Les bébés pleurent, mais il n'a pas l'air d'y faire attention. Il a la bouche entrouverte. Une tache de curry sur son tee-shirt. Ses cheveux blonds ne sont plus aussi épais qu'autrefois, mais ils parviennent quand même à se hérisser en tous sens. Il n'est pas rasé. Il aurait besoin d'une injection de botox dans le front. Et d'un bon bain.

Il émince des oignons et ça lui prend un temps fou.

Il est au lit et il ronfle. Les couvertures ne couvrent pas sa bedaine d'alcoolique.

Il dit : « Salut, ma toute belle !

— Qu'est-ce que tu aimes en moi ? demande-t-elle derrière l'objectif.

— Euh… tout, répond-il.

— Non, quoi exactement, en particulier ? reprend-elle.

— Toi tout entière. Tu es géniale », dit-il.

Il baisse le volume de la musique, le remonte un peu, le rebaisse.

Il lit la page culturelle du journal, hoche la tête en signe d'approbation, puis la secoue d'un air mécontent.

Il met la vaisselle dans le lave-vaisselle et ça lui prend un temps fou.

Il dit : « Salut, ma toute belle.

— Parle-moi. Dis-moi quelque chose.

— Euh… De quoi as-tu envie de parler ? Qu'est-ce que tu aimerais que je te dise ? »

Il choisit une chemise dans le placard et ça lui prend un temps fou.

Il se fait un sandwich – jambon ou salami ?

De nouveau lui en train de péter, debout devant la cuvette des W.-C.

De nouveau lui en train de ronfler.

De nouveau lui en train de zapper.

De nouveau lui en train de hocher et de secouer alternativement la tête en lisant le journal.

Ahhh ! Will ôta la cassette et réinséra celle du dessin animé, nettement moins irritant.

Il comprenait. Il se serait quitté aussi, s'il l'avait pu. Il était officiellement la personne la plus ennuyeuse, la plus répugnante, la plus débile, la plus indécise de la planète. À trente-trois ans, il était devenu un vieillard de soixante-quinze ans, et même pas un vieillard intéressant qui avait des anecdotes à raconter sur la crise de Suez et possédait des bibelots de valeur.

Ces images le rendaient malade. Qui était-il ? Comment pouvait-il inspirer un tel dégoût – à Cynthia, oui, mais surtout à lui-même ? Il ne s'était jamais haï à ce point.

Il mit les jumelles au lit, leur lut une histoire, se repassa la vidéo une deuxième, puis une troisième fois. Appuyant sur pause, rembobinant et regardant de nouveau ce raté, cet homme sans but, sans volonté, sans énergie, sans amour-propre, sans femme, sans gel pour les cheveux. Cet homme sans rien.

Il pleura.

Elle n'avait même pas dit adieu. N'aurait-elle pas pu au moins faire ça ? Des adieux déchirants mais beaux à pleurer, comme cette chanson, *Time to Say Goodbye*.

Il mit le CD dans le lecteur et l'écouta plusieurs fois de suite. Voilà ce à quoi il aurait dû avoir droit, au minimum.

Quel idiot il avait été de ne rien voir, de présumer qu'elle l'aimait parce qu'il l'aimait, de croire que c'était le stress et les deux verres de vin du dîner qui la plongeaient tous les soirs dans le coaltar, qu'elle avait versé des acomptes pour faire rénover la cuisine et la salle de bains comme ils l'avaient programmé et pas utilisé cet argent pour se shooter, qu'elle était sortie pour tourner une vidéo musicale ou faire une séance de Pilates avec Janet et pas pour baiser avec Heath dans son appart de Dennistoun.

Pour baiser avec ce salopard de Heath.

3

LE QUARTIER OÙ HABITAIT WILL, un océan de grès rouge, était séparé du reste de la ville par trois routes nationales et une ligne ferroviaire. Plusieurs centaines de maisons attenantes, datant de 1920 et parfaitement identiques, bordaient ses avenues sinueuses et verdoyantes. Elles abritaient des couples mariés, blancs et aisés, qui avaient de un à trois enfants, tous inscrits dans les meilleures écoles locales. Les pratiquants fréquentaient tous la même église presbytérienne. Les garçons faisaient tous partie de la même troupe de scouts, les filles portaient toutes le même insigne représentant une chouette hulotte, les cadres en costume-cravate prenaient tous le même train pour se rendre en ville, les joggeurs empruntaient tous le même itinéraire, six kilomètres aller-retour jusqu'à la frontière délimitée par le code postal. Pourquoi s'aventurer au-delà, alors que le supermarché, la poste, le caviste, le fleuriste, le parc, les salons de coiffure et de bronzage étaient à quelques minutes de marche ? Pourquoi passer la soirée en ville, alors qu'ils pouvaient dîner, boire et flirter les uns chez les autres ? Tout le monde se connaissait, et tout se savait. Par conséquent, cet été-là, Will était au centre de toutes les conversations.

Une semaine après le départ de Cynthia, Georgie et Kay firent leur entrée à la maternelle. Sur le chemin du retour, tandis qu'il contemplait d'un œil larmoyant les photos prises avec son appareil numérique, un troupeau de jeunes et girondes mères de famille, veuves de leurs costumes-cravates pour la journée, le virent s'approcher et, d'un geste unanime, lui manifestèrent leur sympathie – affaissement collectif des épaules, hochements de tête, soupirs. Il passa devant elles à toute allure, mais l'une d'elles, aux cheveux blonds et bouclés, portant un pantacourt en lycra et des chaussures de sport, lui courut après. « Will, dit-elle. Je m'appelle Linda.

— Enchanté.

— Nous... J'ai appris, pour votre femme... et je voulais vous dire que si je pouvais vous être utile en quoi que ce soit... »

Pouvez-vous me faire penser à ne pas oublier de respirer ? riposta-t-il en lui-même. *Pouvez-vous foutre le camp ?*

« Georgie est dans la même classe que ma Bethanay. Vos filles aimeraient-elles venir jouer à la maison en sortant de l'école ? Pour que vous puissiez souffler un peu ? »

Georgie, si infernale qu'elle eût été ce matin-là, avait effectivement envie d'aller jouer chez Bethanay, de sorte que, l'après-midi, Will accompagné de Georgie et Kay escorta Linda, sa fille qui ressemblait à une poupée Patouf et son petit garçon complètement barjo jusqu'à leur maison qui n'était qu'à une rue de la sienne.

« Entrez prendre une tasse de café. » Ce n'était pas une question, et, par conséquent, il ne pouvait pas refuser. Il la suivit donc dans la salle à manger (identique à la sienne, mais avec une plus grande table en chêne), puis dans la cuisine (identique à la sienne, mais équipée des nouveaux éléments que Cynthia était censée avoir commandés chez Magnet). Il but son café à petites gorgées, en se demandant pourquoi diable cette femme pensait l'aider en l'empêchant de rentrer chez lui cuisiner le dîner et finir son travail et faire la lessive et préparer le panier-repas des petites pour le lendemain midi.

Le mari de Linda était souvent en voyage. Ce qui laissait le lit super-king-size de Linda à moitié vide la plupart du temps, ainsi qu'elle le souligna en lui faisant visiter sa demeure (identique à la sienne, à part les deux chambres aménagées dans les combles). Mais, étant optimiste de nature, elle le considérait comme à moitié plein, et Will comprit dès ce premier après-midi qu'elle espérait le voir remplir l'autre moitié. « Il ne faut pas que vous vous sentiez seul, déclara-t-elle par exemple, après lui avoir montré la peinture à l'huile originale accrochée au-dessus du lit. N'oubliez pas que je suis là pour vous remonter le moral. Si vous avez besoin de quoi que ce soit, *quoi que ce soit…* » et ainsi de suite.

À dix-huit heures trente, Will ramena les filles à la maison, se jurant de ne plus jamais reparler à aucune des mères, en particulier à Linda. Quand il ouvrit la porte d'entrée, les deux petites commencèrent à pleurer parce qu'elles étaient fatiguées, affamées, énervées et « Où elle est, maman ? Pourquoi elle n'est pas encore rentrée ? »

Comme toujours, il se montra franc envers elles. Il les fit asseoir et leur expliqua une fois de plus que leur maman était partie très loin et qu'elle était toxicomane.

« Qu'est-ce que ça veut dire ? demanda Kay.

— Ça veut dire qu'elle a besoin de choses qui lui font du mal, parce que son corps les réclame.

— Quelles choses ? s'enquit Georgie.

— Ce qu'on appelle des drogues, répondit-il. C'est un peu comme si maman était malade. Et elle ne se sent pas capable de vous voir pour le moment. Peut-être devrions-nous la laisser tranquille, peut-être est-ce mieux pour tout le monde.

— D'accord, papa, dit la petite Kay.

— Pourquoi ce serait mieux ? » marmonna Georgie.

Will se versa un verre de vin. Il était d'une humeur comparable aux haricots en sauce qu'il avait mis à réchauffer sur la cuisinière – frémissants, puis bouillonnants, et qui finiraient par cramer – bordel de merde, il n'était même pas foutu de préparer des haricots en boîte !

Georgie refusa de les manger. « Tu as tout gâché ! C'est à cause de toi que maman est partie ! Je te déteste ! Tout est de ta faute ! » Elle repoussa violemment l'assiette de haricots noircis qui se répandit sur le sol. Posant sur son père un regard où ne se lisait aucun remords, elle ajouta : « Tu es stupide. »

Elle n'avait que trois ans, sa petite Georgie, mais déjà tellement en colère, tellement malheureuse... Rien n'était plus triste aux yeux de Will qu'un enfant triste.

Cette nuit-là, il écrivit une lettre.

Chère Cynthia,

Georgie et Kay sont allées pour la première fois à la maternelle aujourd'hui. Ce sont de belles petites filles, mais Georgie est en colère et elle ne comprend pas pourquoi tu l'as abandonnée. Elle m'en veut. Pourrais-tu lui écrire ? Lui envoyer des photos ? Pourrais-tu venir la voir ? Peut-être pourrais-tu lui expliquer pourquoi elle n'a plus de mère, parce que, moi, j'en suis incapable.

Will.

Bien entendu, il ne la posta jamais.

Même si Will s'était promis de ne jamais reparler à Linda, la vie sociale très active de ses filles l'obligeait à avoir constamment affaire à elle et aux autres veuves à mi-temps. Il n'avait pas une minute à consacrer à ses potes. Si n'avait plus donné signe de vie depuis le départ de Cynthia – pourquoi l'aurait-il fait ? Will n'était plus en état, tant physiquement que moralement, de jouer au golf, de boire et de glander. Très vite, les jeunes mères le traitèrent comme l'une des leurs. Mais il ne se sentait à sa place nulle part où il devait aller : cours de danse classique, apéros dînatoires à la maternelle, réunions parents-professeurs. Il aurait aussi bien pu être un petit homme vert, un extraterrestre. Ses nouvelles copines parlaient crèmes de beauté, rideaux et conjoints peu impliqués dans les tâches ménagères. Elles le regardaient de la même manière qu'elles regardaient leurs gamins. *Oh, comme il est mignon !* Elles avaient envie de le nourrir. De lui tapoter la tête. Elles auraient aimé que leurs conjoints soient aussi doués que lui pour enlever les taches. Elles voulaient se réunir chez lui pour papoter et boire du café, afin de pouvoir le contempler à l'œuvre, l'admirant et le méprisant en même temps – *Regardez, c'est un homme, et il découpe un gâteau. Génial, non ? C'est complètement dingue, non ? Enlevez-lui le couteau des mains tout de suite ! Préparez-lui un mégasandwich au salami ! Allumez la télé, qu'il regarde un match de foot ! Offrez-lui votre corps !*

Il s'écoula trois mois avant que Linda ne lui offre officiellement le sien. Le spectacle de danse s'était terminé tard. Sur le chemin du retour, elle passa chez lui (Bethanay avait oublié son nounours préféré dans la chambre, ou un prétexte tout aussi fumeux) et lui demanda à boire.

« Il vaudrait mieux que j'envoie les enfants au lit, objecta-t-il.

— Mets-leur une cassette vidéo. Elles s'endormiront en deux secondes.

— Es-tu sûre que ce soit une bonne idée ? Elles seront crevées demain.

— J'en suis sûre, répondit-elle, insérant *Bob l'Éponge* dans le magnétoscope et leur versant un verre de vin à tous deux. J'adore te voir t'occuper de tes filles, reprit-elle. Tu es si patient, si dévoué envers elles que j'ai honte de moi !

— Tu sais ce qui m'épate ? rétorqua-t-il. C'est que, parfois, quand je pense à elles ou que je les regarde, j'ai le cœur qui palpite. Comme quand on est amoureux, tu vois ? Peu importe qu'elles aient été infernales ou que je sois épuisé. C'est une chance, hein, d'éprouver un truc pareil ? Enfin, je suppose que ça ne fonctionne pas de la même manière que pour les amoureux, n'est-ce pas ?

— Moi, je n'éprouve ça que lorsqu'ils sont endormis, plaisanta Linda en se rapprochant de lui. Tu es un homme adorable. »

Will ferma les yeux pendant qu'elle l'embrassait, en essayant de se laisser emporter par la fougue de cette étreinte. *Tu es quelqu'un à qui je plais,* se dit-il en lui-même, tandis que sa langue s'activait à autre chose. *Tu n'es pas Cynthia. Cynthia n'existe pas.*

« Je ne peux pas, murmura-t-il, en la repoussant avec une certaine brutalité.

— Je suis désolée... », répondit-elle, visiblement contrariée.

Will l'était également.

Non qu'il ne la trouvât pas attirante. Linda était une belle femme, avec le genre de fesses que les hommes ne pouvaient pas s'empêcher d'avoir envie de peloter. Elle avait des yeux bleus et rieurs. Ses seins paraissaient défier les lois de la pesanteur, malgré trente-trois ans de vie en liberté et trois d'allaitement. Le problème, c'était que Will était toujours épris d'une femme qui, il l'espérait, il s'y attendait, reviendrait un beau jour, honteuse et repentante, désintoxiquée et éperdue d'amour pour lui. Et cette partie de lui-même regardait par la fenêtre tous les soirs, une fois les enfants couchées, en souhaitant de toutes ses forces la voir apparaître. Et en imaginant ce qu'elle dirait quand il ouvrirait la porte :

Pardonne-moi.

Comment peux-tu me pardonner ?

Je te supplie de me pardonner.

Où sont-elles ? Elles dorment ?

En imaginant ce qu'elle pourrait lui écrire :

Cher Will,

Délivre-moi de cet homme ! Il me retient ici de force. Demain, je tenterai de nouveau de m'échapper.

Ta C.

Ou bien…

Cher Will,

Je suis partie en cure de désintox. Je n'avais pas le courage de te dire que j'étais devenue complètement accro. Mais je vais mieux et je rentrerai bientôt à la maison.

Ta C.

Il imaginait aussi ce qu'elle pourrait lui dire au téléphone :

Je suis en route. Rien de ce que tu pourras me dire ne m'empêchera d'essayer de me racheter auprès de toi.

Il se voyait, ouvrant la porte, la découvrant sur le seuil. D'abord silencieux, il se mettrait ensuite en colère, se montrerait sexuellement revanchard, et ensuite tendre, indulgent et aimant, pour le reste de sa vie.

Il couperait les ponts avec tout ce et tous ceux qui pourraient faire obstacle à leur réconciliation. Linda, par exemple, qui avait retrouvé sa réserve après ce malencontreux baiser dans la cuisine et était devenue son amie.

« Chic type », c'était ainsi qu'elle l'appelait. « Hé, chic type, je t'emmène au supermarché. »

« Chic type, allons nous promener. On se fiche pas mal de la pluie ! »

« Viens dîner à la maison, chic type. »

Ce dîner fut la première d'une série de mauvaises idées. C'était un samedi soir comme tous les autres dans le quartier. Quatre couples réunis dans la maison de l'un ou de l'autre, autour d'un repas comportant obligatoirement de la coriandre fraîche. En l'occurrence, il y avait trois couples, plus Will.

Il ne put faire autrement que d'amener les gamines. Et, tandis que Kay jouait à l'étage avec Archie et Bethanay, Georgie ne voulut pas lâcher Will d'une semelle. Elle resta accrochée à lui tout au long de ce repas éprouvant qui comportait quatre plats, tel un chat prêt à bondir, sans rien manger, sans parler, pleurant, hurlant, complètement déchaînée. Voir des gens en couple paraissait produire sur elle le même effet qu'une décharge de Taser. Ah, c'est donc ainsi qu'un couple marié se comporte, semblait dire son regard, tandis qu'elle promenait autour de la table des yeux écarquillés.

« Ton mari est très sympa, dit Will à Linda, quand ils se revirent dans la cour de l'école.

— C'est vrai, mais…

— Mais quoi ? demanda-t-il.

— Je ne sais pas. Ça fait peut-être trop longtemps qu'on vit ensemble. Le mariage finit par ressembler à une entreprise, au bout d'un moment. On ne sait plus très bien qui est le directeur général. Et il existe toujours un risque de compression de personnel.

— Est-ce qu'il est bon au lit ? »

Linda lui donna une petite tape sur le bras. « Peut-être manque-t-il un peu de virilité.

— Et si vous alliez voir un conseiller conjugal ? suggéra Will.

— Il n'est pas nul à ce point. Mais, en effet, je ne nie pas que ça m'a traversé l'esprit, ne serait-ce que pour les enfants. Ils doivent sentir que l'atmosphère est un peu tendue entre nous. » Elle soupira. « Parler à un conseiller conjugal. Déballer tout ce qu'on a sur le cœur. Est-ce vraiment une bonne idée ? »

La conversation s'interrompit à cet instant, car Bethanay et Kay sortaient en courant de l'école, Georgie lambinant derrière, une liasse de dessins à la main.

« Papa ! » s'exclama Kay en s'enroulant autour de ses jambes.

Sans chercher à se libérer de cette étreinte, il se pencha pour serrer Georgie dans ses bras. « Tu as froissé mes dessins, espèce d'idiot », maugréa-t-elle, se dégageant d'un coup de coude avant de s'éloigner.

4

À MESURE QUE LES MOIS SE TRANSFORMAIENT EN ANNÉES, son désir de voir revenir à lui une Cynthia repentante s'atténua. Will concentrait toute son attention sur ses filles, avec l'espoir de les rendre heureuses et de les satisfaire malgré l'absence de leur mère.

Et Kay était effectivement heureuse. Elle l'était toujours. Comment des jumelles pouvaient-elles être aussi différentes ? Elles étaient toutes les deux blondes, avaient les mêmes yeux marron, mais leurs caractères étaient complètement opposés. Kay était sortie du corps de sa mère le sourire aux lèvres et ne s'en était jamais départie. Chaque fois que Will la regardait, il sentait son cœur se réchauffer. Chaque fois qu'il pensait à elle, il souriait. Elle stimulait sa production d'endorphines, comme le chocolat, l'exercice physique, toutes les bonnes choses.

Le matin de Noël, Kay dévalait invariablement l'escalier à six heures, hors d'haleine, pour secouer et palper ses cadeaux, avant de les ouvrir. Ensuite, elle bondissait de joie et embrassait Will en disant : « Tu es le meilleur papa du monde. Merci ! Je t'adore ! » Et ce, bien qu'il soit complètement nul pour choisir les cadeaux (et les emballer), tergiversant pendant des jours, jusqu'à ce que tous les jouets les plus demandés soient épuisés et qu'il achète à la place des succédanés inadéquats (un ballon de basket au lieu d'un ballon de netball, le tome 1 du *Journal d'une princesse* au lieu du tome 2). Même s'il se plantait lamentablement, Kay était contente. Elle pouvait en plaisanter par la suite, mais, sur le moment, elle ne se plaignait jamais.

Lors de son entrée au CP, elle pénétra dans l'établissement tête haute, et Will pleura quand elle disparut à l'intérieur du bâtiment. De ce jour, lorsqu'il attendait dans la cour de récréation que sonne l'heure de la sortie, il gardait les yeux fixés sur la porte, incapable de participer aux conversations sur la rénovation des toilettes, ne le désirant pas de toute façon, imaginant à l'avance le sourire qu'elle lui adresserait, ce sourire qui l'avait toujours empêché de broyer du noir.

« Papa ! s'exclamerait-elle, courant vers lui pour s'accrocher à ses jambes.

— Salut, mon cœur ! dirait-il. Ta journée s'est bien passée ? »

Sur le chemin du retour, elle lui raconterait tout par le menu. Janey était méchante (elle l'excluait de ses conversations avec son autre meilleure amie, Charlotte). Mme Jones leur avait décerné une étoile d'or, à elle et à son équipe, pour les récompenser de la propreté de leur table. Archie avait encore eu des ennuis. Elle avait eu neuf sur dix à un contrôle de maths. Elle avait mangé de la pizza au déjeuner.

Il n'y avait rien de compliqué en elle. Elle était dotée d'une grande intelligence émotionnelle, elle savait ce qu'elle ressentait, et pourquoi. Elle savait ce qu'elle voulait, et pourquoi. Pas d'atermoiements avec elle.

Même quand elle eut ses premières règles, elle se comporta de façon parfaitement naturelle et terre à terre. « Mes hormones se sont manifestées, annonça-t-elle à son père. J'ai ajouté sur la liste des courses ce que tu dois m'acheter à la pharmacie. » Et ce fut tout.

Dieu le lui pardonne, Kay était pour Will la lumière de sa vie. Rien en elle ne lui rappelait Cynthia. Rien en elle ne le dérangeait. Elle ne le méprisait pas. Et il aurait fait n'importe quoi, absolument n'importe quoi, pour elle.

En troisième, elle écrivit une rédaction que Will découvrit dans une pile de vieux papiers sur son bureau. Elle s'intitulait « La personne que j'admire le plus ».

... c'est mon père. Il est très beau. Autant qu'un père puisse l'être, bien sûr, mais il est mince, il a gardé son épaisse chevelure blonde, il porte les vêtements choisis et achetés par mes soins, et il les porte bien. Il ne sourit pas beaucoup, sauf à ma sœur et à moi, mais il a un visage aimable, sympathique, le genre de visage qui poussera un inconnu à lui demander son chemin ou l'heure.

Il est très populaire. Il ne veut pas l'avouer, mais toutes les autres mamans ont le béguin pour lui. Peut-être ne le sait-il même pas. « Ne sois pas bête ! » me répond-il, quand je lui raconte ce que disent de lui les mères de mes amies.

Il n'est jamais sorti avec une autre femme, depuis que maman est partie. Je l'y ai encouragé, mais il ne veut pas.

Comme cuisinier, il est catastrophique. Cinq fois par semaine, il prépare des repas simples, comme des pâtes avec une de ces sauces en bocal qu'on trouve dans les supermarchés – aux cinq fromages, à la tomate et au mascarpone, à la carbonara – et les deux autres jours, nous avons droit à un festin (c'est-à-dire, des plats achetés chez le traiteur).

*Il est désordonné. La pièce minuscule qui lui sert de bureau ressemble à la chambre d'un adolescent, avec ses pantoufles traînant sur le sol, au milieu de boules de papier froissé, de tasses à café sales et de caméras, ses piles de paperasses en attente de classement sur le canapé-lit, ses affiches de film sur les murs (*Psychose, The Mist, Ballroom Dancing*).*

Il est dévoué à ses enfants. Depuis que maman est partie, il n'a pensé qu'à notre bien-être, sacrifiant la carrière cinématographique à laquelle il aspirait pour un boulot administratif ennuyeux, mais qu'il peut exercer à domicile, nous conduisant à nos cours de natation et de netball ou chez nos amis, allant acheter des vêtements avec nous et attendant patiemment pendant que nous les essayons.

C'est un homme brisé. Solitaire. Oh, que ne ferais-je pas pour le rendre heureux, l'aider à trouver autre chose que nous pour remplir sa vie, car nous partirons un jour, d'une manière ou d'une autre. Nous ne serons plus là, et tout ce qui lui restera, ce sera son bureau en désordre, son boulot ennuyeux et une maison vide dont il ne sera plus capable de sortir, parce que, sans nous, il n'aura plus de raison de le faire.

Je l'admire parce que, en dépit de toutes les difficultés, il est bon et généreux. Il se donne sans compter. Et j'ai la chance d'en bénéficier chaque jour.

Will avait dû lire ce texte environ trois mille fois. Mais après chaque relecture, il s'endormait en souriant.

Il le relisait souvent après être resté étendu dans son lit à se faire du souci pour Georgie, qui, elle, n'était pas sortie du corps de sa mère le sourire aux lèvres.

Elle avait hurlé à en devenir toute bleue. Will avait essayé de la tenir dans ses bras après que l'infirmière l'eut examinée, mesurée et pesée, mais, effrayé par sa colère, il la lui avait rendue presque aussitôt et pris Kay à la place. Elle lui avait souri pendant deux minutes et s'était endormie.

Quand elles étaient petites, le matin de Noël, Georgie suivait Kay dans l'escalier en se frottant les yeux de fatigue. Elle se délectait de l'enthousiasme de sa sœur et insistait pour qu'elle ouvre tous ses cadeaux la première. « Ça ressemble à un ours en peluche, disait-elle à Kay, tandis que celle-ci palpait le cadeau mal ficelé. Pourquoi ne l'ouvres-tu pas ? Oh, regarde ce que papa t'a acheté ! Oui, c'est très beau. » Elle finissait par ouvrir les siens, déchirant hâtivement le papier, jetant le jouet de côté pour passer au suivant. Will ne se souvenait pas de l'avoir vue manifester autre chose que du dédain pour tous les objets qu'il lui avait offerts. (« Pourquoi du rose ? Tu as oublié ma couleur préférée ? »)

Alors que Kay avait adressé un petit signe de la main à Will (qui souriait) le jour de leur entrée en maternelle, Georgie avait poussé des hurlements et s'était cramponnée à ses jambes en glapissant : « Je ne veux pas y aller, papa ! Je veux rester à la maison avec toi. » Il n'avait su que faire, à part dire : « Regarde ta sœur. Elle est contente. Elle sait que ça va être amusant. Pourquoi ne vas-tu pas la rejoindre ?

— Et toi, pourquoi tu n'y vas pas ? » avait riposté Georgie, tandis qu'une institutrice la prenait par la main pour l'entraîner à l'intérieur du bâtiment.

Après cela, tous les après-midi, quand il attendait dans la cour avec les mamans, c'était toujours avec une légère inquiétude. (Quel avait été le problème de Georgie aujourd'hui ? Elle n'avait pas emporté la bonne tenue de gymnastique ? Sa maîtresse avait crié trop fort ?) Dans tous les cas, il essayait de se montrer positif, et, parfois, il y réussissait – comme le jour où toutes les filles de la classe, y compris Kay mais pas elle, avaient été invitées à la fête d'anniversaire de Mhairi Magee, dont les parents avaient loué une aire de jeux gonflable. Will avait fait asseoir Georgie et lui avait expliqué que c'était une erreur, que la maman de Mhairi avait dit avoir mis l'invitation dans le cartable de sa fille. « Dieu merci, elle ne l'a pas trouvée, avait-il ajouté. Tu n'aurais pas pu y aller, parce que j'ai réservé des billets pour qu'on aille faire de la luge, rien que toi et moi ! » Mais la plupart du temps, il avait l'impression de ne pas réagir de manière appropriée aux soucis de Georgie. Il lui semblait qu'ils s'infiltraient en lui, le faisant frissonner.

En troisième, Georgie dut également rédiger une rédaction sur la personne qu'elle admirait le plus. Elle choisit Gandhi. Will n'en fut pas surpris. Si elle devait un jour écrire quelque chose sur lui, il préférerait ne pas le lire.

5

AU MOINS, MOI, JE LUI AI LAISSÉ UN MOT D'EXPLICATION.

Papa,

Ne sois pas fâché contre moi. J'ai seize ans et je peux faire ce que je veux, maintenant. Je suis partie retrouver maman.

G.

Bon, c'est vrai, je me suis tirée une semaine avant les examens de fin d'année, mais qu'est-ce que ça peut bien faire ? J'étais archinulle de toute façon et je n'avais pas d'autre ambition que celle qui motivait ma fugue. De plus, c'était sa faute. C'est lui qui m'avait donné envie de foutre le camp, cette espèce de mollasson. A-t-il jamais fait quoi que ce soit ? Réussi quoi que ce soit ? S'il m'avait fallu une seule fois de plus, à mon retour du bahut, le trouver en train d'écouter cette stupide chanson, *Time to Say Goodbye*, en mangeant des chips, je l'aurais tué. S'il m'avait fallu, une seule fois de plus, aller dîner au resto avec lui et attendre pendant qu'il étudiait interminablement le menu (« Qu'est-ce que tu prends ? », « Qu'est-ce que tu me conseillerais ? », « Si on partageait ? », « Tu veux bien choisir à ma place ? »), je l'aurais re-tué. Imaginez un peu : il n'arrivait même pas à décider où nous passerions les vacances. Chaque été, une semaine environ avant la fin des cours, il nous faisait asseoir à la table de la cuisine pour jouer à un jeu débile. Il dissimulait un billet de cinq livres sous sa main et disait : « Pile ou face ? » On répondait à tour de rôle, une année, Kay, l'autre, moi. « Pile ! » s'écriait-elle d'une voix enthousiaste, et, si elle avait vu juste, si la tronche de la reine se trouvait en dessous, c'était à elle de choisir (entre une caravane à Arran ou une bicoque sur la même saloperie d'île !). Nous ne sommes jamais allés ailleurs, jamais. Kay et moi étions les seules, dans notre classe, à n'avoir jamais franchi une plus grande étendue d'eau que celle qui se trouve entre Ardrossan et Brodick.

C'est lui aussi qui lui a donné envie, à *elle*, de se tirer. Je comprenais parfaitement ce qu'elle avait dû ressentir : l'impression d'étouffer, la frustration, la colère, le désir irrépressible de s'enfuir à toutes jambes vers les collines en criant : « Je suis libre ! »

Je savais qu'il serait furieux contre moi. Il l'était toujours. Qu'il brâillerait : « Pourquoi ? Pourquoi me traiter comme ça ? Qu'est-ce que j'ai fait ? Ne t'ai-je pas donné tout ce que j'avais ? » Qu'il se demanderait pourquoi j'avais choisi ce moment précis pour m'en aller, foutre en l'air ma scolarité alors qu'il avait fait tout son possible pour que nous habitions dans un quartier convenable et fréquentions des écoles convenables. Qu'il dirait à Kay : « Est-ce que je n'ai pas été bon envers elle ? Est-ce que je ne lui ai pas consacré chaque minute de mon temps libre, est-ce que je ne l'ai pas encouragée à avoir des amis, écoutée quand elle avait besoin de parler, est-ce que je n'ai pas supporté ses crises de colère, sa rage contre le monde entier ? »

Pauvre Kay. Elle avait dû lui affirmer qu'il n'était en rien fautif. Lui préparer une tasse de thé, lui passer un bras autour des épaules en lui disant qu'elle l'aimait, et que je l'aimais aussi, à ma façon, mais que j'avais peut-être besoin de voler de mes propres ailes. Qu'il devrait peut-être me laisser tranquille.

Il en était incapable. Il avait peur que je me fasse du mal. Je buvais depuis quelques années déjà. Sans doute était-ce dû à l'hérédité, puisque ma mère était toxico. Il présumait sûrement que j'allais mettre le paquet cette fois-ci et me buter, ou buter quelqu'un. Alors, il a confié Kay aux bons soins de sa groupie d'à côté et s'est rendu à la gare centrale. C'est le problème, quand on utilise la carte de crédit d'un autre. On peut vous retrouver. Quelques heures après mon départ, il savait où j'étais et ce que je faisais. J'aurais dû vider les comptes, comme maman.

Je marchais le long du quai quand j'ai entendu sa voix. En me retournant, je l'ai vu accourir vers moi, avec son visage niais ruisselant de larmes. J'ai envisagé un instant de filer à travers la foule de voyageurs qui se pressait devant les portes des compartiments, mais je n'en ai pas eu la force.

Depuis combien de temps n'avais-je plus la moindre force ? Longtemps, en y réfléchissant bien. Ç'avait commencé environ un an plus tôt, quand je m'étais mise à éviter les escaliers, prenant le temps de me demander si j'avais réellement besoin de monter jusqu'à ma chambre ou jusqu'au vestiaire du deuxième étage, à l'école. Au fil des jours, cette lassitude n'avait fait que croître. Peut-être manquais-je de sommeil, peut-être était-ce la vodka que je m'étais envoyée dans le parc, la veille au soir, ou alors la mauvaise période du mois ? Mais quand ça s'était prolongé pendant des semaines, puis des mois, et que toutes sortes de symptômes étaient venus alourdir ce sentiment général de malaise, il était devenu évident que quelque chose n'allait pas. Pourquoi avais-je sans cesse envie de faire pipi ? Ce mec rencontré à la fête de fin d'année m'avait-il mise enceinte ? (J'avais fait le test. Il était négatif, ce qui n'avait rien d'étonnant puisque la mère du mec en question était entrée dans la chambre avant que nous ayons terminé.) Pourquoi, alors que j'éprouvais une envie pressante d'uriner, il ne se passait rien quand je m'asseyais sur le siège des toilettes ? « Allez, allez, suppliais-je. Bon sang, pourquoi ça ne vient pas ? » Est-ce que j'avais chopé une MST ? Une infection urinaire ? J'avais fait des examens au dispensaire du planning familial pour vérifier la première de ces hypothèses (tout était OK) et bu ces trucs en poudre pour me débarrasser de la deuxième (sans résultat). Alors, pourquoi ?

Et pourquoi, quand parfois ça venait enfin, cela ressemblait-il à de la mousse de milk-shake ? Pourquoi avais-je les chevilles enflées ? Pourquoi avais-je des démangeaisons, la nausée ? Pourquoi avais-je dans la bouche un goût dégueulasse dont aucun dentifrice, aucun gargarisme ne pouvait venir à bout ? Des semaines durant, avant cette tentative ratée pour retrouver ma mère, j'avais passé des heures chaque nuit à consulter des sites médicaux en ligne, pour découvrir en fin de compte que j'étais atteinte de toutes les maladies existantes.

« Tu te fais du souci pour rien, a déclaré Kay quand je lui ai parlé de la mousse de milk-shake, un soir. Ça m'arrive aussi, quelquefois. Je suis sûre que c'est normal. Peut-être une histoire d'hormones ? Et bien sûr que tu es fatiguée ! Tu ne dors jamais ! »

Mais là, sur le quai, mon père en face de moi, j'ai su brusquement qu'il se passait quelque chose de grave, que ce n'étaient ni les hormones ni le manque de sommeil. *Oh, merde,* me dis-je, à bout de souffle. J'allais devoir lui en parler.

« Georgie, je t'en prie, ne fais pas ça.

— Tu ne peux pas m'en empêcher.

— Mais où vas-tu ? Comment comptes-tu la retrouver ?

— Je vais voir le type avec qui elle est partie. Janet m'a dit où je pourrais le trouver.

— Où est-il ? »

J'ai entendu un tremblement dans sa voix. Un tremblement pathétique qui dissimulait mal ses pensées : *Pourquoi n'ai-je pas fait la même chose ? Pourquoi n'ai-je pas interrogé Janet ?*

« À la prison de Manchester. »

6

À QUI DE DROIT... Heath s'était servi d'une règle pour tracer ces mots de façon parfaitement rectiligne.

Je vous écris pour demander ma mise en liberté conditionnelle. J'ai beaucoup changé depuis l'époque où j'ai commis ce délit. Ma compagne, Cynthia Marion, est en cure de désintoxication. Elle dit qu'elle attend ma sortie pour que je l'aide à guérir, comme j'y suis moi-même parvenu. Je suis extrêmement motivé. Je vous en prie, croyez-moi. Je regrette ce que j'ai fait et je respecterai la loi à partir de maintenant. Les gens que je fréquentais autrefois ont disparu de ma vie.

Veuillez agréer mes salutations distinguées.

HEATH JONES

Cette première lettre, qu'il avait écrite en tirant la langue trois ans avant la visite de Georgie, n'avait donné aucun résultat. Heath ne s'était pas attendu à obtenir satisfaction dès la première demande, mais cela lui avait néanmoins foutu les boules, et il s'était tellement apitoyé sur lui-même qu'il avait décidé de téléphoner à Cynthia dans son centre de désintox pour lui dire que ce n'était plus la peine de l'attendre (*Quitte-moi, et tu le regretteras, putain !*) et qu'elle ferait mieux de recommencer sa vie (*Apporte-moi de la dope ou tu le regretteras, putain de merde !*).

« Je sors vendredi, avait répondu Cynthia. Je t'en apporterai à ce moment-là. »

Elle était sa Cathy. Et lui le ténébreux Heathcliff, l'amour de sa vie. Ils étaient destinés l'un à l'autre depuis qu'ils s'étaient connus, gamins ; leur vie commune n'avait jamais vraiment été une partie de plaisir, mais ce n'était pas non plus le but recherché. Il ne la laisserait jamais partir. Elle n'en aurait jamais envie.

« Cynthia », avait-il dit. C'était le seul mot capable de l'émouvoir.

« Heath », avait-elle répondu, et ç'avaient été leurs paroles d'adieu.

L'année suivante, Heath s'était assis à son bureau, une règle à la main, pour rédiger une seconde lettre destinée au comité de probation :

Allez vous faire foutre, tous tant que vous êtes. Ça ne sert à rien, toute cette merde. Le mec n'était pas un otage, c'était un putain de travailleur social. Il n'arrêtait pas de venir dans ma cellule pour me prendre la tête.

Comme d'habitude, il avait téléphoné à Cynthia à peine la lettre notifiant le rejet de sa demande parcourue. Les portables étaient absolument interdits en prison, mais absolument nécessaires, et Heath avait toujours sous son matelas le modèle le plus récent. Cette fois, c'était un iPhone. Il s'en servait pour regarder des pornos. Pour jouer à des jeux vidéo. Il s'en servait pour organiser son approvisionnement en drogue – il avait trois sortes de contacts à l'extérieur : les dealers (il y en avait trois à qui il faisait confiance, deux d'entre eux étant d'anciens détenus qu'il avait protégés pendant qu'ils purgeaient leurs peines), la personne qui payait les dealers (il avait remis de l'argent à un ami de Manchester qui avait une frousse bleue de lui) et celle qui livrait la drogue (c'était le dealer qui s'occupait de la livraison, en recourant à différentes méthodes qui impliquaient pour la plupart l'aide d'un gardien corrompu). Heath se servait également du téléphone pour orchestrer les châtiments depuis la prison, quand un deal tournait mal, s'arrangeant pour qu'Untel soit estropié par Untel. Et, bien sûr, le portable lui permettait de contacter à tout moment l'amour de sa vie. Grâce à cet appareil, il était devenu, du fond de sa cellule, le P-DG d'une petite entreprise florissante.

« Oh, Heath, gémit Cynthia quand il l'appela pour lui annoncer la mauvaise nouvelle. Que vais-je faire sans toi ? »

Elle lui rendait régulièrement visite depuis des lustres, mais, au cours de la dernière année, ses yeux étaient à chaque fois un peu plus vides. Ses cheveux s'étaient clairsemés, ils étaient secs, sales et emmêlés. Allait-elle le laisser tomber ? Elle s'était déjà laissée tomber elle-même.

Je suis désolé d'avoir pris le travailleur social en otage l'année dernière, écrivit Heath douze mois plus tard.

Je voulais seulement davantage de visites. Je n'ai pas compris comment on avait pu me supprimer les visites à cause de je ne sais quels tests de dépistage aléatoires. J'ai fait un stage de sensibilisation au traumatisme des victimes et compris que le travailleur social avait dû être terrorisé quand j'ai enroulé le drap autour de lui. Je regrette vraiment d'avoir fait ça, parce qu'il essayait seulement de faire son boulot, et le fait que ce soit un boulot débile et qu'il soit infoutu de le faire correctement n'excuse rien.

Je vous en prie, prenez le temps d'examiner ma demande de mise en liberté conditionnelle. Je ne suis plus le même homme, aujourd'hui. Je veux arrêter la drogue. Sincèrement.

Quand je pense au type que j'ai tué, je m'en veux à présent. Ça a bousillé ma vie.

HEATH JONES

« Non, dirent à tour de rôle les deux hommes et les deux femmes assis derrière la table. Nous estimons que vous n'êtes pas encore prêt. »

Le lendemain, après que Heath lui eut transmis la mauvaise nouvelle via son iPhone doté des toutes dernières applications, Cynthia vint le voir. « Je ne peux pas continuer à attendre ici, déclara-t-elle. Je vais partir jusqu'à ce que tu sortes. »

Heath était anéanti, mais il comprenait ce qu'elle ressentait. « Je sortirai la prochaine fois, dit-il. D'une manière ou d'une autre. Tu reviendras près de moi.

— Bien sûr », répondit-elle.

La dernière année avait été la plus longue à passer. Il jeta à la poubelle son cinquième brouillon de lettre à l'intention du comité de probation et s'étendit sur sa couchette pour contempler la photo qu'il chérissait depuis des années. Cynthia, couchée dans un champ, un coude en dessous de la tête. Elle ne lui souriait pas, mais son expression disait combien elle l'aimait. « Je sais que tu me reviendras, murmura-t-il pour lui-même. Je le sais.

— Tu connais une certaine Georgina Marion ? » demanda un gardien au même instant, à travers le judas.

Il fallut un certain temps à Heath pour reconnaître le nom de la fille de sa bien-aimée.

« Ouais.

— Elle veut te rendre visite. J'ajoute son nom sur la liste alors, OK ? »

7

RETROUVER MA MÈRE n'était pas la seule mission que je m'étais donnée. C'était son histoire d'amour qui m'aidait à survivre. Je savais qu'elle s'était enfuie avec l'homme de sa vie. Janet me l'avait révélé par inadvertance, un jour, au supermarché, quand j'avais neuf ans.

« As-tu eu des nouvelles de ma mère ? » lui avais-je demandé alors qu'elle était en train de peser des courgettes. Papa se trouvait au rayon traiteur et je pouvais donc poser la question sans craindre qu'il l'entende. Je crois que Janet avait été un peu surprise. Sans doute aurais-je dû commencer par lui dire bonjour.

« Non, avait-elle répondu.

— Où est-elle partie ?

— Je n'en sais rien, mon chou. L'amour est une chose bizarre.

— C'est vrai, avais-je rétorqué, sans comprendre ce qu'elle voulait dire, mais espérant qu'elle penserait le contraire et m'en apprendrait un peu plus. Et elle est toujours amoureuse, tu crois ?

— Aucune idée. Ce Heath Jones est un drôle de type. Je ne vois pas très bien ce qu'elle lui trouve. Mais elle l'a dans la peau. »

Après cette conversation, je me suis mise à fantasmer sur l'amour de ma mère pour ce « drôle de type » nommé Heath Jones. Elle l'avait dans la peau. Comme c'était romantique ! J'avais envie de contempler par moi-même une passion si absolue. Et puis, j'avais envie de découvrir moi aussi le grand amour. Un gars rencontre une fille. Il la perd. Il la retrouve. Maman avait trouvé l'amour, elle lui avait tout sacrifié. Je voulais connaître ça à mon tour.

Quatre heures, c'est très long quand vos pieds sont tellement enflés qu'on dirait des ballons de basket, que vous êtes frigorifiée, à bout de souffle, et que vous attendez que les W.-C. se libèrent afin de pouvoir vomir dans la cuvette gluante. J'avais désespérément besoin d'air frais, mais, lorsque je suis descendue du train sur mes jambes vacillantes et me suis dirigée vers la station de taxis, cela n'a fait qu'aggraver ma nausée. Mon état inquiétait tellement le chauffeur qu'il s'est arrêté à trois reprises sur la route de la prison.

La prison de Manchester, autrefois connue sous le nom de Strangeways, était réputée pour avoir été le théâtre de la pendaison la plus rapide de toute l'histoire – sept secondes et demie entre le moment où le condamné était sorti de sa cellule et celui où il était mort – et pour abriter les tueurs en série les plus célèbres de Grande-Bretagne : Ian Brady, le Meurtrier de la lande, et Harold Shipman, le médecin généraliste aux centaines de victimes. J'avais lu tout ce qui avait été écrit au sujet de l'établissement, j'avais imaginé ma mère rendant visite à son amant là-bas, glissant ses doigts à travers les barreaux pour toucher les siens, lui disant : « Je t'attendrai, mon chéri. » Lui écrivant des lettres truffées de messages secrets, constitués de symboles et de mots de code – « Comment ça gaze ? » signifiant par exemple : « À ma prochaine visite, je t'apporterai en douce du chocolat belge. »

Ça n'avait pas été difficile de localiser Heath. Il m'avait suffi de demander à Janet, que papa ne pouvait pas saquer. Il prétendait que c'était parce qu'elle parlait trop, mais je savais qu'il lui reprochait d'avoir été la meilleure amie de maman, à l'époque. Il avait mis sur sa liste noire tous ceux qui s'étaient rangés du côté de ma mère.

« Bien sûr que je sais où il est, avait-elle répondu. Il est en taule depuis des années. On en a parlé dans tous les journaux. »

J'avais regardé par-dessus son épaule tandis qu'elle faisait une recherche sur Google. Au bout de quelques secondes, j'avais eu sous les yeux la silhouette impressionnante de Heath Jones, l'amant de ma mère. La photo avait été prise d'assez loin, au moment où il sortait du tribunal. On ne distinguait pas ses traits avec précision, mais on voyait bien qu'il était beau, avec son air de tueur. Chacun de ses traits paraissait menaçant. Son nez, aux narines dilatées de colère. Sa bouche crispée, dont les lèvres étroitement serrées semblaient incapables de sourire. Ses yeux, du genre que les journaux à sensation adorent imprimer en première page, exprimant la haine, le mal à l'état pur.

LE DEALER DE GLASGOW
CONDAMNÉ À PERPÉTUITÉ,

annonçait en titre l'article accompagnant la photo.

Heath Jones a été condamné aujourd'hui à la prison à vie pour le meurtre du tristement célèbre Panda McTee, un criminel notoire de Glasgow, poignardé dans une ruelle près de la gare de Queen Street il y a douze mois. Lord Johnstone a conclu que M. Jones « ne manifestait aucun remords pour ce meurtre brutal accompli de sang-froid ». Selon les rapports psychiatriques, M. Jones souffrirait de TPL (trouble de la personnalité limite) et serait incapable de la moindre empathie envers ses victimes. Il avait déjà été condamné à plusieurs reprises, dont sept pour violences et voies de fait, deux de ces agressions ayant été commises contre des femmes.

J'avais remercié Janet et j'étais rentrée chez moi pour organiser une visite à la prison.

J'avais dû m'assoupir dans le taxi. Quand je me suis réveillée, le chauffeur était en train de me secouer doucement par l'épaule.

« On est arrivés ? » ai-je marmonné, incapable de me redresser. Heath Jones m'attendait à treize heures. Tout mon corps était trempé de sueur, j'avais l'impression d'être sur le point de mourir.

« Non. On est à l'hôpital. Vous faisiez de drôles de bruits, vous n'aviez pas l'air d'aller bien. Il faut que vous voyiez un médecin. »

Même si je répugnais à l'admettre, il avait raison, et je suis descendue tant bien que mal du taxi pour me rendre aux urgences. J'ai dû attendre deux heures avant qu'un médecin ne m'examine.

« Votre tension est très élevée, a-t-il déclaré. Et il y a deux ou trois autres choses qui nous inquiètent. Nous aimerions procéder à un certain nombre d'analyses. »

8

ET C'EST LÀ QUE COMMENCE L'HISTOIRE DE WILL. Pas avant, parce qu'il ne s'agit pas de raconter la vie d'un artiste raté, ni celle d'un amant délaissé, d'un homme nouveau, d'un père célibataire qui se démène pour s'en sortir. Il s'agit d'une histoire de reins. Deux bouts de chair brune et visqueuse comme du calmar, jusque-là associés au steak dans son esprit à cause de la tourte à la viande et aux rognons, et désormais indissolublement liés à la vie – ou la mort – de sa fille. Les reins de Georgie étaient HS, avait dit le médecin à la lecture des résultats des analyses. Georgie et Will étaient toujours à Manchester, et les seuls mots que Georgie prononça furent : « Je la retrouverai dès que j'irai mieux. » À mesure que le médecin avait expliqué la situation, dans son bureau tout blanc et déprimant, le visage de Georgie s'était décomposé, parce qu'elle avait pris conscience que cette guérison n'arriverait peut-être jamais. Elle souffrait d'une maladie rénale. Son foie aussi était atteint. C'était une maladie rare chez les adolescents, et elle était bien installée, chronique, incurable, progressant à toute vitesse. Une simple médication ne suffirait pas. Georgie allait avoir besoin de machines pour la maintenir en vie dans l'immédiat, et d'une greffe pour vivre un peu plus vieille. Mais les chances de survie étaient faibles, son groupe sanguin étant peu courant. C'était une maladie génétique provoquée par cette erreur monumentale qu'avait été l'union de Will et de Cynthia – lui fallait-il une preuve supplémentaire de leur totale incompatibilité ? – et, par conséquent, Kay dut elle aussi subir des examens à Glasgow, sitôt que le diagnostic fut rendu.

Will avait-il attendu les résultats de Kay avec encore plus de frayeur ? Avait-il encore moins dormi ? Avait-il encore moins mangé ? Avait-il encore plus tremblé ?

Avait-il été encore plus en colère quand ils étaient arrivés ? Ou n'avait-il eu qu'une réaction normale face à cette double infortune ?

Avait-il davantage pleuré quand on lui avait appris que Kay devrait attendre un donneur aussi longtemps que sa sœur ?

Et quand il avait flanqué un coup de poing dans la porte de sa cuisine jamais rénovée, était-ce parce qu'elles appartenaient toutes deux à un groupe rare ? Ou était-ce seulement à cause de Kay qu'il avait fait ce trou aux bords déchiquetés dans le mince panneau de bois ?

Si le malheur frappe toujours trois fois, Will avait en tout cas le sentiment d'avoir reçu son compte.

Le corps de Georgie était en train de dépérir.

Celui de Kay idem.

Et il était probablement le seul donneur compatible et disponible.

Enfermé dans la salle de bains du premier étage, torse nu, un marqueur noir à la main, il dessina le contour d'un rein sur son flanc gauche et d'un autre sur le droit.

« Voici mes reins, dit-il. Et je ne peux en donner qu'un. »

9

AUSSITÔT APRÈS ÊTRE TOMBÉE MALADE, ou presque aussitôt, je me suis dégoté un nouveau petit ami. Il m'a offert un fauteuil très confortable et je l'ai accepté. Il était ennuyeux et sans surprise, une réplique exacte de mon père. Il aimait me nourrir, mais ne savait pas cuisiner. Il aimait me tenir compagnie, mais n'avait rien à dire. Il aimait donner, mais prenait toujours davantage.

Oh, cette machine et son gargouillis !

J'aurais préféré un autre genre de petit ami. Un qui bouge, par exemple. Un qui me touche et ne se contente pas de m'enfoncer son truc, de me sucer et de recracher goutte à goutte, transformant mon bras en un amas de bosses glougloutantes. Mais je ne pouvais pas en avoir d'autre. Je n'en aurais sans doute jamais d'autre. Qu'est-ce que je lui aurais dit ? « Pas lundi, pas mercredi, ni vendredi, ni dimanche, Jim (par exemple), je serai prise.

— On pourrait aller dîner après », proposerait-il peut-être.

Et je serais obligée de répondre :

« Mais où et quoi, parce qu'il y a plein de trucs que je n'ai plus le droit de manger, maintenant. Comme les bananes. Si je mangeais une banane, je mourrais sûrement, mais je mourrai sûrement de toute façon, même si je n'en mange pas.

— Si on allait se promener ?

— Ça me plairait beaucoup, Jim, mais je suis tout le temps fatiguée.

— Et si on allait voir un film, un jour où tu seras libre ?

— Nan. Je serai trop occupée à boire des litres et des litres d'eau et à me sentir patraque, et en plus, je suis toute jaune. T'as vraiment envie d'une petite amie toute jaune ? »

Adieu, Jim (par exemple).

J'avais baptisé mon nouveau copain Alfred. Il avait une tête à s'appeler Alfred. Un robot blanc et carré plein de tuyaux, certains très rouges, d'autres moins. Parfois, j'imaginais qu'il me parlait, et c'était toujours d'une voix grave, très alfredienne. (*Allons, allons, Georgina, tu sais bien que tu dois rester tranquille.*) Alfred qui me vidait complètement puis me remplissait, et qui le ferait jusqu'à ma mort, ou jusqu'à ce que quelqu'un d'autre meure, quelqu'un de tout à fait spécial, avec un rein du même type que le mien, genre sac Gucci en édition limitée, comme on en voit dans les magazines à la rubrique « Imitez son style », au bras d'une célébrité de second ordre, qui se serait inscrite sur une liste d'attente et aurait payé une fortune pour se procurer ce foutu sac et rehausser ainsi son standing.

C'était plus barbant que d'aller prendre le café chez l'une des groupies/femmes au foyer de papa, ou lire en entier un autre genre de bouquin qu'un roman, ou écouter mon père exposer son avant-projet de scénario indicatif pour un court métrage. Il nous avait lu un truc comme ça quand on avait dix ans. Jamais un quart d'heure ne m'avait paru aussi long. De quoi ça parlait, déjà ? Tout ce dont je me souviens, c'est qu'il était question d'une feuille. D'un brun pas très intéressant.

Je ne pouvais même pas fumer là-dedans. Je devais me contenter de mâcher du chewing-gum à la nicotine absolument dégueu et qui me filait le hoquet.

Le médecin d'Édimbourg m'avait donné une brochure, lorsqu'il m'avait expliqué que j'allais avoir besoin d'Alfred. Sur la couverture, une femme assise dans un fauteuil pareil au mien souriait d'un air ravi, comme si c'était une chance d'être là où elle se trouvait. « Vous devriez essayer ! proclamait son sourire sur papier glacé. Vous devriez essayer tout de suite ! Même si c'est très cher ! » La femme avait au moins quarante ans. Peut-être que c'était amusant pour elle, comparé au reste – lutter contre les rides, commander du PQ en gros. Mais moi, j'avais seize ans. Il y avait plein de fêtes où je n'étais pas encore allée, de drogues que je n'avais pas encore essayées, de pays que je n'avais pas encore visités, de garçons dont je n'étais pas encore tombée amoureuse. Je parie que la femme de la photo n'était même pas malade. Je parie que, la séance terminée, elle a dit : « Merci, Maxie », ôté la perf de son bras vierge de toute piqûre, et qu'elle est allée faire du shopping en mangeant une banane. Dommage qu'on ne m'ait pas demandé de poser à sa place. J'aurais fait le V de la victoire, puis un doigt d'honneur, et ensuite j'aurais pointé le pouce vers le bas et fait la grimace, l'air de dire : « Ce sont tous des menteurs ! C'est un truc merdique, je le déteste, et vous le détesterez aussi ! »

Certains affirment que l'ennui stimule la créativité. Les enfants maladifs finissent par réaliser des films couronnés par des oscars ou écrire des livres récompensés par le Booker Prize. Je n'en avais rien à foutre de réaliser des films ou d'écrire des livres. Ce que je voulais, c'était aller acheter de l'alcool, et, après, danser au Boho Club. Ce que je voulais, c'était baiser de nouveau avec un garçon. Alfred serait-il l'amour de ma vie ? *C'est ça, vas-y, c'est bon, Alfie, oui, oui, oui, oui.*

Dépendre de quelqu'un n'a rien de sexy. Mais si je m'en débarrassais, je le regretterais. Alors, je ne le ferai pas. Je viendrai m'allonger ici, quatre fois par semaine, quatre heures d'affilée, et serai reconnaissante à Alfred tout en exécrant sa seule vue. C'est ainsi que ça se passe, j'imagine, pour la plupart des couples mariés.

J'essaierai de ne pas regarder Alfred, à la place, je parcourrai des yeux la salle remplie de monde.

EVIE. Elle a cinquante-deux ans. Trop vieille pour porter ce prénom. Elle a les cheveux courts, teints en rouge vif – probablement un vestige du temps où elle enseignait aux Beaux-Arts. Sa petite-fille lui a acheté un lecteur de DVD portable et elle y regarde des adaptations télévisées des romans de Catherine Cookson. J'entends la pluie noire et monotone se déverser dans ses oreillettes.

JIMMY. Il a quarante ans. Il a entendu dire qu'il serait le prochain élu. Il caresse son téléphone comme une future maman caresse son ventre de neuf mois prêt à exploser.

PEGGY. Elle est très très vieille. Je ne sais pas au juste quel âge elle a. Se trouver ici ne semble pas la tracasser, même si elle sait qu'on ne lui en donnera jamais un neuf. Je présume que chez elle aussi, elle reste assise tranquillement sans bouger. Ici, au moins, elle peut bavarder avec...

SAMUEL. Il a environ trente-huit ans. Il se met en rogne quand quelqu'un reçoit l'appel (avant lui, inexplicablement selon ses critères). Il engueule les infirmières, en leur disant des trucs du genre : « C'est quoi, ce système ? Comment est-ce possible ? Il a fait jouer ses relations ? Il a *payé* ? »

Samuel parlait de...

RON, quarante-neuf ans. Il était très riche et connaissait beaucoup de monde. Pourquoi n'avait-il attendu que trois mois pour se voir greffer ce petit bout de viande rouge qui allait le rendre à la vie ? On était en droit de se poser la question.

Et puis, bien entendu, il y a...

KAY, assise à côté de moi, lisant ses livres, prenant des notes, avec méthode et optimisme, comme si, un jour, elle allait pour de vrai terminer ses études, obtenir son diplôme, devenir kinésithérapeute. Comme si.

« Georgie, comment te sens-tu ? » Toujours ponctuel, mon père venait d'arriver. Le regarder dans les yeux me faisait le même effet que regarder Alfred. Aussi je ne l'ai pas regardé.

« Je me barbe, ai-je répondu en fixant un point imprécis par-dessus son épaule.

— Je t'ai apporté ton iPod. J'ai téléchargé quelques nouveaux morceaux dessus. » Il s'est interrompu, s'est assis, s'est agité sur son siège. « Georgie, je dois m'absenter deux ou trois jours.

— Oh. »

Je ne le croyais pas. Il nous annonçait parfois des changements spectaculaires dans nos habitudes. (« Nous irons en Irlande cette année… » On n'y est jamais allés… On n'est jamais allés plus loin qu'Arran… « Je vais laisser tomber ce boulot... » Il ne l'a pas fait... « Je vais écrire un film d'horreur, je commence la semaine prochaine... » Il ne l'a jamais écrit... « Si on jouait au badminton en famille, le jeudi ?... » Ouais, c'est ça.)

Il est demeuré un instant silencieux, puis a repris : « Je vais retrouver ta mère. »

Il se peut que j'aie légèrement tressailli, mais, en quelques secondes, le logiciel par défaut a repris le contrôle, se substituant à mon détecteur de conneries défaillant pour m'informer que c'était vraiment n'importe quoi. Comme s'il allait se bouger le cul et faire quelque chose d'utile ! Comme si je ne le connaissais pas suffisamment ! Il allait rentrer à la maison après cette visite, allumer la télé, boire trop de vin et oublier ce qu'il venait de dire.

J'avais mis au point une stratégie pour tenir le coup. J'allais cesser de penser à tout ça. J'allais cesser de me tracasser à propos de mon sang – était-il infecté, d'où venait-il et de qui. Après le départ de papa, j'ai décidé de sortir pour me trouver un mec. Un qui ne s'appellerait pas Alfred.

« De quelle couleur je suis, d'après toi ? » ai-je demandé à un dénommé Eddie. Comme d'habitude, je me sentais épuisée et nauséeuse, mais j'avais une mission à accomplir.

« J'en sais rien. Normale.

— C'est tout ce que tu trouves à dire ?

— Rose, alors, comme de très belles roses. »

Voilà qui était mieux. Eddie avait un boulot et un appart. Ni l'un ni l'autre ne m'intéressaient.

Ma tentative pour tomber amoureuse de lui s'est passée à peu près comme ça (avant que je ne vous énumère les faits, laissez-moi vous prévenir d'emblée qu'elle a échoué) :

Eddie et moi buvons une quantité excessive de bière dans un pub du Southside, puis prenons un taxi pour nous rendre dans un club du centre-ville, où nous buvons une quantité excessive de vodka.

Eddie danse mal, mais il aime ma façon de danser. Il me tient par les hanches, glisse une jambe entre les miennes et essaie de frotter sa queue contre moi.

Eddie déclare que nous devrions partir.

Dans le taxi, Eddie passe sa main sous mon tee-shirt et tripote la pointe de mon sein. Je suis complètement crevée. Je n'aime pas qu'on me tripote la pointe des seins. Et vas-y que je te tire, et vas-y que je te pince, aïe ! À quoi ça rime ?

On arrive à son appart dans le quartier de Shawlands et, toujours fermement décidée à tomber amoureuse, je le suis dans un passage à la peinture écaillée puis dans une entrée où sont rangées trois bicyclettes.

« Qu'est-ce qui te plaît en moi ? » je m'enquiers, et il répond que ce sont mes nichons.

Dans la chambre, Eddie se déshabille. Il est très blanc et très maigre. Je peux voir au moins deux de ses côtes. Soit il s'est rasé les poils pubiens, soit il a onze ans. Son pénis ressemble à un nez.

« Qu'est-ce qui t'a attiré vers moi, au départ ? j'insiste. – Tes nichons », répète-t-il, en faisant passer mon soutif par-dessus ma tête sans se donner la peine de le dégrafer, et en accrochant au passage ma lèvre supérieure.

Il fourre l'un des trucs qui lui plaisent en moi dans sa bouche. Je me sens malade. Je n'aime pas sa façon de me mordiller. Qu'est-ce que je suis ? Sa nourrice ?

Lâche-moi, dis-je, et il obéit, légèrement déconcerté, pour se diriger vers la région inférieure, m'enlever mon jean et ma culotte, et s'agenouiller.

Est-ce que je vais vomir pour de bon cette fois ? Je n'aime pas sa façon de me léchouiller. « Quand tu m'as repérée sur la piste de danse, tu m'as trouvée belle ? » je reprends derechef mais sa bouche est trop occupée pour émettre un autre son que « Mmm hmm. »

Eddie est un rapide, pour ce qui est de la suite. Bang bang bang, un vrai lapin, et il est si maigre que je le sens à peine sur moi. Il soupire, se retire, fait : « Ah ! » et allume une clope. « Alors ? » je dis et il répond : « Alors quoi ? » Et je répète : « Qu'est-ce qui t'a attiré vers moi ? » Et il soupire : « Bon Dieu, on n'a pas déjà assez bavardé comme ça ? » Et, oh, je dois aller à la salle de bains tout de suite, mais ça jaillit déjà tandis que je lui déclare : « Je ne tomberai jamais amoureuse de toi, Eddie. »

10

KAY DORMAIT À POINGS FERMÉS et Georgie était « sortie avec des amis » – ce qui, depuis quelques années, dans son code personnel, était devenu une façon de dire : « sortie faire Dieu sait quoi » –, lorsque Will emporta dans son bureau le carnet qu'il venait d'acheter. Dégageant un espace sur sa table de travail, il ouvrit le calepin à la première page et écrivit le titre : 1) *Cynthia*. Le seul fait d'avoir tracé ce « 1) » le terrifiait, car cela impliquait qu'il y avait une suite, d'autres options à prévoir, et que, si ça ne marchait pas, il devrait passer aux 2) et 3), et ensuite – Dieu l'en préserve ! – au 4) ou même au 5). Il refusait d'envisager l'échec. Il réussirait. Il ferait tout ce qui était en son pouvoir pour obtenir le rein de cette femme. Bon, d'accord, son plan n'était pas infaillible. Peut-être ne la retrouverait-il pas. Peut-être était-elle morte. Si elle était en vie, peut-être ne serait-elle pas compatible. Peut-être ne l'était-il pas lui-même, d'ailleurs. Non ! Bien sûr qu'il l'était. Il avait toujours été en mesure de faire le maximum pour ses filles, il serait également capable de faire ça. Dès l'instant où il avait appris le diagnostic, Will avait *su* qu'il serait forcément compatible et refusé de penser un seul instant qu'il puisse en être autrement.

Donc, les deux parents sauvant les deux enfants, c'était de loin la meilleure option, et il fallait tout mettre en œuvre pour y parvenir, avant d'en examiner d'autres.

Une semaine plus tôt, il avait parlé du test avec le spécialiste. « Pas tout de suite », avait-il dit. Le médecin, le Dr Jamieson – qui passait toujours Van Morrison en boucle sur le lecteur de CD de son cabinet –, avait acquiescé quand Will avait déclaré qu'il n'y avait pas urgence. « On peut le faire à n'importe quel moment, avait-il ajouté. C'est une simple formalité. Il va de soi que je suis compatible. »

Parfois, un scénario effroyable s'insinuait dans l'esprit de Will : les tests ont été effectués et il est prêt à donner son rein, mais il n'y a aucun autre donneur disponible. Dans une telle situation, il lui faudrait faire un choix, un choix terrible, inconcevable. À cette pensée, il se donnait de grandes claques sur le visage. (*Ne t'aventure pas par là, Will. N'y songe même pas. Ni maintenant, ni jamais.*) En quelle position se situait cette option ? Juste avant le 5) peut-être. Il se frappa le front avec sa paume, cette fois, en disant « Non ! » tout haut. Jamais il ne choisirait. Il sauverait Georgie et Kay, ce qui impliquait de prélever les reins des deux donneurs au même moment, ce qui impliquait de retrouver Cynthia. C'était leur mère, après tout. Quelle mère refuserait ? Quelle mère laisserait le sort de ses ravissantes enfants dépendre d'une liste illisible et se rallongeant sans cesse – elle comportait au moins 6 500 noms, et seules 1 800 transplantations avaient été effectuées au cours des douze derniers mois ?

Il soupira, la peur prenant le dessus sur sa volonté de garder confiance, car la sorte de mère capable d'une chose pareille était aussi la sorte de mère capable d'aller faire les courses un matin et de ne jamais revenir.

L'itinéraire jusqu'à la prison de Manchester, trouvé sur le site de l'Automobile Club, sortit bruyamment de l'imprimante. Était-ce tout ce dont il avait besoin en vue du voyage de demain ? Il vérifia la liste qu'il avait rédigée en dessous du titre sur la première page de son carnet.

1a) Prendre R-V. (Oui, il avait bien pris rendez-vous pour la visite à la prison.)

1b) Papiers d'identité. (Oui, il avait bien les papiers nécessaires pour franchir les grilles.)

1c) Argent liquide. (Oui, il avait retiré de l'argent, au cas où. 200 £, exactement, ce qui laissait sur son compte courant la somme mirobolante de 1 790,56 £ jusqu'à la prochaine paie, dans deux semaines.)

Will se transporta dans la plus petite des chambres du premier et contempla le plafond pendant des heures avant de s'endormir.

Le lendemain matin, lorsque Kay fut partie pour l'école, il décida de ne pas réveiller Georgie. La dialyse était extrêmement éprouvante pour elle, elle avait besoin de repos.

Il s'apprêtait à confectionner son petit déjeuner quand on sonna à la porte.

« Bonjour, William, dit son père. Il faut que je te parle. »

Ses parents venaient dîner chez lui une fois par mois, selon une routine à laquelle ils semblaient tenir depuis le départ de Cynthia. Chaque mois, Will redoutait cette visite, Georgie essayait de se défiler et Kay, qui ne voyait toujours que le bon côté des choses, lui faisait la morale. (« Ce sont nos grands-parents, Georgie. Ils nous aiment. Tu ne peux pas sortir avec tes amis ! ») Will, quant à lui, croyait que ces trois heures ne constituaient pour ses parents qu'un moyen facile de s'exonérer de toute culpabilité. Ils avaient vu leur fils. Ça, c'était fait, ils pouvaient cocher la case. Ils avaient interrogé leurs petites-filles sur leurs progrès à l'école, au netball et en solfège. Une autre case de cochée. Et ils repartaient tranquillement vers leur maison modèle du village de North Queensferry, suffisamment loin pour rendre toute autre forme de contact (c'est-à-dire d'aide) impossible. Le père de Will était un ancien major de l'armée. Sa mère s'était contentée de suivre son mari et de servir du bon porto lors de leurs réceptions. Dès sa neuvième année, ils avaient envoyé Will en pension, où il avait noyé sa solitude dans les livres et la musique. Quand il avait obtenu son diplôme de fin d'études secondaires, ils l'avaient expédié à l'université de St Andrews où, à leur grande désapprobation, il s'était entièrement consacré au cinéma et aux cinéphiles. Résultat des courses, Will ne connaissait pratiquement pas ses parents. Jusqu'à présent, il ne l'avait pas regretté. Le peu qu'il savait d'eux ne lui plaisait pas. Son père avait pris sa retraite après la mort de ses parents, qui lui avaient laissé suffisamment d'argent pour acheter vingt-trois appartements en Espagne. Il avait décidé de les mettre en location et demandé à Will s'il aimerait s'occuper de la gestion.

(« C'est bien joli de perdre ton temps à suivre des cours sur les films de Mickey, mais tu es dans le monde réel à présent, William. Tu es père de deux enfants ! Tu dois subvenir aux besoins de ta famille. ») Le boulot consistait à faire de la publicité pour les locations, à déposer l'argent à la banque et à vanter aux clients la fermeté des lits, la proximité de la plage et de la piscine et l'absence de pluie. Pendant des années, Will avait chaque jour allumé son ordinateur en soupirant lourdement. C'était probablement le boulot le plus solitaire et le plus ennuyeux au monde. Quelquefois, il priait pour qu'il lui vienne subitement une idée de film, comme cela lui arrivait fréquemment quand il était à St Andrews. Mais cela ne se produisit jamais.

« Les locations ont baissé de 30 % cette année », annonça son père. Il portait l'une de ses tenues de golf – pantalon gris bien repassé, pull à losanges noirs, rouges et gris avec une encolure en V. Il avait manifestement programmé cette visite afin qu'elle coïncide avec un tournoi au lac Lomond. Comme si Will s'intéressait aux locations en cet instant ! Comme si ça l'ennuyait que les Britanniques restent chez eux cet été…

« Le problème, c'est que nous n'avons plus les moyens de garder ces appartements. Ce n'est pas le bon moment pour vendre, le marché est au plus bas, l'offre surabondante et tout ce que tu voudras, mais je crains que nous n'ayons pas le choix. »

Tout en préparant une tasse de café à son père, Will se demanda s'il devait la lui jeter à la tête. Il ne l'avait pas vu depuis ce fameux coup de téléphone, et tout ce dont il voulait lui parler, c'était des restrictions de crédit !

C'étaient ses parents qu'il avait appelés en premier, après que le diagnostic fut tombé. Il n'avait pas tourné autour du pot et demandé à sa mère tout de go : « L'un de vous, ou les deux, serait-il prêt à faire un test de compatibilité ? »

Après un intervalle suffisamment long pour constituer par lui-même une réponse à cette question, sa mère avait dit qu'ils devaient d'abord en discuter.

Son père lui avait envoyé un mail deux jours plus tard : « William, nous continuons à réfléchir. De toute évidence, il pourrait y avoir des problèmes en raison de notre âge. As-tu mis les nouvelles photos de la piscine sur locationsdevacances.com ? »

« Tiens », dit Will, plein de colère au souvenir de ce message, en posant la tasse de Nescafé sur le comptoir. En esprit, il l'avait jeté à la tête de son père. Il n'avait pas encore inscrit cette option dans son carnet, mais, tout en sirotant son café, il décida qu'elle viendrait en 2).

Ils burent tous deux aussi vite qu'ils le purent, tandis que Will répondait à des questions sans rapport avec le fait qu'il était un père célibataire sans emploi dont les enfants risquaient de mourir.

Son père parti, Will empoigna ses clés et fonça chez Linda.

« Tu pleures, dit-il quand, au bout d'un long moment, elle vint lui ouvrir la porte.

— Ce sont sans doute mes larmes qui me trahissent », répondit-elle en la refermant derrière lui.

Devant une bouteille d'eau minérale Highland Spring, ils vidèrent leur sac à tour de rôle. Chacun d'eux en avait gros sur la patate et de bonnes raisons pour ça. Côté Linda, c'était un portable qui avait sonné la veille au soir, à 21 h 55. Elle avait tout d'abord ignoré la sonnerie, croyant qu'elle provenait d'une radio ou d'une alarme de voiture. Mais quand le carillon avait de nouveau retenti à 21 h 57, elle avait tenté de remonter jusqu'à sa source, suivant le bruit jusqu'au premier étage, puis dans la chambre, dans le dressing intégré qu'elle avait payé une fortune à un séduisant menuisier, et enfin dans la poche d'un pantalon.

Son mari, cette espèce d'andouille, avait laissé son portable dans son jean avant de partir au boulot.

Le téléphone avait cessé de sonner quand elle le dénicha. Elle n'était pas du genre à fouiner dans les affaires de son époux – d'une part, parce qu'elle ne s'intéressait plus guère à lui, de l'autre, parce qu'il était devenu chauve et gras et qu'elle était convaincue qu'aucune femme ne voudrait de lui.

TU SERAS LÀ BI1TO ? demandait un texto provenant du même numéro que les appels précédents.

ÇA FAIT 1 H QUE J'ATTENDS, disait le suivant.

OÙ T ?

JE PORTE LE STRING QUE TU M'AS HT...

Ça faisait un peu cliché, présumait Will, d'essuyer une larme sur la joue d'une femme éplorée et d'enchaîner par un baiser. Comme de rouler une pelle à une fille complètement bourrée dans une boîte. Un mauvais début. Un accident. Mais c'est ainsi que Will et Linda se retrouvèrent au lit, passant du séchage de larmes au baiser, puis à cette requête inattendue :

« Ça te dérange si je te frappe ? »

Will réfléchit un instant et répondit : « À vrai dire, je préférerais que tu t'en abstiennes.

— Tu le mérites pourtant, pour avoir baisé une femme mariée. »

Il se retourna pour lui faire face. C'était donc ça, la vraie Linda : toute nue, elle était effrayante. Il préférait de loin la version habillée. « Tu crois ?

— Oui. Tu as été très vilain. Si mon mari l'apprend, il te frappera encore plus fort, peut-être même qu'il te tuera.

— Ne puis-je pas simplement en éprouver du remords ? Aller me confesser, ou quelque chose comme ça ?

— Tu es au confessionnal. Qu'as-tu fait, chic type ?

— J'ai baisé une femme mariée, mais son mari la tr...

— Qu'as-tu dit ?

— Son mari la trompe.

— Non, la première partie. Répète.

— J'ai baisé une femme mariée. S'il ne plaît, ne tape pas trop fort. »

Linda ne tint pas compte de cette recommandation. Empoignant une cuillère en bois posée sur la table de chevet, elle lui en flanqua un grand coup dans les couilles. Will poussa un cri de douleur, en regrettant de ne pas avoir remarqué la cuillère plus tôt.

« Je vais rentrer chez moi, à présent, dit-il en s'essuyant les yeux d'une main et en se tenant les testicules de l'autre, avant d'enfiler tant bien que mal ses vêtements.

— Ah, c'était fantastique, déclara Linda quand il réussit enfin à mettre ses chaussures. J'en avais bien besoin. Appelle-moi bientôt, hein ?

— Bien sûr. Dès que je serai rentré de Manchester. »

11

« C'EST TA FILLE QUI ÉTAIT CENSÉE ME RENDRE VISITE », dit Heath, assis en face de lui sur le siège en forme de croissant.

Il avait pris du poids depuis la dernière fois qu'ils s'étaient vus, nota Will. Le contour irascible de sa mâchoire s'était empâté. Il émanait de lui un relent de sueur rance, de chaussettes sales et de foutre. Même gras, puant et incarcéré, il fichait encore une frousse bleue à Will, qui avait noué ses mains avec force pour tenter de contenir leur tremblement. Ils ne s'étaient jamais parlé hors de la présence de Cynthia, et Will se rendit compte qu'un sujet commun de conversation, si inconfortable qu'il fût, valait mieux que n'avoir rien à se dire du tout. Ils étaient ici face à face, ses hommes, ses deux hommes, à se dévisager – l'un d'un air terrifié et implorant, l'autre avec une expression d'incommensurable mépris.

« Elle ne va pas bien », répondit Will. Bégayait-il ? Il espéra que non. Cela avait-il de l'importance que Heath sache à quel point il avait peur de lui ? Cela avait-il de l'importance qu'il paraisse infantile, minuscule et faible comparé à cette brute ? Peut-être pas, mais cela le contrariait quand même énormément de constater que Heath Jones était toujours en position de supériorité malgré son uniforme de prisonnier.

« Et alors ?

— Les filles vont mal toutes les deux... Les filles de Cynthia. (Depuis combien de temps n'avait-il pas prononcé son nom à voix haute ? Le son lui fit l'effet d'une brûlure lui traversant les veines.)

— Comme je viens de le dire, *et alors* ?

— Alors, il faut que je retrouve ma femme.

— Ta femme ! » Heath s'interrompit pour faire entendre un rire maléfique et théâtral, avant de poursuivre en ricanant : « Tu mets toujours des heures à jouir ? Elle détestait ça.

— Où est-elle ? »

Will avait dénoué ses mains et elles tremblaient à présent d'une manière qu'il ne pouvait plus camoufler, posées sur son carnet et son stylo.

Il était écarlate. Il savait qu'il l'était. À l'intérieur de cette tête rubiconde, il entendait la voix de Cynthia s'exclamer : « Descends de là, tu veux bien ? Tu ne vois pas que j'ai fini ? »

« Combien es-tu prêt à mettre pour le savoir ? » s'enquit Heath en se rapprochant. Son haleine sentait le pus.

Will proposa cent livres.

« Non merci, mon pote, ce n'est pas la peine, dit Heath en se laissant glisser sur son siège pour être plus à l'aise. Ça me fait plaisir de rendre service à un vieil ami. »

Will hésita. Le sourire figé de Heath le déconcertait. « Ma foi, je te remercie, réussit-il à articuler après un long silence.

— Pas de problème. » Heath se pencha, griffonna quelque chose sur le carnet de Will et se leva.

Oh non, se dit Will, il veut me serrer la main. Y a-t-il un moyen d'éviter ça ?

Non. Will fit d'énormes efforts pour rester impassible tandis que Heath scellait leur pacte. Il en fut incapable. Ça faisait mal, et pas qu'un peu. Ses yeux s'étrécirent de douleur avant de se remplir de larmes.

Heath se dirigea vers la porte. Juste avant de la franchir, il s'arrêta et lança : « Préviens-moi quand tu l'auras retrouvée, hein ? »

Quand il eut disparu dans les entrailles de la prison, Will relâcha l'air contenu dans ses poumons. Il n'en était pas sûr, mais il lui semblait bien qu'il retenait sa respiration depuis un bon moment.

Lorsqu'il quitta Strangeways, une demi-heure plus tard, il avait dégoté la dernière adresse connue de Cynthia – il y a un an, elle vivait dans un appartement près de Finsbury Park, à Londres – et contracté une dette envers Heath Jones.

Il faisait nuit quand Will trouva la rue. Il fut obligé de se garer à deux cents mètres de l'adresse indiquée, une grande baraque de style victorien à côté de la station de métro. Arrivé devant la porte, il frappa trois fois et attendit.

La porte était jadis ornée d'un panneau de verre, qui avait été remplacé par du contreplaqué qu'on n'avait même pas pris la peine de peindre. Le paillasson était élimé et répugnant de saleté. Will le contempla, en s'efforçant de garder son calme. Allait-il la voir, d'une seconde à l'autre ? Serait-elle toujours aussi séduisante ? Qu'allait-il ressentir ? Soudain, un morceau de papier apparut sur le paillasson. Quelqu'un, à l'intérieur de la maison, venait de glisser un message sous la porte. Il le ramassa.

« Glissez le fric à travers le bow-window sur le devant », était-il écrit.

Quoi ? Il relut le billet, refrappa. Pas de réaction. Il s'avança dans le jardin (une dalle de béton de moins d'un mètre de long, en fait). L'une des fenêtres en saillie était entrebâillée de cinq centimètres environ.

« Je n'ai pas d'argent », dit-il à travers l'interstice. Les stores vénitiens en métal déformé l'empêchaient de distinguer quoi que ce soit à l'intérieur.

« Alors, dégage, répondit une voix de femme. Pas de fric, pas de dope.

— Je ne veux pas de dope. Je m'appelle Will Marion. C'est toi, Cynthia ? »

Le silence qui suivit parut interminable. Était-ce elle ? Était-elle en train d'arranger ses cheveux pour lui ? Ou bien en train de sauter par la fenêtre de derrière, de s'enfuir par les ruelles, de héler un taxi ?

Il retourna devant la porte d'entrée et attendit. Oh mon Dieu, oh mon Dieu, la porte s'ouvrait…

« Tu connais Cynthia ? » La femme qui lui faisait face devait avoir dans les vingt-trois ans. Et peser quarante kilos grand maximum. Les bras criblés de traces de piqûres. Les yeux comme deux mares asséchées.

« Je suis son ex-mari. Puis-je la voir ?

— J'en sais rien.

— Elle est là ?

— Peut-être. »

Il comprit qu'il allait devoir payer.

« Allez la chercher », dit-il en déposant un billet de dix livres tout neuf dans la paume de la fille.

Elle fourra l'argent dans sa poche. « Elle n'est pas là. Ça fait un an qu'elle s'est tirée, cette sale pouffe. En nous volant notre came. À c'qui paraît, elle est partie en Inde avec son ami. Si tu la r'trouves, dis-lui qu'on n'a pas oublié.

— Où, en Inde ? »

La femme n'en avait pas la moindre idée.

« Avec quel ami ?

— J'en sais pas plus », répondit-elle, en se grattant le bras si fort que Will eut mal au sien.

Avant de prendre le chemin du retour, Will alla voir quelqu'un à qui il aurait dû rendre visite treize ans plus tôt.

Meredith était la mère de la dernière famille d'accueil où Cynthia avait été placée, à l'âge de quinze ans, la dernière personne, en fait, à avoir tenté de s'occuper d'elle. Cynthia l'adorait, elle disait que Meredith était la seule adulte qui l'ait jamais comprise quand elle était enfant. Will n'avait pas revu Meredith ni son mari d'alors, Brett, depuis qu'ils avaient fait toute la route jusqu'à Glasgow pour assister à leur mariage. Leur mariage ! Cynthia avait décrété qu'elle voulait quelque chose d'anticonformiste, d'humaniste. Bizarrement, elle avait opté pour la chapelle de l'université de Glasgow et un vieil hôtel dans le Dumbartonshire. On n'aurait rien pu imaginer de plus traditionnel. Elle était même en blanc, et elle avait demandé au mari de Meredith de la conduire jusqu'à l'autel.

« Brett est mort l'année dernière, expliqua Meredith tristement. Un doigt infecté qui a fini par lui empoisonner le sang et lui détruire les intérieurs. »

Depuis le mariage, Meredith était passée du stade de femme d'âge mûr bien en chair à celui de vieille femme presque obèse. Will dénombra quatre mentons superposés quand elle alla décrocher une carte postale de son réfrigérateur couvert d'aimants.

« Merry, disait la carte, tu DOIS absolument venir ici. Il y a tellement de couleurs ! »

La photo sur l'autre face représentait une plage magnifique semée de petits cafés vendant des *lassi*. « Chapora, Goa », disait la légende. La carte avait été postée onze mois plus tôt.

À cause d'un accident près de Penrith et de travaux à Dumfries, Will mit huit heures à rentrer chez lui. La maison était silencieuse, et il présuma que les deux filles étaient endormies.

Ainsi, sa dernière adresse connue était en Inde. Il alla dans son bureau, sortit son carnet et écrivit : « Inde : aller là-bas et essayer de la retrouver moi-même ? »

Tout en notant soigneusement sur deux colonnes les pour et les contre, il prit conscience que ce n'était pas une solution valable. Il ne pouvait pas laisser ses filles affronter seules la dialyse.

Il lança alors une recherche sur Google, en utilisant tour à tour le nom de jeune fille de Cynthia, Burns, son nom d'épouse, Marion, et celui de Heath, Jones. Des pages et des pages plus tard, il se rendit compte que le champ de recherches était bien trop vaste, et qu'il était peu probable qu'elle ait créé un site Internet ou quoi que ce soit de semblable, étant donné sa vie mouvementée de junkie itinérante.

Il chercha sur Facebook. Les Cynthia dotées des noms de famille adéquats et dont la page était agrémentée d'une photo n'offraient pas la moindre ressemblance avec elle. Il entreprit de laisser des messages à celles qui n'avaient pas mis de photos, mais se découragea en se rendant compte qu'il allait devoir en envoyer des milliers.

Il essaya sur Twitter. Sans résultat.

Regarda dans les bases de données des personnes disparues. Eut envie d'un remontant.

Téléphona à l'ambassade du Royaume-Uni à Delhi. Ça sonna pendant des heures et lorsque quelqu'un répondit enfin, ce fut pour grommeler d'une voix inaudible « Y a personne » et raccrocher sèchement.

Conscient d'avoir besoin d'une aide, il chercha sur Google des adresses d'agences de détectives privés à Glasgow. Il finit par en dénicher une, qui s'appelait Les Chasseurs-Cueilleurs. Il leur communiqua par mail les informations essentielles, et décida qu'il leur donnerait trois semaines pour la retrouver. Faute de quoi, il ne lui resterait peut-être plus qu'à écrire un autre titre sur la troisième page du carnet.

12

CE QUI ME FRAPPAIT LE PLUS, CONCERNANT MA MALADIE, c'était que je me foutais en rogne à propos de tout et n'importe quoi. Comprenez-moi bien, j'avais toujours été une sacrée râleuse, mais depuis que j'avais commencé la dialyse, « râler » n'était plus le terme approprié pour décrire ma réaction quand l'eau chaude venait à manquer (« Quel est le connard de taré de pouilleux qui a utilisé toute l'eau » ?), quand je ne trouvais plus mes clés (« Si je mets la main sur le salopard qui a caché mes clés, je le tue ! »), quand mon tee-shirt blanc préféré sortait de la machine gris et taché (« Papa, tu as mis du noir avec le linge clair. Qu'est-ce qui ne va pas chez toi ? Un début d'Alzheimer précoce ? Le chat des voisins tiendrait la maison mieux que toi ! »).

J'étais rentrée de chez Eddie, le gars à la pine en forme de pif, vers deux heures du matin. J'avais dû m'évanouir ou m'endormir et il avait été assez bon pour ne pas me jeter dehors. Après avoir ramassé mes vêtements, j'avais laissé un mot sur la boîte en carton servant de table de chevet : « Désolée d'avoir dit des conneries et dégueulé sur ton pieu », et ensuite j'avais hélé un taxi sur Pollokshaws Road.

Papa et Kay roupillaient et j'étais toujours malade comme un chien. J'ai pris une douche vite fait, et je me suis écroulée sur mon lit.

Quand je me suis réveillée le lendemain soir – le jour et la nuit avaient échangé leurs places depuis que j'avais laissé tomber l'école pour devenir une morte –, papa n'était pas là. Il était vraiment parti à la recherche de ma mère, comme il l'avait dit. Il y avait un message sur le guéridon de l'entrée : *Suis à Manchester, rentrerai ce soir. Il y a de la soupe dans le frigo.* J'ai mangé un peu de céréales, essayant de l'imaginer en train de s'acquitter de sa mission. Ha ! P'pa, s'acquittant d'une mission ! Comment allait-il soutirer des informations à un meurtrier enfermé à Strangeways ? Comment allait-il soutirer un rein à ma mère ? Il n'arrivait même pas à obtenir de moi que je mette la table.

Je ne réussissais pas à penser à autre chose. L'avait-il retrouvée ? Me donnerait-il des nouvelles d'elle, à son retour ? La télé était allumée, mais je suis restée pendant des heures à contempler fixement un point au-dessus de l'écran, excitée, nauséeuse, terrifiée.

Kay avait hérité de la plus grande chambre – celle du premier, qui avait une fenêtre en saillie donnant sur le jardin. J'avais toujours voulu cette chambre, mais à quoi bon demander ? C'était toujours elle qui récoltait ce qu'il y avait de mieux – pour moi l'ours en peluche marronnasse, pour elle le bleu ; pour moi le minuscule radio-réveil blanc, pour elle le lecteur de CD avec haut-parleurs et tout le bazar ; moi, je n'avais pas eu le droit de sortir avec un garçon avant mes quinze ans, elle, elle était allée au ciné avec son copain de l'orchestre à quatorze ans. Mais, bon Dieu, je devais admettre moi-même qu'elle le méritait.

« Tu crois qu'il va la retrouver ? ai-je demandé en m'asseyant au bord de son lit.

— Sais pas, a-t-elle murmuré.

— Qu'est-ce qu'elle va dire, à ton avis ?

— M'en fiche. » Elle n'avait même pas daigné lever la tête de son bouquin de chimie.

Cette chieuse de Kay. Comment pouvait-elle s'en fiche ? « Eh bien, quand il l'aura retrouvée, c'est moi qui aurai *son* rein. Tu n'auras qu'à prendre sa saloperie de rein à lui », ai-je déclaré en claquant la porte.

J'étais endormie sur le canapé lorsque papa m'a réveillée, l'après-midi suivant. « Georgie, Georgie », a-t-il dit. J'ai ouvert les yeux, tout excitée, pour m'entendre assener : « Je ne l'ai pas trouvée. Elle est partie pour l'Inde, il y a un an. »

J'ai refermé les yeux. À quoi bon espérer quoi que ce soit ? Il n'arrivait jamais rien de bien.

« Alors, c'est fini ? me suis-je enquise, les yeux toujours clos.

— Je vais engager un détective privé.

— Où exactement, en Inde ? »

Il m'a montré une carte postale qu'elle avait envoyée à sa mère d'accueil. Pourquoi ne m'en avait-elle jamais envoyé, à moi ? J'ai effleuré ses mots. Elle aussi avait touché cette carte – ma maman. Je l'ai retournée. La plage avait l'air magnifique. Je ne l'aurais pas embêtée. Je me serais contentée de rester assise dans ce café, à contempler son bonheur.

« Il ne nous reste plus qu'à attendre, a dit mon père.

— Parfait. C'est une chose pour laquelle je suis douée. »

Ce soir-là, dans le service de dialyse, il y avait quelqu'un en moins, et un nouvel arrivant.

La rumeur selon laquelle Jimmy le quadragénaire serait le prochain élu était exacte. La transplantation s'était superbien passée. Aucun problème jusqu'ici. Le veinard.

Le nouveau s'appelait Brian et avait tout à fait la tête à ça. Des lunettes, les cheveux bien peignés, les épaules carrées. Lui et son Alfred paraissaient déjà dans les meilleurs termes.

« Quel âge as-tu ? m'a-t-il demandé, et j'ai répondu dix-sept ans.

— Moi, seize, a-t-il déclaré et j'ai regretté de m'être vieillie d'un an.

— Tu trouves que je suis jaune ?

— Non. Et moi ?

— Non », ai-je menti pour la deuxième fois.

Lorsque nous avons tous deux été purifiés, j'ai demandé à Brian s'il voulait aller prendre un verre. Depuis ma tentative malheureuse avec Eddie, je savais que je ne pouvais pas tomber amoureuse en restant sobre.

« Si on allait chez moi ? a-t-il proposé. Mes vieux sont partis et j'ai de la beuh. »

Nous semblions vraiment faits pour nous entendre.

« Tu as peur ? m'a-t-il demandé, quand nous nous sommes assis en tailleur sur le sol de sa chambre d'ado.

— J'ai décidé de ne pas y penser.

— Comment c'est possible, de ne pas y penser ? » Il a pris un classeur gris à anneaux sur son bureau bien rangé. Dedans, il y avait cinq cents feuilles de papier ligné format A4. Sur chaque ligne était inscrite une date, la première remontant à trois ans. Chaque jour, ce sinistre connard avait tracé une croix en face de la date.

« Chaque fois que la liste s'allonge, j'ajoute des jours. Étant donné ma position actuelle, il me reste 1 350 jours à attendre pour recevoir un rein. Ça représente 771 séances de dialyse. »

Les dates correspondantes, quatre par semaine, avaient été soigneusement surlignées.

« Seigneur, ça ne te rend pas dingue ?

— Et toi ?

— J'ai des trucs plus importants en tête, ai-je rétorqué.

— Par exemple ?

— Par exemple, tomber amoureuse. »

Il se pencha vers moi comme pour dire : *Je suis celui que tu attends. Je suis ici pour remplir ce rôle. Avec moi, tu n'auras jamais peur.*

Mais il s'est évanoui avant. Nous aurions dû savoir, tous les deux, qu'après la dialyse, il valait mieux rentrer se coucher. J'avais enfreint cette règle fondamentale deux fois de suite.

Si Brian ne s'était pas pissé dessus en perdant connaissance, nous serions peut-être restés amis. Malheureusement, le pipi a bousillé plusieurs des pages A4. Il allait probablement les recopier dès qu'il serait réveillé, ce débile.

En dépit d'un manque de succès flagrant, j'étais toujours persuadée qu'il valait mieux me concentrer sur la recherche du grand amour plutôt que sur les événements réels, qui, dans ma vie, étaient rares et toujours négatifs. J'avais lâché mes études et étais, par conséquent, dépourvue de toute qualification. Et j'étais bel et bien jaune. Le type sur lequel j'ai jeté mon dévolu la fois suivante me l'a déclaré tout net quand je lui ai posé la question.

« Tu l'es, a répondu Reece. Mais j'aime bien les filles jaunes. »

Reece était infirmier. Il avait une vingtaine d'années, des kilos en trop (cinq ou six) et de l'humour. Il avait été de garde six fois d'affilée, depuis que Brian avait pissé sur sa liste d'attente entièrement rédigée à la main.

« Est-ce que c'est autorisé de tomber amoureux d'une patiente ? » ai-je demandé à Reece au cours d'une séance. (Brian m'a entendue, mais il ne m'a pas regardée. Il ne m'avait pas regardée depuis l'épisode du pipi dans le froc, deux semaines auparavant.)

« Ce n'est pas convenable du tout », a-t-il répondu.

Il s'est interrompu.

S'est penché vers moi.

A chuchoté :

« Mais j'aime les filles pas convenables. »

Nous nous sommes retrouvés dans une boîte appelée le Bothy. Un orchestre merdique jouait sur la scène riquiqui. Des gens lookés grunge se balançaient (sans trop de conviction) au rythme d'une musique alternative.

Ce n'est sans doute pas une idée géniale de prendre des drogues dures au sortir d'une dialyse. C'est même tout à fait déconseillé, comme les bananes. Mais, bon Dieu, j'avais un infirmier près de moi, et il pensait que ça ne posait pas de problème. Alors, dans les toilettes, j'ai sniffé un peu de sa poudre au moyen d'une paille coupée à la dimension voulue. Parfois, danser vous vient tout naturellement. D'autres fois, pas du tout. Quand je suis retournée sur la piste, mes bras me semblaient ridiculement gros, et j'avais beau essayer de sentir la musique, je ne sentais qu'*eux*, tirant sur mes épaules comme des cordes lestées de briques.

En plus, il y avait un type à lunettes noires, au bar, qui n'arrêtait pas de me reluquer. Il était beaucoup plus mignon que Reece, et j'avais envie de l'impressionner. J'avais envie que celui-ci se tire, afin de pouvoir draguer celui-là. Il m'a souri, le type aux lunettes de soleil. Et, comme dans un film comique, j'ai réagi en rentrant aussitôt dans un pilier qu'un con avait planté en plein milieu de la salle. D'une manière inexplicable, je suis néanmoins parvenue à rester debout.

« Ça va ? » a demandé Reece. Son visage était rouge vif, ses yeux, deux minuscules trous d'aiguille noirs. Il se fichait complètement de savoir si j'allais bien ou pas, en réalité. C'était un salaud.

« Je rentre chez moi », ai-je répondu, en essayant de ne pas penser à ce type superbe devant le bar, ni à l'énormité de mes bras. (Et si je n'arrivais plus à les lever ? Que se passerait-il ? Est-ce qu'ils se détacheraient de mon corps ?)

« Je vais te reconduire », a dit Reece en posant une main sur mon dos. Sa main était aussi rouge que sa figure. Reece n'était qu'une grosse tache rouge.

« Je ne tomberai jamais amoureuse de toi, Reece », ai-je déclaré, avant de sortir d'une démarche vacillante, mes bras quelques pas derrière moi.

13

WILL AVAIT ENDURÉ PENDANT DES ANNÉES les sautes d'humeur de Georgie. Enfin, pas tant des sautes d'humeur qu'une détresse à vous déchirer le cœur, et qui se manifestait sous la forme d'un désespoir larmoyant (« Et si je mourais demain ? Si je me faisais renverser par un bus demain, j'aurais eu une vie de merde ! ») ou de terrifiants accès de fureur. (Un jour, elle avait lancé une tasse de thé contre la porte-fenêtre parce que le courrier était en retard. Will ne se rappelle plus à présent quelle lettre elle attendait.) Comment diable, s'était-il demandé, se comporterait-elle s'il survenait quelque chose de grave ? Alors que, à sept ans, quand une de ses amies avait décidé de ne pas venir à sa fête d'anniversaire parce qu'elle « n'avait simplement pas envie d'aller à une fête », Georgie avait juré de ne jamais reparler à la coupable, et qu'elle avait tenu parole. Alors qu'un contrôle de maths imminent (en cinquième) l'avait incitée à hurler par la fenêtre, de manière à être entendue de toute la rue (« Mon père est un con et les maths, c'est chiant »). Alors que, lors d'une promenade en famille jusqu'au champ d'éoliennes voisin, son jean neuf détrempé par la pluie, elle s'était roulée par terre en criant : « Je déteste vivre ici ! Je ne mettrai plus les pieds dehors jusqu'à ce que tu m'annonces qu'on va s'installer en Espagne ! »

Oui, comment diable cette boule de nerfs toujours prête à exploser allait-elle réagir face à une maladie qui mettait sa vie en danger ?

Will fut bien surpris, car le comportement de Georgie changea finalement assez peu. Sa colère monta seulement d'un cran, pour se transformer en fureur.

Il était passé minuit quand elle revint enfin du Bothy, qui, sans qu'elle le sache, était l'endroit même où ses parents s'étaient rencontrés, tant d'années auparavant.

« Tu as une mine épouvantable, lui dit Will.

— Va te faire foutre, répliqua-t-elle.

— Qu'est-ce que tu as dit ?

— Merci », mentit-elle effrontément.

Will résolut, comme d'habitude, de ne pas insister. À quoi cela aurait-il servi ? De toute façon, il avait bien d'autres sujets de préoccupation. Cela faisait deux semaines que son père lui avait supprimé son seul revenu. Depuis, il avait vu les rappels de ses créanciers s'entasser devant la porte. La banque avait déjà commencé à lui téléphoner, aussi avait-il coupé la sonnerie de tous les appareils et enfoui résolument sa tête dans le sable.

« Alors comme ça, tu couches avec Linda Stewart ? reprit Georgie, brandissant le portable de Will.

— Non. » Il ne mentait pas. Ils avaient bien fait une terrifiante et sordide partie de jambes en l'air quinze jours plus tôt, mais son mari était rentré le lendemain et elle ne lui avait pas donné signe de vie depuis. Techniquement parlant, ils avaient certes couché ensemble, mais ils ne *couchaient* pas ensemble.

« Elle t'a laissé un message, reprit Georgie, en appuyant sur la touche haut-parleur du portable.

— Donne-moi ça. C'est à moi », protesta-t-il, mais la voix de Linda emplissait déjà la pièce : *Will, est-ce que je peux venir chez toi, quand les filles dormiront ? Il est toujours là. Mais c'est fini. Il faut que je te voie.*

« Beurk… C'est dégueulasse, déclara Georgie. Rien que de vous imaginer… Beurk.

— Je te prie de ne plus écouter mes messages. » L'ignorant complètement, elle coupa le haut-parleur et appuya sur la touche 3 pour écouter les suivants.

Monsieur Marion, ici l'agence Les Chasseurs-Cueilleurs, dit une voix mâle dans l'oreille de Georgie. *J'ai des nouvelles pour vous…*

14

LA VEILLE DU JOUR OÙ PRESTON MACMILLAN, de l'agence de détectives privés Les Chasseurs-Cueilleurs, téléphona à Will pour lui apporter la bonne nouvelle, Cynthia était allongée sur la plage de Dahab, en Égypte, en train de dire : « Je n'ai pas choisi la solution de facilité. M'en aller, c'était vraiment la décision la plus courageuse.

— T'as sacrément raison. T'es courageuse, pas à dire. Une femme courageuse, voilà c'que t'es. »

Sa vie en eût-elle dépendu, elle aurait été totalement incapable de se rappeler le nom de l'homme à qui elle parlait. Il lui rendit la photo qu'elle lui avait échangée contre sa pipe à eau, et sur laquelle on voyait deux adorables petites filles de trois ans.

C'était son tour de tirer sur le bong.

« Quelqu'un d'égoïste serait resté, reprit Cynthia en effleurant la photo.

— Ouais. » L'homme exhala une épaisse bouffée de fumée vers le ciel bleu. « T'es pas une putain d'égoïste. T'en as dans le ventre, j'le vois bien. »

C'était de nouveau le tour de Cynthia. Elle fourra la photo dans sa ceinture portefeuille, prit le bong et aspira, remplie d'une fierté enfumée. Quelle femme !

Quelle nana ! Une fille moins courageuse serait restée avec un homme qu'elle n'aimait pas, elle se serait accrochée et serait devenue une mauvaise mère, elle aurait bousillé ces deux gamines pour la vie, comme Heath et elle avaient été bousillés par leurs barges de mères respectives.

« Comment tu t'appelles, déjà ? demanda-t-elle à l'homme.

— Peter, répondit-il. Mais mes amis m'appellent Peter. »

Ils rirent au point de se rouler sur le tapis qu'on avait étalé pour eux sur le sable, un tapis dont ils étaient censés être les acquéreurs potentiels. « Pouvons-nous nous étendre dessus un moment ? » avait demandé le type prénommé Peter au marchand, deux heures auparavant. Lui et Cynthia s'étaient rencontrés dans la boutique et s'étaient immédiatement reconnus pour des âmes sœurs, à leurs cheveux longs et hirsutes, leurs vêtements voyants de style oriental et leur allure générale, totalement défoncée. « On ne voudrait pas acheter un truc qui gratte », avait expliqué Peter au commerçant.

Celui-ci, probablement l'homme le plus patient de tout l'univers, avait accédé à leur requête et avait déroulé le tapis sur le sable devant son échoppe en bord de plage, puis les avait regardés fumer, vautrés dessus. (Son plus beau tapis !)

« Moi, c'est Cynthia..., dit-elle à Peter, se tenant l'estomac tant elle avait mal, mais mes amis m'appellent... » Rien à faire, elle n'y arrivait pas. C'était trop marrant.

« Ça suffit ! tonna le marchand égyptien. Fichez le camp de là ! »

Il leur retira le tapis sous les pieds, laissant Cynthia et Peter se bidonner à même le sable.

Au cours de la dernière année, Cynthia avait probablement couché avec une centaine d'hommes. Elle en était fière, étant donné qu'elle avait trente ans passés, bon, quarante, d'accord, d'accord, dix de plus, mais tout juste. Elle présentait bien, tout habillée – mince et bronzée –, et rares étaient les hommes qui changeaient d'avis en découvrant les vergetures, les traces de piquouses, les nichons raplapla et la cellulite sous l'accoutrement juvénile et flamboyant. Elle en avait perdu le compte exact, mais Peter devait être le cent unième à quelque chose près, et elle lui accorda toute l'attention méritée dans sa tente, un peu plus tard, en lui demandant très peu en retour.

Elle n'avait jamais été égoïste. Elle était artiste, soit – aurait pu être une artiste majeure si elle avait été du genre lèche-cul –, mais elle n'était pas égoïste. Donc, si elle avait quitté Will Marion voilà tant d'années, c'était pour son bien à lui. Will, si ordinaire et peu inspiré qu'il soit, serait un bon père. Il élèverait bien les filles, ferait d'elles des personnes convenables. Mais pour qu'il y arrive, elle devait partir.

« Je peux te chanter une chanson ? » demanda-t-elle au dénommé Peter, quelques heures après. Il s'était endormi. Elle le secoua par l'épaule. « Tu veux m'entendre chanter ? Peter ! Peter !

— Quoi ? » Il aurait préféré qu'elle le laisse dormir.

« Je suis chanteuse. Tu as droit à une chanson gratuite.

— Super », dit-il en refermant les yeux.

Il était arrivé quelque chose à sa voix, durant les années qui s'étaient écoulées depuis son départ. Chanter était devenu presque douloureux, et elle craignait que ce ne le soit encore plus à entendre. Elle chanta néanmoins, et Peter eut la politesse d'applaudir (les yeux toujours fermés) quand elle eut fini.

Elle se recoucha près du numéro cent un (approximativement) et contempla le toit de cette énième tente. Elle était en manque de Heath, de la même manière qu'elle était en manque d'héroïne. Elle savait que c'était mauvais pour elle, qu'il avait fait du mal à des tas de gens, que parfois, quand il était en colère, il l'effrayait tellement qu'elle s'enfermait dans la salle de bains pendant des heures entières. Combien de temps encore avant sa sortie de prison ? Cesserait-elle un jour de l'aimer ? Cesserait-elle un jour de le désirer ?

Elle n'avait jamais été amoureuse de Will Marion. Elle aimait essayer de nouvelles choses, et, à l'époque, elle avait eu envie d'expérimenter les joies d'une existence paisible. La vie de famille en banlieue, un homme médiocre et deux enfants réclamant son attention ne pouvaient représenter qu'une expérience intéressante.

Heath, en revanche – où était cette photo ? Dans sa ceinture portefeuille ? Oh, mon Dieu, elle ne l'avait pas perdue sur la plage, au moins ? Elle avait besoin d'une cigarette, elle en trouva une, l'alluma, et vida la ceinture de son contenu, argent, passeports et instantanés, jusqu'à ce que la vue de la petite photo de Heath dissipe sa panique – oh, Heath avait toujours représenté bien plus qu'un simple test.

Ils avaient tous deux quatorze ans quand ils s'étaient connus, dans la maison de Soke Newington. Il était dans cette famille d'accueil depuis plusieurs mois – comment ces gens s'appelaient-ils, déjà ? John et Petra ? Jane et Peter ? Elle ne s'en souvenait pas, parce qu'elle n'était restée que quelques jours.

« Cynthia, voici Heath. Il a le même âge que toi ! » avait dit Peter, ou John. Heath mesurait déjà un mètre quatre-vingts. Et il était très beau. Et il avait des clopes.

« File-m'en une, avait demandé Cynthia quand son nouveau "père" avait disparu dans la cuisine.

— C'est cinq nouveaux pence, avait-il répondu.

— Un shilling ? File-moi une clope, je danserai pour toi.

— Pourquoi j'aurais envie de te voir danser ?

— Parce que je le ferai toute nue. »

Bien entendu, le marché avait été conclu. Dans la remise du jardin, Cynthia s'était tortillée comme une grande, ravie d'exhiber les seins et les poils qui lui avaient poussé depuis peu. Elle avait eu l'occasion de perfectionner son numéro dans son foyer d'accueil précédent. Les travailleurs sociaux, toujours vigilants, s'étaient assurés que les parents d'accueil, blancs, n'hébergeaient pas d'enfants noirs ou métis, que la maison comportait un nombre de mètres carrés suffisants pour loger des orphelins des deux genres, mais n'avaient pas poussé leur enquête jusque dans le tiroir où étaient rangés les magazines, lequel contenait une variété incroyable de revues porno.

Heath était tombé aussitôt épris. Il avait donné à Cynthia la première d'innombrables cigarettes, et c'était ainsi qu'avait commencé cette belle histoire d'amour. Dans la chambre de Heath sous les combles, cette nuit-là, à deux heures, ils avaient pris ensemble leur premier acide. La nuit d'après, à quatre heures, à la pharmacie Boots, ils avaient volé deux boîtes de préservatifs et trois de pastilles pour la gorge – ils n'avaient aucune intention d'utiliser ces dernières. Le jour suivant, ils avaient séché l'école de concert. La nuit, ils avaient écrit une chanson, fumé de l'herbe, échangé des baisers, dansé, ri, échangé des caresses, baisé…

Oh ! là, là ! comme ils avaient baisé ! Furieusement.

Le lendemain, ils s'étaient enfuis.

Depuis lors, ils étaient restés amoureux et inséparables.

Une dernière année en famille d'accueil – l'adorable Meredith, qui les avait surpris en n'ayant pas peur d'eux, leur donnant même l'impression de bien les aimer.

Après ça, ils avaient formé un orchestre et vécu leur vie à fond. Ils faisaient toutes sortes d'expériences, se mettant mutuellement au défi de repousser sans cesse leurs limites. (« Prends cette drogue ! » « Chante ça ! » « Force la porte de ce magasin ! » « Séduis cette fille sous mes yeux ! »)

C'était ça, la passion, supposait Cynthia. Avoir envie de quelqu'un au point d'accepter qu'il vous cogne de temps à autre. Tapiner, parfois, quand ils n'avaient pas de quoi s'acheter leur dope, lui montant la garde dans le séjour pendant qu'elle gagnait leur fric dans la chambre. S'inquiéter quelquefois que les choses aillent plus loin qu'une petite fracture, qu'il finisse peut-être par la tuer.

Entre vingt-cinq et trente-trois ans, il avait passé en tout quatre-vingt-dix jours hors de prison. Généralement des condamnations pour coups et blessures, ou trafic de drogue, mais les peines étaient toujours prolongées en raison de son comportement en détention : émeutes, consommation de drogue, prise d'otage, voies de fait et, une fois, grève de l'hygiène.

Durant toutes ces années, Cynthia lui avait régulièrement rendu visite, mais, quand elle avait atteint ses trente-trois ans, elle avait décidé de se ranger. À moins qu'elle ne fût en train de se métamorphoser en une femme ordinaire, avec une horloge biologique ordinaire ?

« J'ai rencontré quelqu'un, avait-elle annoncé à Heath, dans la salle des visites de la prison de Saughton, par un mois pluvieux de novembre.

— Je te défie de l'épouser », avait riposté Heath, hargneusement.

Elle l'avait donc épousé – pas à cause de ce qu'avait dit Heath, et qui était d'ailleurs plus un avertissement qu'un défi, mais parce que Will, pensait-elle, était peut-être la solution à ses problèmes. Il réussirait peut-être à la faire décrocher de l'héroïne et, plus important encore, de Heath.

Elle avait trop peur pour continuer à lui rendre visite en prison.

Au début, elle avait énormément apprécié de se faire dorloter. Mais Will Marion était assommant, et l'abstinence pas aussi géniale qu'on le prétendait. Aussi avait-elle été ravie quand Heath avait débarqué chez elle en s'exclamant : « Ma foi, si ce n'est pas Mme Marion ! » En faisant l'amour avec lui en douce, s'était-elle dit, peut-être arriverait-elle à supporter la monotonie de la vie banlieusarde. Peut-être arriverait-elle à supporter sa condition de mère.

Étendue sous la tente à Dahab, Peter ronflant à côté d'elle, Cynthia se félicita une fois de plus d'avoir quitté Will, il y avait tant d'années de cela. Elle avait pris la bonne décision. Elle n'était pas faite pour cette vie-là, et rester n'aurait servi qu'à rendre celle de Will et des filles impossible. Elle tira une dernière bouffée de sa cigarette et reposa la tête contre le sol pour rêver à Heath. Les années qui s'étaient écoulées après son départ de Glasgow se perdaient dans un brouillard de drogues – combien d'apparts Heath et elle avaient-ils squattés ? Avec qui avaient-ils vécu ? Elle ne s'en souvenait plus. Mais c'était marrant, non ? Effrayant aussi, comme la fois où Heath avait volé une bagnole pour rentrer chez eux, en sortant d'une boîte, et fermé les yeux en arrivant à un feu rouge. « Si nous sommes vraiment destinés l'un à l'autre, l'univers nous protégera, avait-il déclaré. Dix secondes ? Quinze ? » Il avait ignoré les hurlements de Cynthia et l'avait empêchée de prendre le volant en repoussant ses mains à coups de coude. « Si Dieu nous aime, nous survivrons. Sinon, je n'ai pas envie de vivre. Un, deux, trois... » Il s'était révélé que Dieu aimait Heath et Cynthia beaucoup plus que Miriam de Jedburgh et la Ford Escort qu'elle venait d'acheter. Ensuite, il y avait eu cette fois où un micheton avait fait quelque chose qu'elle n'avait pas aimé ; elle avait protesté à grands cris, et Heath était entré dans la chambre et avait cogné la tête du type contre la vitre jusqu'à ce qu'il cesse de bouger. Mais avoir peur, c'était marrant aussi, non ?

Il avait été condamné à perpète à l'âge de quarante-deux ans, ce qui voulait dire dix ans minimum à la prison de Manchester. Cynthia avait attendu, attendu. Elle avait essayé la cure de désintox. Elle avait essayé de rechanter. Elle avait essayé de se faire de nouveaux amis au supermarché du coin. Elle avait essayé de tuer le temps jusqu'à ce qu'il soit libéré. Mais quand la dernière demande de mise en liberté conditionnelle avait été rejetée, elle n'avait pas pu en supporter davantage. Elle avait décidé de réagir à l'absence de Heath comme elle l'avait fait quand l'approvisionnement en coke s'était tari à Glasgow, en 1991. En se résignant. En supportant le manque.

Elle était passée à autre chose. Elle s'était sevrée. Elle avait arrêté les drogues dures – en fait, elle avait piqué le reste du stock aux dealers avec qui elle vivait à Finsbury Park, l'avait revendu, et avait pris l'avion.

Zzzip… Quelqu'un tripotait la fermeture à glissière de la tente. « Excusez-moi, dit une voix d'homme. Y a-t-il une Cynthia Marion ici ? »

15

CELA FAISAIT DEUX SEMAINES que cette mauviette était venue le voir. Depuis ce jour, Heath n'avait pas cessé de jubiler, empli d'un sentiment de puissance. Allongé sur sa couchette, prêtant l'oreille aux bruits nocturnes dans le couloir, il sourit. Elle était tombée à pic, pas de doute, cette tapette. C'est comme ça qu'ils l'appelaient autrefois, Cynthia et lui (même si, quelquefois, elle faisait mine de prendre sa défense : « Il n'est pas homo, Heath ! Arrête de le critiquer ! »). S'il n'était pas homo, qu'est-ce qu'il était, alors ? Il était ridiculement petit. Dans les un mètre soixante-douze, soixante-quinze maximum. Et qu'est-ce que c'était que ces épaules ? Elles auraient pu aller pour une fille, à la rigueur, mais pas pour un homme adulte. Bon Dieu, pourquoi avait-il fallu qu'elle s'encombre d'un mec pareil, défi ou pas ?

« Ma foi, si ce n'est pas Mme Marion ! » s'était-il écrié en débarquant chez elle. Pour une jeune mariée, elle avait l'air aussi fraîche qu'une veuve de quatre-vingt-cinq ans. « Je peux entrer ? »

Et Cynthia l'avait laissé entrer. L'avait laissé la prendre dans sa bagnole et dans son appart. Lui avait raconté sa vie sexuelle bihebdomadaire avec Will Marion.

« Il me dit sans arrêt qu'il m'aime ! avait-elle expliqué à Heath, et il avait ri. Il me dit que j'ai un beau ventre plat ! Et il continue comme ça, pendant une heure entière, quelquefois. »

Ce type ressemblait à un ado débordant de reconnaissance parce qu'on lui laissait tirer son coup – c'était d'autant plus pathétique qu'il n'en avait plus le physique.

De l'avis de Heath, côté sexe, ce qui se passait dans les douches de la prison paraissait dix fois plus excitant que ce que Cynthia avait fait dans son lit conjugal. Dieu sait comment ç'avait pu durer trois ans. Cynthia s'était mis dans la tête l'idée farfelue de mener une vie normale – tout en s'envoyant en l'air avec Heath le plus souvent possible entre-temps, bien entendu – et lui, il avait tranquillement attendu que ça lui passe, en se distrayant avec des bimbos de passage.

À présent, Will était de retour, la petite tapette. Il en redemandait.

Oh, il recevrait son dû, ça, c'était sûr.

Heath braqua sa torche électrique sur la photo de Cynthia punaisée sur le bois de la couchette du dessus. Il comprenait pourquoi elle était partie, onze mois plus tôt. Il lui avait promis qu'il serait libéré, cette fois-là, et il était convaincu que ça serait effectivement arrivé, sans cet enfoiré de travailleur social qui jacassait tout le temps, ce sale petit lèche-cul. Il se rendait compte qu'elle n'en pouvait plus, de cette attente interminable. Mais il ne doutait pas un seul instant qu'elle serait là quand il sortirait. Elle savait parfaitement qu'elle avait intérêt à ne pas le contrarier.

16

PRESTON MACMILLAN N'APPELAIT PAS WILL DE SON BUREAU. Il y avait deux bonnes raisons à ça : primo, il était en Égypte ; secundo, il n'avait pas de bureau. L'agence de détectives privés Les Chasseurs-Cueilleurs se réduisait en fait au placard attenant à la salle de séjour de l'appartement familial, dans le West End. Pour l'anniversaire de Preston, sa mère avait demandé à Fred, leur voisin de soixante-dix ans, d'aménager ce dressing pour lui permettre de mieux préparer ses examens d'entrée en fac*. Sous sa supervision pas très pointilleuse, Fred avait installé des étagères montant jusqu'au plafond et un bureau Ikea flambant neuf, avec un énorme fauteuil pivotant au milieu. « Merci, m'man ! avait dit Preston. C'est vraiment super.

— Rien n'est jamais trop beau pour mon petit garçon, tu le sais bien, n'est-ce pas, Preston ? Tu le sais, que je t'aime ? avait répondu sa mère. Allez, maintenant, viens souffler tes bougies. »

Preston avait dix-sept ans.

* Examen spécifique au système éducatif écossais, cet « *advanced higher exam* » permet d'entrer directement en 2e année à l'université. *(N.d.T.)*

L'idée de l'agence de détectives lui était venue un dimanche après-midi, deux ans plus tôt, en regardant *Dexter*, une série télévisée américaine dont le héros était un tueur en série. La particularité de ce tueur, c'était qu'il transformait ses regrettables penchants en quelque chose de positif, en ne zigouillant que d'authentiques salopards. *Eurêka !* Preston s'était subitement redressé sur son siège. C'était parfait. Il aimait suivre les gens, les femmes surtout. Ça lui avait d'ailleurs attiré des ennuis, une fois – mais Briony valait la peine de se voir déférer devant le juge pour enfants, ainsi qu'il l'avait été pour avoir été surpris au pied de son lit cette nuit-là. Cependant, il espionnait également des hommes – James Marshall, par exemple, qui avait eu un train électrique bien plus chouette que le sien, à sept ans. Il n'avait pas arrêté de le suivre, depuis l'histoire du train : quand il se rendait à vélo dans sa cachette secrète à neuf ans, quand il allait jouer au rugby à Giffnock à onze ans, quand il embrassait Rebecca Gordon derrière le foyer des scouts à quatorze, quand il mettait le feu aux poubelles à seize. Et lui aussi il conservait des souvenirs de chacun de ses « sujets ». Il avait amassé toute une collection de trophées dans un vieux carton d'emballage d'ordinateur, sur la dernière étagère de son nouveau bureau. La gourde de James Marshall. La clé du casier de Susie Davidson à l'école. Le gant de Maria McDowall. Le flacon de dissolvant de Pauline Bryce.

C'était une idée de génie : pourquoi ne pas se faire payer pour épier des gens ?

Le nom, Les Chasseurs-Cueilleurs, lui était venu à l'esprit un soir où il farfouillait dans l'armoire de sa mère (sans raison particulière, simplement parce qu'il aimait farfouiller). Dans une petite boîte à chaussures, sa mère gardait elle aussi des souvenirs, mais uniquement de son mari, mort électrocuté. Parmi eux, il y avait un CD d'un groupe australien, Les Chasseurs-Cueilleurs. Preston ne l'avait même pas écouté, mais c'était un nom idéal.

L'agence lui permettait d'exploiter au mieux toutes les compétences acquises au cours de son adolescence – il était un enquêteur expérimenté et minutieux, un hacker chevronné, il excellait à fouiller dans les poubelles des gens, à se cacher derrière des arbres, des buissons ou des palissades pour regarder à travers les fenêtres, avec ou sans jumelles, et il était extrêmement doué pour entrer dans les maisons sans que leurs occupants s'en aperçoivent. Mais, par-dessus tout, il était entièrement dévoué à sa tâche. Une fois qu'il avait quelqu'un dans le collimateur, il ne le lâchait plus.

À ce jour, il avait réussi à retrouver une ado en fugue et à la ramener à sa mère folle d'inquiétude autant que fumasse (il avait conservé un de ses faux cils), il avait apporté à une épouse angoissée des photos prouvant que son mari entretenait une liaison avec un autre homme (un préservatif usagé), et innocenté un mari qui n'avait pas de liaison mais avait loué un appartement pour pouvoir regarder les émissions de son choix à la télé, loin de son enquiquineuse de femme (la télécommande).

Le premier message de William Marion disait :

Bonjour, je voudrais savoir si vous seriez en mesure de m'aider. Mon épouse, Cynthia Marion, dont je suis séparé depuis longtemps, est partie pour l'Inde, il y a un peu plus d'un an. Avant son départ, elle résidait à l'adresse suivante : appartement 1a, Digby Crescent, Finsbury Park, Londres. Je dois la retrouver de toute urgence ; nos deux filles adolescentes sont malades et ont toutes les deux besoin d'une transplantation rénale. Pouvez-vous, s'il vous plaît, me contacter par mail ou sur mon mobile ?

Avec mes sentiments distingués,

Will Marion

Dans son placard-bureau, où il était censé être occupé à réviser sa chimie (sa mère ne savait-elle donc pas qu'il connaissait tout par cœur depuis des mois ? qu'il allait réussir l'exam haut la main sans même relire une seule page ?), il rédigea immédiatement sa réponse :

Je serais enchanté de vous aider. Je suis hautement qualifié dans ce domaine, et j'ai un taux de 100 % de réussite dans la recherche des personnes disparues. En raison de la nature extrêmement délicate et confidentielle de mes missions, je préfère que nous communiquions par mail et que vous supprimiez tous les messages de votre disque dur après avoir reçu les informations. Mes honoraires sont de 500 £ par semaine plus les frais (vous dites qu'elle se trouve peut-être en Inde, ce qui signifie que je devrai probablement me rendre là-bas et que je vous demanderai une provision pour couvrir mes dépenses et parer à toute éventualité). Les honoraires de la première semaine seront versés à titre d'arrhes et non remboursables. Cette somme me sera réglée sur mon compte PayPal, à cette adresse e-mail. Si vous souhaitez que je me charge de cette affaire, merci d'effectuer le règlement dès à présent et de me fournir les renseignements suivants :

— nom, prénom et adresse ;

— nom et prénom de votre épouse, pseudonymes ou noms d'emprunt, date de naissance, photos anciennes et récentes, coordonnées bancaires, amis, petits amis, antécédents judiciaires, antécédents psychiatriques ou médicaux, et toute autre précision qui vous semblera utile.

Dès que j'aurai reçu le premier versement ainsi que ces renseignements, je me mettrai au travail sans plus tarder.

Bien à vous,

Les Chasseurs-Cueilleurs.

Will répondit par retour, déposa l'argent sur le compte PayPal et lui donna tous les renseignements auxquels il put penser, entre autres les coordonnées de Heath, celles de Janet, de Meredith, un bref résumé de ce qu'il savait des démêlés de Cynthia avec la drogue, et le nom de son groupe.

Exactement comme il l'avait promis, Preston se mit à l'ouvrage sur-le-champ.

17

ZZZIP ! Cynthia fit coulisser la fermeture à glissière de la tente. Le bruit ne réveilla pas le type appelé Peter, à qui elle venait d'offrir une partie de jambes en l'air et une chanson.

« Qui la demande ? » s'enquit-elle, en plissant les paupières pour examiner l'adolescent planté en face d'elle. Le soleil meurtrissait ses pupilles dilatées par la dope. Quand son regard se stabilisa, elle remarqua qu'il ressemblait à un James Dean juvénile. *En dessous de quel âge est-ce vraiment trop jeune ?* se demanda-t-elle.

« Le livreur, répondit Preston. Si on allait prendre un café ?

— Ça dépend de ce que vous m'apportez.

— Des nouvelles d'un être cher, déclara-t-il. On se retrouve au bout de la plage dans une dizaine de minutes ? »

Cynthia présuma aussitôt que le garçon était venu lui parler de Heath. Peut-être était-il sorti – mais ça ne pouvait pas être le cas, il ne pourrait pas présenter une nouvelle demande de mise en liberté conditionnelle avant le mois prochain. Ou alors, il s'était évadé. Il en avait déjà caressé le projet. La dernière fois qu'elle lui avait rendu visite, en fait.

« Je n'en peux plus, avait-elle dit. Si ta requête est encore rejetée, je ne peux plus continuer à poireauter comme ça. »

Il lui avait adressé ce regard qu'il n'avait jamais adressé qu'à elle. Un regard implorant de petit garçon.

« Je t'attendrai, Heath, mais pas ici. Tu comprends ?

— Je m'évaderai, avait-il répondu, en lui saisissant la main pour la supplier de ne pas le quitter.

— Heath, promets-moi que tu ne feras pas ça. Il te reste une année à tirer tout au plus. Ta demande sera acceptée, la prochaine fois ! Ne fais pas de bêtises, sinon tu devras purger dix ans de plus et mes nichons me tomberont sur les pieds quand tu sortiras. »

Peut-être ne l'avait-il pas écoutée, songea Cynthia en s'extirpant de la tente. Peut-être s'était-il emballé dans une grande boîte en carton et expédié par la poste ? Peut-être avait-il payé quelqu'un pour survoler la cour de la prison en hélicoptère, et s'était-il agrippé aux patins pour filer vers la liberté, suspendu dans le vide ? L'imagination de Cynthia était en pleine effervescence tandis qu'elle se brossait les dents et faisait pipi dans le bloc sanitaire. Elle se dirigea vers la plage en courant à toutes jambes, mais se retrouva essoufflée au bout de quelques secondes et se contenta de marcher aussi vite qu'elle le pouvait.

Il était assis, des lunettes de soleil sur le nez, à la terrasse du premier café sur le front de mer. Il avait défait les deux premiers boutons de sa chemise, révélant quelques fins poils blonds sur son torse. S'il a plus de seize ans, ce n'est pas illégal, se dit Cynthia, humectant ses lèvres sèches avant de s'asseoir à côté de lui.

« J'ai pris la liberté de commander pour vous, annonça le garçon. Du sucre ?

— Merci », répondit-elle. Elle en versa trois cuillerées dans sa tasse et touilla.

« Je m'appelle Jonathan, mentit-il. Votre ex-mari m'a chargé de vous retrouver. »

Cynthia s'étrangla avec sa première gorgée de café et toussa, éclaboussant le visage de Preston. Il s'essuya avec sa serviette.

« Qu'est-ce qu'il veut ?

— Un de vos reins », rétorqua-t-il, ce qui déclencha une nouvelle pluie de postillons, beaucoup plus abondante celle-ci.

Cette femme ne ressemble pas du tout à Georgie, songea Preston. Elle avait une touche de sorcière envapée, avec sa tignasse frisée en bataille, sa peau mal nourrie cramée par le soleil, ses yeux rougis par le cannabis. Non, Georgie était entièrement différente de sa mère. Des yeux marron, et non bleus, des cheveux châtain clair, et non foncé, et – bien qu'elle fût gravement malade – elle paraissait en bien meilleure santé que sa génitrice. Tout en essuyant pour la seconde fois le café recyclé sur son visage, il se prit à douter que les organes de cette femme puissent servir à quoi que ce soit.

La carte postée de Goa lui avait fourni un point de départ pour ses recherches. Après que Will eut déposé sur son compte de quoi payer son voyage, il avait raconté à sa mère qu'il partait dans les Highlands avec un copain, pour bûcher leurs exams dans la résidence secondaire des parents de celui-ci. Elle était alcoolo et bête à bouffer du foin, sa vieille. Preston s'était souvent demandé comment elle avait pu engendrer un être aussi doué que lui. Peut-être son défunt père était-il un aigle, mais c'était peu probable : il s'était électrocuté en changeant une ampoule, ce qui ne dénotait pas une très grande intelligence. Alors, son génie s'expliquait peut-être par le fait qu'il était à la limite de l'autisme, en équilibre instable entre la normalité et la schizophrénie. Cela lui parut hilarant : il s'imagina en équilibre sur un long fil, bras écartés, parmi tout un tas d'autres gogols, hurlant en direction des habitants du monde normal, en dessous d'eux… « Hé, vous autres, en bas ! Regardez-moi ! Ici ! En haut ! À la limite de l'autisme ! »

Le vol à destination de Bombay lui laissa le temps d'apprendre un peu d'hindi et d'urdu, ce qui se révéla utile quand il lui fallut acheter un billet pour Goa et trouver le bon bus. Il monta à bord de celui-ci trois heures après avoir atterri à Bombay. Ce laps de temps lui suffit pour comprendre la pleine signification de cet aphorisme : « Les Britanniques ont inventé la bureaucratie, et les Indiens l'ont perfectionnée. » Il dut faire la queue à quatre guichets différents pour se procurer son billet de bus. Contrairement à bon nombre d'autres voyageurs occidentaux, il ne se laissa pas démoraliser par le caractère laborieux du processus. En quoi l'impatience aurait-elle facilité les choses ? Comme il restait une heure avant le départ, il demanda à un chauffeur de taxi de lui faire visiter la ville – du moins de lui en montrer autant que cela lui était possible dans le temps imparti. La circulation était si dense qu'il ne vit en tout et pour tout qu'une rue commerçante très occidentalisée, avec un McDo où il s'acheta un chicken burger, et d'autres taxis. Il monta dans le bus cinq minutes avant l'heure dite, choisit une place côté couloir, vers le milieu du véhicule, et posa un de ses bagages sur le siège voisin de manière que personne ne vienne s'y asseoir. Preston aurait détesté ça, surtout si ç'avait été un Occidental. « Tu viens d'où ? » lui aurait demandé cet indésirable, avant de lui infliger le récit de sa propre vie en s'attendant à le voir réagir par des regards de sympathie et des hochements de tête.

Sur l'écran à l'avant du bus, des vidéos made in Bollywood passèrent en boucle durant les seize heures de trajet. Des gens portant des tenues aux coloris éclatants dansaient au son d'une musique stridente. Preston concevait qu'on puisse apprécier ça pendant une heure ou deux, mais seize heures d'affilée, c'était l'enfer. Une énorme pancarte était fixée sur la cabine du conducteur : « Notre présentation vous. Cabine dans seulement pour. » Preston passa un certain temps à tenter de décrypter ces phrases sibyllines, et de nombreuses heures à contempler par la vitre la noirceur de cet étrange monde nocturne, éclairé uniquement, de loin en loin, par des panneaux publicitaires : « Je bois du Limca parce que j'aime ça ! », « Aidez-nous à éradiquer la malaria ! » et « Les gens qui ont le sens de la dignité mangent des saucisses népalaises ! »

D'une manière ou d'une autre, Preston réussit finalement à s'endormir et, quand il se réveilla, le paysage avait pris des couleurs tropicales. Il descendit à Mapusa. S'il avait été en vacances, peut-être aurait-il accordé plus d'intérêt à cette ville gaie et animée, à ses rues non pavées remplies de marchés pittoresques et de vaches errantes. Mais il était trop excité par la perspective de retrouver cette femme, cette Cynthia, dont le corps recelait une chose d'une importance aussi vitale pour ses enfants.

Le bus orné de rayures bleues qui allait à Chapora ne coûtait pas cher, mais il y avait une raison à cela. Il transportait plus de passagers que trois bus écossais n'en auraient contenu. Certains se cramponnaient de toutes leurs forces à la portière tandis que les sardines comprimées à l'intérieur se tortillaient pour leur faire lâcher prise. Preston avait l'habitude de faire la queue et avait naïvement attendu son tour pour monter à bord. Mais quand tous les autres furent parvenus à s'entasser à l'intérieur, à l'exception de trois indigènes au coup de coude moins vigoureux, il n'était plus possible d'y entrer et tous ses « Excusez-moi, j'ai payé ma place ! » n'y changèrent rien. Comme le véhicule était sur le point de démarrer, l'un des autochtones restés en rade se dirigea vers l'arrière et gravit une échelle qui permettait d'accéder au toit. Les deux autres l'imitèrent. « Venez ! » lui proposa le dernier. Une minute plus tard, Preston se retrouva assis sur le toit d'un bus, avec un minuscule garde-corps de quelques centimètres pour toute protection. C'était libérateur, se dit-il, d'être perché sur le toit d'un bus. Personne ne semblait s'en inquiéter, et, mis à part le fait qu'il fallait se baisser pour passer sous les câbles électriques ou les ponts de faible hauteur, c'était merveilleux de voir le monde de là-haut. Un monde tellement différent, en plus, où des rangées d'hommes étaient accroupis ensemble dans les champs et où des femmes vendaient des poudres de toutes les couleurs sur des étals en plein air. Sitôt arrivé à Chapora, un village en bord de mer à l'atmosphère décontractée, Preston se mit à arpenter la terre battue de la rue principale, bordée de petites échoppes où l'on vendait de la nourriture et des boissons, demandant aux boutiquiers et aux propriétaires des restaurants s'ils avaient vu Cynthia Marion, leur montrant différentes photos pour raviver leurs souvenirs. La plupart d'entre eux ne parlaient pas anglais, mais cela ne le dissuada pas d'utiliser ses connaissances linguistiques fraîchement acquises.

« Ah, oui, dit la trente-troisième personne à laquelle il s'adressa. Elle habitait dans la maison rouge, près du chemin qui mène à la plage. Elle est partie il y a quelques semaines. Vous ne pouvez pas la manquer. Une maison rouge vif, avec un toit vert. »

Le propriétaire de la maison rouge, un Indien dans la cinquantaine, reconnut immédiatement la femme sur la photo. « Elle est allée en Égypte, déclara-t-il. Je crois que Ronnie est toujours en contact avec elle. »

Ronnie était aux cabinets, dans l'arrière-cour. Suivant les indications qui lui avaient été données, Preston contourna la maison rouge et arriva devant un petit abri perché sur des pilotis au milieu de la cour. En dessous de la construction, trois cochons, nez en l'air, mastiquaient bruyamment une substantielle matière brune. Preston s'avança vers les animaux – ils avaient l'air si mignons, en train de bâfrer au pied de l'édifice ! Soudain, quelque chose surgit d'un orifice à la base de l'abri. Les porcs levèrent leur groin pour en grignoter l'extrémité avant même que le reste ne se fût détaché de là d'où il provenait. Quand le truc tomba par terre, ils l'engloutirent voracement. Quelques instants plus tard, un homme d'environ trente-cinq ans sortit des cabinets en refermant sa braguette.

« Il faut un certain temps pour s'y habituer, dit-il, en regardant Preston qui regardait les cochons dévorer la merde. Ces petits saligauds bouffent ça avant même que ça soit complètement sorti de votre trou du cul. Bonjour, moi, c'est Ronnie. »

Preston ne lui serra pas la main. Il le suivit jusqu'à la véranda de la maison, où Ronnie avait manifestement élu domicile, et il lui montra la photo de Cynthia.

« Ouais, Cynth. J'étais censé la rejoindre, en fait. Mais j'en ai toujours pas trouvé le temps. Sacrée fêtarde ! La dernière fois que je l'ai vue, elle communiquait avec la lune sur la plage d'Anjuna.

— Comment ça, elle communiquait avec la lune ? s'enquit Preston.

— Oh, ce ne sont pas les moyens qui manquent, par ici, répondit Ronnie. Généralement, on utilise de petits comprimés blancs ! Une fois, après une fête, on est rentrés dans un camion à glace. Le voyage le plus surréaliste de toute ma vie. Un mec avec un visage énorme était assis sur le bloc de glace en face de nous. On ne pouvait plus arrêter de rire de sa tronche. Putain, qu'elle était grosse ! Le camion a livré de la glace à vingt-trois cafés le long de la plage avant de nous déposer ici. On avait les fesses gelées.

— Elle était grosse comment, sa tête ? demanda Preston.

— J'en sais rien. Probablement pas tant que ça. Je vais à une fête ce soir. Je demanderai à la lune, si tu veux.

— Je ne pense vraiment pas que ce soit nécessaire, répondit Preston.

— Bon. » Ronny dévisagea le jeune homme qui se tenait devant lui. Il était encore plus zarbi que le type à la tronche gigantesque dans le camion de glace. « Elle est allée dans un endroit appelé Dahab, en Égypte », reprit-il, en espérant que cette information suffirait à le faire décamper fissa.

Peu désireux d'endurer des heures de films bollywoodiens dans le bus de Mapusa à Bombay, Preston décida de prendre un taxi pour se rendre à l'aéroport. Les tractations avec le chauffeur se déroulèrent comme suit :

Preston : 5 000 roupies.

Le chauffeur : 30 000, pas moins.

Preston : 5 000, c'est ma dernière offre.

Le chauffeur : Ce prix-là, c'est... pfft *(soupir de dédain)*. Mon taxi est équipé d'un lecteur de CD.

Preston : C'est mon dernier prix.

Le chauffeur : Je dois compter le trajet de retour ! Je vous fais un bon prix ! Je vous montrerai des choses qu'on ne montre jamais aux touristes.

Preston : 5 000. Les choses qu'on ne montre jamais aux touristes, ça ne m'intéresse pas.

Le chauffeur : Ma femme est morte et j'ai trois enfants à élever.

Preston : Je suis pressé.

Le chauffeur : 7 000 avec la musique, et je vous montrerai deux des choses qu'on ne montre jamais aux touristes.

Preston : 6 000, et l'affaire est conclue.

Le trajet fut interminable, interrompu seulement par deux arrêts prolongés dans des magasins de tapis qu'on ne montrait jamais aux touristes, apparemment. Les tapis étaient de si bonne qualité et si bon marché que Preston en acheta quatre avec les économies accumulées grâce à ses précédentes missions. Les tapis seraient expédiés à son domicile la semaine suivante.

On ne pouvait pas trouver plus facile, comme boulot, songea Preston en montant dans l'avion. Du vrai gâteau.

18

CYNTHIA AVAIT SONDÉ les profondeurs de son âme à maintes reprises, dans le passé. Toujours avec succès, croyait-elle. Et toujours, sans exception, avec l'aide de drogues de catégorie A.

Depuis plus d'un an, elle s'en tenait au régime cannabis et alcool, plus quelques hallucinogènes sur les plages indiennes à l'occasion, mais dès que ce jeune James Dean – qu'elle se taperait un jour, oh oui, c'était sûr ; l'histoire plairait à Heath –, dès que cette ravissante jeune créature lui eut appris que ses enfants risquaient de mourir si elle ne sacrifiait pas une partie d'elle-même, la première pensée qui vint à son esprit ramolli, ce fut l'héroïne.

« Ça me rapporterait quoi, à moi ? » demanda-t-elle. Ce que Preston ignorait, c'était que Cynthia avait déjà prévu de rentrer. D'ici peu, Heath serait en droit de présenter une nouvelle demande de mise en liberté conditionnelle, et elle n'avait aucune intention de manquer à la promesse qu'elle lui avait faite. Elle avait même commencé à faire la manche pour gagner de quoi s'acheter le billet de retour. Jusqu'à maintenant, elle avait récolté dix livres.

« Vous sauverez la vie d'une de vos filles.

— Bien sûr… » Ce type était un crétin.

« Et… je présume que vous aimeriez revoir votre petit ami ? Je peux vous payer le voyage. » Là, il commençait à devenir un peu moins stupide.

« Payez-moi le voyage et promettez-moi autre chose, dit-elle.

— Je ne peux rien promettre avant de savoir de quoi il s'agit.

— Je veux deux doses d'héroïne dans l'heure qui suivra mon arrivée à Glasgow. »

Preston tira sur la peau entourant l'ongle de son pouce. Elle se détacha en un mince ruban bien net, qu'il déposa dans un mouchoir en papier. Il replia celui-ci et répondit : « Disons plutôt dans les deux heures.

— Je vais faire mes bagages », déclara Cynthia. En regagnant sa tente, elle crut voir des seringues dans tous les objets de forme oblongue qu'elle aperçut en chemin. Peter roupillait toujours. Le bout de ses pieds paraissait aussi pointu qu'une aiguille. Elle ne le réveilla pas.

Formant un couple des plus improbables, Preston et elle refirent en sens inverse la dernière partie du voyage qu'il avait effectué à l'aller, prenant un bus en direction du Caire, où ils réservèrent des places sur un vol à destination de Glasgow via Londres.

Malheureusement, l'avion ne partait que douze heures plus tard.

Ils mirent ce temps à profit.

Preston téléphona à son client à Glasgow. « J'ai une bonne nouvelle pour vous, annonça-t-il à Will Marion, par l'intermédiaire du répondeur. J'ai retrouvé votre femme. »

Cynthia appela la prison de Manchester. « Il est toujours là ? s'enquit-elle.

— Où voulez-vous qu'il soit ? » répliqua le gardien d'un ton bourru, de manière tout à fait prévisible.

Elle laissa échapper un soupir de soulagement. Il n'avait pas fait la connerie de tenter de s'évader. « Je peux lui parler ?

— Oh bien sûr, patientez donc une minute. Le temps que je ferme la porte à double tour, que je me rende dans son quartier à l'autre bout du bâtiment, que je monte jusqu'au deuxième étage et que je frappe à la porte de sa cellule pour lui demander si on peut le déranger.

— Merci beaucoup.

— Quelle sorte de chocolats aimerait-il trouver sur son oreiller, selon vous ?

— Quoi ?

— Vous croyez peut-être que c'est le Hilton de Glasgow, ici ?

— Je t'emmerde.

— Qu'est-ce que vous avez dit ?

— Je vous remercie, mentit-elle, en digne mère de sa fille. Pourriez-vous lui transmettre un message, s'il vous plaît ? Dites-lui que je rentre, et que je viendrai le voir la semaine prochaine. »

Après quoi, Cynthia initia Preston à l'usage du bong. Il aspira une bouffée, se renfonça dans son siège et déclara : « Je vois. C'est comme si on vous avait rempli la tête d'ouate et qu'on vous plongeait ensuite dans l'eau chaude. Oui, j'éprouve une sensation très nette. Perte de contrôle, impression d'être transporté dans un autre monde… » Il s'interrompit. « Je n'en vois pas vraiment l'intérêt. »

Cynthia entreprit alors d'initier Preston aux femmes.

Ils se trouvaient dans une petite chambre d'hôtel dans la banlieue du Caire. C'était la seule chambre disponible. « Ne t'en fais pas, je ne vais pas t'avaler tout cru ! » l'avait rassuré Cynthia, sans mentir. Elle n'avait pas envie de le sucer. C'était lui qui allait la brouter, elle y comptait bien.

« Tu as déjà vu une chatte ? » s'enquit-elle, s'attendant à une réponse négative. Même s'il était d'une beauté renversante, ce gamin était une vraie cruche.

« Sur Internet », répondit-il. Les vagins, c'était un peu la même chose que la dope, pour lui. Il n'en voyait pas vraiment l'intérêt. En fait, il trouvait certains d'entre eux carrément repoussants, avec ces trucs pendants qui vous donnaient envie de leur balancer des cacahuètes. Toutefois, il avait le sentiment qu'il ferait mieux de se familiariser avec eux, et avec la sexualité en général, de la même façon qu'il avait cru de son devoir d'essayer les olives, à neuf ans. Il était content d'avoir essayé les olives. Leur goût amer lui avait irrité la bouche pendant une heure et demie au moins.

Cynthia laissa glisser au sol sa longue jupe de hippie et se campa devant lui. Elle ne portait pas de culotte. Preston la contempla sans bouger.

« Pourquoi est-ce que vous vous rasez ? » demanda-t-il. Il tremblait un peu. C'était encore plus déconcertant que les olives.

« C'est plus joli comme ça, répondit-elle. Tu ne trouves pas ?

— Je ne sais pas. Il faudrait que je le voie avec des poils pour me faire une opinion précise.

— Tu devras attendre une semaine ou deux.

— Je n'ai pas autant de temps devant moi. Je peux toucher ?

— Mais comment donc ! » répondit Cynthia, émoustillée par ce comportement aussi poli que bizarre, qui donnait l'impression que tout ce qu'il regardait était unique en soi.

Il s'approcha et effleura du bout de l'index son pubis épilé. Ça ressemblait à un coude, en moins lisse. Ça ne lui fit pas peur, mais il n'éprouva pas non plus le désir urgent de s'y introduire d'une manière quelconque.

Il se redressa, se dirigea vers le lavabo et se mit en devoir de se laver les mains.

« Tu peux l'embrasser, si tu veux », l'encouragea Cynthia, légèrement contrariée. Qu'est-ce qu'il fabriquait ?

« Non, merci, répondit-il en s'essuyant les mains. Je suis fatigué. Nous avons un long voyage à faire demain. »

Cynthia renfila sa jupe. Jamais elle n'avait été humiliée de la sorte. Le sale petit merdeux ! Elle le raconterait à Heath. Il serait furax.

Le lendemain, ils embarquèrent pour Londres. Preston feuilleta un livre pendant toute la durée du vol.

« Pourquoi ne le lis-tu pas pour de bon ? demanda Cynthia, en s'efforçant désespérément de ne pas remarquer que les villes en dessous d'eux avaient exactement la forme d'une seringue.

— Mais je le lis, rétorqua-t-il.

— Déconne pas.

— Mettez-moi à l'épreuve », dit-il en lui tendant le livre, qui s'intitulait *Comprendre le pouvoir : l'indispensable de Chomsky*.

Cynthia lut la première page du premier chapitre. Cela lui prit plusieurs minutes, et elle n'y entrava que dalle. Elle n'aurait pas réussi à formuler la moindre question, même s'il l'avait payée pour ça.

« Qu'y a-t-il d'écrit à la première ligne ? interrogea-t-elle.

— *Noam Chomsky est professeur émérite de linguistique et de philosophie au MIT, à Boston.* »

Petit malin, songea Cynthia en lisant à son tour la première ligne de la notice. Elle lui rendit le bouquin et contempla les nuages, dont la forme ressemblait étrangement à celle d'une seringue.

19

LINDA ET WILL NE S'ÉTAIENT PAS REPARLÉ depuis plus d'une quinzaine de jours. Il lui avait promis de l'appeler à son retour de Manchester, mais n'avait pas tenu parole. Il n'en avait même pas éprouvé la tentation, à vrai dire. Après des années d'amitié, assortie de quelques fantasmes masturbatoires à l'occasion, il avait été fortement déçu de découvrir que la réalité était nettement moins bien, et extrêmement douloureuse de surcroît. Au lieu de l'appeler, il s'était terré dans sa maison, n'en sortant que pour se rendre au service de dialyse, et avait prié pour qu'arrivent les miracles suivants :

Que le détective privé retrouve Cynthia ;

Que Cynthia accepte de donner son rein parfait sous tous les rapports ;

Qu'il fasse de même ;

Et que les deux filles arrêtent de dépérir comme c'était le cas en ce moment, la vie et l'énergie de se vider de leur corps, et qu'elles se rétablissent.

Rien de tout cela ne s'était produit et, maintenant, deux semaines après l'épisode du coup de cuillère dans les couilles, Will était, à sa propre surprise, tout excité par le message qu'elle lui avait laissé sur son mobile. Georgie s'était enfuie de la maison après l'avoir écouté, en emportant l'appareil. Il n'avait pas le numéro du portable de Linda, aussi composa-t-il celui de son domicile, prêt à raccrocher si c'était son mari qui répondait. Heureusement, ce ne fut pas le cas. Linda rappliqua chez lui immédiatement.

« À propos de l'autre soir... » Will acheva de remplir un grand verre de vin et le tendit à Linda. Il allait lui demander si le tabassage avait rendu impossible toute poursuite de leurs relations. Mais elle se méprit sur ses intentions.

« Oh non, tu ne t'en tireras pas aussi facilement, dit-elle. "À propos de l'autre soir", c'est-à-dire : "Merci pour la baise, Linda, et à présent, fous le camp d'ici et va rejoindre ton branleur de mari." Tu es parti il y a deux semaines en promettant de me rappeler et tu ne l'as jamais fait. Je suis restée chez moi à essayer de me débarrasser de ce trouduc et à attendre ton appel. Alors, laisse-moi te parler de ce fameux soir. J'en avais besoin. Je le désirais. Et je veux recommencer. Je ne bougerai pas d'ici. Je ne partirai pas. Et tu vas me prendre dans tes bras. J'ai dit : prends-moi dans tes bras, bordel, Will. »

Après trois verres de vin supplémentaires, Linda lui exposa la situation ridicule où elle se trouvait. Son époux, qui, avant d'être pris sur le fait, avait toujours été un emmerdeur plein d'arrogance, se traînait à genoux depuis. « Littéralement, dit-elle. Il fait tout à genoux. Tu devrais le voir tondre la pelouse. Au dîner, je ne vois que ses cheveux. J'ai dû raconter aux enfants qu'il s'était blessé aux pieds dans un accident de canoë, pendant un séminaire destiné à renforcer l'esprit d'équipe.

— Est-ce qu'il est au courant, pour… » Will ne put se résoudre à prononcer les mots « nous deux ».

« Putain, non. C'est vraiment trop jouissif. Je me marre. »

Will ne lui demanda pas d'explication – il fréquentait les femmes au foyer depuis suffisamment de temps pour comprendre leur manière de penser. Elle aimait sa vie. Elle aimait sa maison, ses vacances, le fait que son mari était absent les trois quarts du temps et qu'elle pouvait le débiner sans arrêt devant ses amies. Ça lui convenait parfaitement. Un amant, pour elle, c'était la cerise sur le gâteau. Will n'avait pas la force d'élaborer une théorie personnelle sur le sujet. Tout ce qu'il voulait, c'était un contact physique.

Ce ne fut pas aussi désagréable que la dernière fois. Pas de cuillère en bois. Mais Linda se montra très exigeante (« Sur la chaise. Ne bouge plus… Ne bouge plus… Au bord du lit… Ne bouge plus. Maintenant, tu peux bouger. Plus vite, *plus vite* ! Sors. Ta main. Pas là. Non. Oh, espèce d'abruti, là ! J'ai dit *là* ! ») et Will n'apprécia pas vraiment de se faire houspiller de la sorte. Durant ces soixante minutes d'acrobaties minutieusement chorégraphiées, il ne cessa de se demander combien de temps cela allait durer encore.

Enfin, Linda poussa un râle immonde et se laissa retomber sur le matelas.

Le délai imparti serait bientôt écoulé, se dit Will en essuyant la sueur et autres fluides imprégnant son torse au moyen d'un Kleenex. Il accorderait une semaine de plus au détective privé, ensuite, il passerait à autre chose.

Il était fatigué. Il avait envie d'aller aux toilettes. S'il lui demandait de partir, allait-elle le tabasser de nouveau ?

20

QUAND CYNTHIA ET PRESTON arrivèrent à l'aéroport de Glasgow, la pluie gémit à leurs oreilles, ainsi qu'elle l'avait toujours fait dans cette ville, d'aussi loin que Cynthia s'en souvenait. *Vois,* semblait dire la pluie, *je ne te mouille guère, même en crachotant constamment.*

« Il te reste une heure et cinquante minutes, déclara-t-elle à Preston. Tu vas me donner de quoi prendre une chambre au Marriott – je m'inscrirai sous le nom de Cynthia Jones. Grouille-toi ! Plus qu'une heure et quarante-neuf minutes, à présent. »

Preston avait toujours réussi à atteindre les objectifs qu'il s'était fixés. Il n'avait jamais acheté d'héroïne, mais ça n'était sûrement pas si difficile que ça, dans une ville comme Glasgow. Il demanda au chauffeur de taxi de le déposer à la lisière du quartier des Gorbals, se coiffa d'une casquette de base-ball et laissa Cynthia continuer jusqu'à son hôtel du centre-ville.

Hmm, pensa-t-il, en déambulant devant les magasins récemment construits et en dévisageant chaque personne qu'il croisait : mère célibataire, travailleur social, travailleuse sociale, gamins séchant les cours… Où étaient passés les dealers ? Peut-être se trouvait-il dans un secteur rénové – et de fait, l'une des tours HLM, en face, avait été réduite en poussière quelques jours plus tôt, et de petites copropriétés bordaient plusieurs des rues voisines de la zone commerciale. Il poursuivit son chemin. On devait quand même toujours pouvoir se procurer de la drogue aux Gorbals, ce quartier mal famé, dangereux, sale et misérable.

Il passa devant le dispensaire, l'office du logement, le bureau d'aide sociale, puis se retrouva dans un terrain vague grand comme deux pâtés de maisons, où la plupart des immeubles avaient été démolis. Ha, se dit-il en repérant un groupe de jeunes traînant devant l'un des bâtiments encore debout. Il sourit et s'avança vers eux.

Les cinq garçons avaient tous dans les dix-huit ans. L'uniforme de la bande se composait d'un blouson à capuche et d'un jean. Ils conversaient bruyamment, avec un accent rocailleux que Preston avait du mal à comprendre. Lorsqu'il fut suffisamment près, il parvint à reconnaître deux mots : pédé et connard.

« Salut, dit-il, comment ça va ? »

Un autre mot cette fois : enculé.

« Je me demandais si vous auriez de la drepou. » Preston se sentait fier de lui. Il se révélait parfaitement apte à maîtriser le langage de la rue.

« Qui t'es ?

— Preston MacMillan », répondit-il, sans hésiter à décliner son véritable nom. Jamais ces gars n'iraient le dénoncer à la police. Ils étaient du même bord.

« Kessetuveux ? s'enquit le plus grand des cinq.

— Deux doses d'héroïne, s'il vous plaît. »

Le type fit signe à Preston de le suivre. C'est alors que celui-ci s'aperçut que l'immeuble devant lequel ils se tenaient n'était autre que le commissariat. Peut-être pensaient-ils qu'ils étaient plus en sécurité ici. Ou préféraient-ils ne pas avoir à faire un trop long trajet quand ils seraient arrêtés.

Preston et le grand type dépassèrent une magnifique vieille chapelle, un autre terrain vague, et pénétrèrent dans le hall d'une tour. Il y avait des caméras de surveillance dans l'entrée. Preston garda la tête baissée, sa casquette obscurcissant ses traits. Mais il ne s'inquiétait pas vraiment. Même si on distinguait son visage, comment parviendrait-on à l'identifier ? La police ne possédait ni sa photo ni ses empreintes digitales.

Le type appuya sur un bouton, l'ascenseur arriva et ils s'y engouffrèrent.

« Tu vis ici depuis longtemps ? demanda Preston, tandis que l'appareil montait à la vitesse d'un escargot.

— Ouais, répondit le type.

— C'est sympa de voir qu'on a commencé à rénover le quartier », reprit Preston. Ayant épuisé tous les sujets de conversation, il contempla les boutons de l'ascenseur pendant plusieurs minutes avant que celui-ci ne finisse par s'arrêter en grinçant au seizième étage. Peut-être, se dit Preston, ces ascenseurs affreusement lents étaient-ils conçus exprès pour aider les chômeurs à occuper le temps. Ou les empêcher de traîner davantage dehors.

L'appartement du type se trouvait sur la gauche. Il avait une vue époustouflante et était étonnamment bien équipé. Il est pauvre, constata Preston à part lui, mais son téléviseur est gigantesque. Peut-être l'a-t-il volé. À moins qu'il ne se soit enrichi en vendant de la dope.

« Tiens, dit le type en ressortant de la chambre avec deux sachets d'héroïne. C'est de la pure, c'qui se fait de mieux sur le marché, alors vas-y mollo. Cent cinquante livres.

— Parfait », acquiesça Preston, ignorant que ces deux doses se seraient négociées dans la rue aux alentours de vingt livres. Cette ignorance alluma des éclairs de convoitise dans les yeux du garçon, qui scintillèrent dix fois plus lorsque Preston sortit son portefeuille, y prit cent cinquante livres et les lui tendit, lui laissant entrevoir 500 £ de plus à l'intérieur et une flopée de cartes de crédit.

Ensuite, tout se passa très vite. Quand Preston essaya un peu plus tard de reconstituer les événements, ils lui évoquèrent une scène de *Reservoir Dogs*.

Le type demande à Preston de lui filer son putain de portefeuille.

Preston veut en connaître la raison.

Le type répond file-le-moi tout de suite, bordel, un point c'est tout.

Preston refuse.

Le type sort un couteau de la poche arrière de son pantalon et le pointe vers le cou de Preston.

Preston essaie de s'enfuir.

Le type attrape Preston par le bras avant qu'il ait atteint la porte et le lui tord dans le dos.

Preston dit aïe.

Le type appuie le couteau sur le cou de Preston.

Preston, sentant la pointe de la lame lui entamer la peau, fait appel à toutes ses forces pour se retourner, flanquer au type un coup de pied dans les roustons et s'emparer du couteau.

Le type se jette sur Preston en tendant vers son cou des mains d'étrangleur, avec un rictus mauvais.

Preston s'aperçoit que le couteau qu'il tenait à la main est maintenant à moitié enfoncé dans la poitrine du type.

Preston dit désolé, oh, mon Dieu, désolé, c'était un accident.

Le type s'effondre.

Le couteau n'est plus dans la main de Preston. Il dépasse de la poitrine du type qui gît sur le sol en émettant des gargouillis.

Puis le type arrête de gargouiller.

Preston vérifie s'il respire encore, dit merde et décampe, dévalant les seize étages au triple galop.

Avec deux doses d'héroïne dans sa petite main de meurtrier tout frais émoulu.

Peut-être n'est-il pas mort, songeait Preston, tête basse.

Ou peut-être que si.

S'il est mort, se dit-il, jamais on ne soupçonnera un garçon de dix-sept ans, un génie vivant dans le quartier chic de West End. Et de toute façon, on n'avait aucune preuve contre lui. Quelques images de sa casquette de base-ball sur les caméras de surveillance, tout au plus, ses traits dissimulés dans l'ombre. Et puis, se dit-il pour se rassurer, le crime passerait pour un règlement de comptes, dans ce territoire contrôlé par les gangs, et il ne correspondait tout simplement pas au profil. Se dirigeant d'un pas déterminé vers la rue principale, il jeta sa casquette dans une poubelle et héla un taxi.

21

AUSSITÔT QUE J'AI ENTENDU LE MESSAGE de l'agence de détectives sur le portable de papa, je me suis ruée dehors pour la rappeler. Comme personne ne répondait, j'ai laissé un message à mon tour.

« Ici la fille de M. Marion, en réponse à votre appel. Pourriez-vous prévenir mon père dès que possible, en lui téléphonant à son domicile ? »

J'ai décidé de boire un verre en attendant.

L'attente fut longue. Je me suis réveillée l'après-midi suivant sur la banquette arrière d'une voiture. Sur le siège avant, il y avait un type à moitié nu. Qui était-ce ? Il était vieux, vingt-cinq ans au moins. Pendant que je cherchais mon haut, le portable de papa a sonné. Je l'ai extirpé fébrilement de la poche de mon jean.

« Monsieur Marion ? a fait la même voix.

— Non, c'est sa fille.

— Georgie ou Kay ?

— Georgie. Où êtes-vous ? Elle est avec vous ?

— Oui, elle est ici, mais… c'est compliqué.

— Je le sais bien, que c'est compliqué, putain. Dites-moi où vous êtes.

— Chambre 234, à l'hôtel Marriott, dans le centre. »

Le vieux à moitié nu a mis des siècles à se rappeler comment faire démarrer sa voiture. Il était encore bourré, je suppose. Finalement, je l'ai éjecté de son siège à coups de pied et j'ai pris le volant. Vingt minutes plus tard, je me suis arrêtée devant le Marriott et j'ai ouvert la portière.

« Hé ! Tu as dit que tu voulais mon numéro de téléphone, s'est-il exclamé.

— C'est quoi, ton nom ?

— David.

— Je ne tomberai jamais amoureuse de toi, David », ai-je déclaré, en claquant la portière.

Je suis montée en courant jusqu'au deuxième étage et, toujours courant, j'ai longé le couloir digne d'un film d'horreur. Après avoir pris une profonde inspiration, j'ai frappé à la porte 234.

« C'est toi ? » ai-je dit. J'avais déjà vu ce mec, au Bothy. Il m'avait reluquée toute la soirée, la fois où j'étais allée là-bas avec Reece. Il n'avait pas ôté ses lunettes de soleil, ce petit branleur supercanon.

« Georgie ? N'entre pas tout de suite. Laisse-moi d'abord t'expliquer.

— Dégage », ai-je fait en le bousculant pour pénétrer dans la pièce.

Il n'y avait personne sur le lit. « Maman ? » ai-je appelé, toutes mes terminaisons nerveuses parcourues de démangeaisons tandis que j'inspectais la chambre du regard.

« Où est-elle ?

— Dans la salle de bains. Quand je suis rentré, c'était fermé à clé. Je n'arrive pas à l'ouvrir. »

J'ai essayé de pousser la porte. Rien à faire.

« Oh non, j'espère vraiment qu'il ne lui est rien arrivé », a gémi la star à lunettes noires.

J'ai dû flanquer trois grands coups de pied dans le battant avant qu'il cède. Elle était là, étendue sur le sol. Je l'avais souvent imaginée. J'avais même scanné une de nos anciennes photos sur l'ordinateur et téléchargé un logiciel permettant de vieillir les visages pour voir à quoi elle pouvait ressembler maintenant, comme on le fait pour les enfants disparus. Sur l'ordinateur, elle était pareille qu'avant, avec des rides en plus. Dans la vie réelle, ici et maintenant, sur le carrelage de la salle de bains, elle avait l'air d'un zombie complètement décharné. Il ne subsistait rien de la femme de l'album photo.

« Maman ? » ai-je dit, m'agenouillant près d'elle et prenant sa main. C'était une main de vieille femme, tavelée de taches brunes, aux veines saillantes et à la peau fine comme du papier à rouler. Cependant, je la tenais dans la mienne, et ça me remplissait de bonheur.

« Maman ? » ai-je répété, en caressant sa joue, qui me parut aussi desséchée que sa main. Trop de soleil, peut-être. « Maman, je suis là. »

Je ne sais pas combien de temps il m'a fallu pour remarquer la seringue à côté d'elle. Deux secondes de moins que pour voir le bout de tissu noué autour de son bras.

« Maman ! » ai-je dit d'une voix plus forte, en la secouant doucement par l'épaule.

Pendant tout ce temps, la star à lunettes noires n'avait pas arrêté de répéter la même phrase, sans que j'y prête attention. Je l'entendais, à présent.

« Je vous en prie, dites-moi qu'elle n'est pas morte. Je vous en prie, dites-moi qu'elle n'est pas morte. »

22

« EST-CE QU'ELLE RESPIRE ? » demanda le type à lunettes noires. Il me relayait les instructions du standardiste du SAMU.

« Je ne sais pas. » Je découvrais que je faisais partie de ces crétins qui pleurent dans les situations d'urgence.

« Elle dit qu'elle ne sait pas... » Le type a transmis ma réponse et m'a communiqué un ordre en retour. « Pose ta joue contre sa bouche.

— Quoi ?

— Pose ta joue contre sa bouche et vois si tu sens quelque chose.

— Je ne sens rien.

— Elle ne sent rien... » Une pause. « Bon, allonge-la sur le dos.

— Elle y est déjà.

— Elle est déjà sur le dos... », a-t-il informé son interlocuteur. Il a écouté la réponse, puis dit : « Vérifie qu'elle n'a rien dans la bouche. »

J'ai glissé un doigt dans la bouche de ma mère. Elle était chaude. C'était plutôt bon signe, non ? « C'est chaud ! ai-je annoncé.

— Sa langue est là ?

— Oui. » J'ai trouvé cette question stupide, mais j'ai cru préférable d'y répondre. Où voulaient-ils qu'elle soit ? Bien entendu, par la suite, j'ai compris qu'ils m'avaient demandé de vérifier qu'elle ne l'avait pas avalée.

« Sa langue est dans sa bouche… Georgie, arrête de pleurer. Georgie, écoute ce que je te dis… Place la paume d'une main sur le dos de l'autre et pose-les entre ses nichons. »

Le type à lunettes avait-il bien dit « nichons » ? En un moment pareil ? Le médecin des urgences n'avait sûrement pas employé ce mot ?

« Ça y est, c'est fait… Maintenant, appuie très fort chaque fois que je compte… Tu vas compter jusqu'à six cents, d'accord ? L'ambulance est en route. Un… deux… »

Apparemment, je m'y prenais mal :

« Trois… quatre… Il faut que tu comptes à voix haute… Cinq… six… Georgie, compte tout haut ! Neuf… dix… À voix haute ! Non, elle ne compte pas… Il te dit de *compter* ! »

J'oubliais constamment de prononcer les chiffres à voix haute. Je ne pouvais pas m'arrêter de pleurer. Allais-je réussir à la sauver ? Survivrait-elle ? « S'il te plaît, vis ! D'accord… onze… douze… Oh, mon Dieu.

— Compte ! hurla le type à lunettes noires.

— Treize… quatorze… Oh, mon Dieu ! Oh, non ! Oh, s'il te plaît ! »

Je ne me rappelle pas à quel nombre j'en étais quand les urgentistes sont arrivés. Je ne suis pas sûre d'être allée beaucoup plus loin que quatorze. J'étais infoutue de suivre les instructions. Ça devait rendre le type à lunettes noires complètement dingue.

« Je m'appelle Preston. » Nous étions assis à l'arrière de l'ambulance. Elle respirait. Peut-être était-ce le cas depuis le début. Peut-être lui avais-je écrabouillé la poitrine pour rien.

« C'était de l'héroïne ? » ai-je demandé.

Il a haussé les épaules. C'est l'urgentiste qui a répondu : « La came qui circule en ce moment est trop pure. On a eu cinq morts en une semaine. Votre amie a eu de la chance. »

Mon *amie* ? Était-ce l'impression que nous donnions ? « C'est ma mère », ai-je dit, en prenant sa vieille main dans la mienne tandis que nous roulions à toute allure vers l'hôpital.

« Preston, tu étais avec elle quand ça s'est produit ?

— Non. Elle m'avait demandé de la laisser seule un moment. Je suis allé boire un café, et à mon retour... Tu connais la suite.

— Veux-tu me rendre un service ? N'appelle pas mon père tout de suite. Je veux être seule à son chevet quand elle se réveillera. »

Reece était de garde, et il a réussi à installer un appareil à dialyse portatif dans le lit voisin de celui de ma mère. Alfred gargouillait donc à mon côté pendant que je veillais ma mère. La première chose qu'elle verra en se réveillant, me suis-je dit, ce sera moi, sa fille. Je détestais l'idée qu'elle me voie ainsi, enchaînée à mon Alfred, pathétique, immobile, maladive, mais je n'avais pas le choix. C'était à peine si j'osais battre des cils, tellement je craignais de louper l'instant où elle ouvrirait les yeux. Elle serait bouleversée. Elle mettrait un petit moment à me reconnaître, sûrement, deux ou trois secondes. Et puis, bang, l'illumination ! Ma fille, ma ravissante fille, Georgie, et elle sourirait en murmurant mon nom… Georgie.

C'était à cela que je pensais quand elle a ouvert les paupières et m'a regardée, exactement comme je l'avais imaginé. Elle a plissé les yeux. Deux secondes se sont écoulées – le temps que je lui avais imparti pour me reconnaître. Et, juste au moment où ce délai arrivait à son terme, elle s'est penchée par-dessus le rebord du lit et a dégueulé.

« Infirmière ! Infirmière ! » a-t-elle braillé, d'une voix haut perchée et pleurnicharde. Je ne m'attendais pas à ce qu'elle ait une voix aussi aiguë. Papa l'ignorait, mais, des années auparavant, j'avais découvert quelques-uns des films jamais montés qu'il avait réalisés durant ses concerts. Elle chantait d'une voix rauque, sans aucun rapport avec celle-ci.

« Va me chercher cette putain d'infirmière, au lieu de me regarder la bouche ouverte ! Tu ne vois pas que je suis en train de mourir, bordel ? »

Cette demande s'adressait à moi, sa fille bien-aimée ! J'ai appuyé sur la sonnette à côté de moi et l'ai regardée se dresser sur son séant, s'essuyer la bouche et appuyer avec insistance sur sa propre sonnette, d'un doigt maigre et courroucé.

D'habitude, je ne rougissais pas dans les situations pénibles. Je me fâchais souvent, mais j'évacuais ma rage en criant ou en tapant sur quelque chose. Cette fois, faute de pouvoir se libérer, la colère – ou était-ce la surprise ? – m'est montée au visage. Même mes sourcils me brûlaient.

« Madame Marion, a dit le docteur, qui venait d'arriver, escorté d'une infirmière. Vous avez eu beaucoup de chance. Vous auriez pu mourir.

— Il faut que je sorte d'ici, a-t-elle répondu.

— Pas aujourd'hui. Nous sommes en train de procéder à des analyses et nous souhaitons garder un œil sur vous.

— Mais il faut absolument que je sorte ! C'est très important. J'ai quelqu'un à voir. »

Mes sourcils se sont légèrement refroidis. Je souris. Elle tenait désespérément à nous voir, exactement comme je l'avais pensé.

« Vous devez vous reposer. Si vous désirez que je prévienne quelqu'un, dites-le-moi, je vous en prie, répondit l'infirmière.

— Fichez-moi la paix », a-t-elle répliqué, puis elle a toussé, haleté, la respiration sifflante, et toussé de nouveau.

Quand ils ont quitté la pièce, ma mère s'est redressée dans son lit et a essayé d'en descendre. Ses mains et ses jambes tremblaient. Elle grimaçait à chaque fois qu'elle faisait un mouvement. Je l'ai regardée poser ses pieds sur le sol et ouvrir la petite armoire contenant ses vêtements.

« Tu t'en vas ? » ai-je demandé tout bas. Allait-elle reconnaître ma voix ?

« Occupe-toi de tes oignons.

— Désolée. Je voulais seulement savoir si je pouvais faire quoi que ce soit pour t'aider. Tu as dit que tu avais quelqu'un à voir. C'est une personne qui compte pour toi ? »

Elle avait retiré la chemise d'hôpital et tentait d'enfiler son pantalon. C'était un jean à taille basse, et les os de ses hanches pointaient par-dessus la ceinture. Je voyais ses côtes. Elle portait un soutien-gorge grisâtre, mais elle n'en avait pas besoin. Elle a remonté la fermeture de son jean et enfilé une longue robe tee-shirt multicolore. « Tu veux vraiment m'aider ? a-t-elle demandé.

— Oui.

— Alors, file-moi vingt livres et fous-moi la paix. »

23

ALORS QUE GEORGIE TRAITAIT SA MALADIE PAR LE MÉPRIS et faisait de son mieux pour l'ignorer (en recourant à l'alcool et au sexe chaque fois que c'était possible), Kay s'en tirait nettement moins bien. Elle n'arrivait pas à se concentrer. Elle devait passer ses examens dans une semaine, et elle ne comprenait rien aux notes qu'elle avait prises avant que son corps ne la lâche. *Qu'y a-t-il d'écrit sur cette ligne ?* se demandait-elle en fixant le manuel de chimie ouvert devant elle. *C'est complètement flou.*

Elle avait su avant Georgie qu'elle était atteinte d'une maladie grave. Il y avait pas mal de temps qu'elle souffrait de nausées, qu'elle se sentait fatiguée et n'arrivait plus à faire pipi. Son père avait toujours dit qu'elle était une enfant pleine de santé – en six ans, elle n'avait manqué l'école que trois jours –, mais ce n'était plus vraiment le cas. Elle essayait simplement de faire avec. Allait aux cours avec une migraine atroce. Jouait au hockey avec une angine. Faisait les courses avec une dépression due au syndrome prémenstruel. Étudiait assidûment avec une maladie des reins.

Mais là, assise dans le service de dialyse, ses livres étalés devant elle sur le bureau, elle prenait conscience qu'elle ne pouvait plus continuer ainsi. Cette maladie était une vraie saloperie. Elle oubliait de prendre ses médicaments, elle oubliait de se nourrir correctement. Elle allait se faire recaler aux examens, à ce rythme. Et à vrai dire, elle avait cessé de s'en préoccuper. Tout comme elle avait cessé de rêver que son copain de l'orchestre, Graham, l'embrassait tout à coup, la prenant par surprise, après une longue amitié frémissante de tension sexuelle sous-jacente. À quoi bon tout ça, l'espoir, l'avenir, l'amour, alors qu'elle s'acheminait vers la mort ?

« Evie ? demanda-t-elle à la patiente assise à côté d'elle. Pourrais-tu appeler l'infirmière, s'il te plaît ?

— Qu'est-ce que tu as dit, mon chou ? s'enquit Evie, qui était en train de regarder une de ses adaptations télévisées de Catherine Cookson. Qu'y a-t-il, ma belle ? reprit-elle en ôtant ses écouteurs.

— Pourrais-tu appeler l'infirmière ?

— Bien sûr. INFIRMIÈRE ! cria Evie, d'une voix étonnamment forte. Infirmière ! La petite Kay ne se sent pas bien. »

Où est Georgie ? Elle devrait être ici, songea Kay. *Qu'y a-t-il d'écrit sur cette ligne ? Ça n'arrête pas de danser. Oh, je suis vraiment malade. Vraiment, vraiment malade. Georgie ! Papa !*

Ça y est, je suis tombée par terre.

Samuel, le dialysé assis en face d'elle, un thriller de Stieg Larsson à la main, la regarda s'effondrer.

Petite garce, pesta-t-il en lui-même. *Elle va probablement réussir à en décrocher un, maintenant. Mais c'est mon tour. Si elle passe avant moi, je retournerai voir mon député.*

24

« IL ME FAUT PLUS DE FRIC », dit Cynthia dans le combiné du téléphone public de Sauchiehall Street. Elle avait été obligée de se traîner pendant un kilomètre et demi au moins avant de trouver une cabine – une commodité en voie de disparition, de nos jours. La fille de l'hôpital avait refusé de lui donner les vingt livres, cette espèce d'infecte petite gothique à la manque. Pour qui se prenait-elle, de toute façon ? Qu'est-ce qu'elle lui avait dit, déjà ? « As-tu toujours été aussi conne ? Peut-être bien. Peut-être que tu as toujours été une vraie connasse. » Sale petite merdeuse.

Sans ces vingt livres, Cynthia était dans le pétrin. Il lui fallait de la dope, et tout de suite. Un peu pour elle, un peu pour Heath, et il lui fallait aussi de quoi payer le voyage et couvrir ses faux frais. « Je n'irai pas voir Will tant que tu ne m'auras pas donné cet argent », déclara-t-elle à Preston.

Lequel, installé dans son bureau – et occupé, non pas à réviser ses maths comme le croyait sa mère, mais à relire *Guerre et Paix* –, fut content d'avoir de ses nouvelles. Deux heures plus tôt, à l'hôpital, il était parti acheter des cafés, un pour lui, un pour

Georgie – ah, Georgie ! – et à son retour, Cynthia avait disparu.

« Où est-elle ? avait-il demandé à la toute dernière en date de ses obsessions.

— Qu'est-ce que ça peut te foutre ? avait répondu Georgie, qui venait visiblement de pleurer.

— As-tu dit à ton père que je l'avais retrouvée ?

— Non.

— Écoute, je vais la chercher, OK ? Je vais arranger ça.

— Pas la peine », avait rétorqué Georgie.

Après avoir subrepticement récupéré dans la poubelle un des chewing-gums usagés de la jeune fille, Preston était rentré chez lui pour réfléchir à l'étape suivante. Tout en s'entretenant avec Cynthia, il roulait entre ses doigts la petite boulette grisâtre. Ce n'était pas génial, comme souvenir, mais ça ferait l'affaire pour le moment. Il aimait l'idée que la gomme était imprégnée de la salive de Georgie.

« Où êtes-vous ? demanda-t-il à Cynthia. Où pouvons-nous nous rencontrer ? » Elle suggéra le cinéma Glasgow, dans une heure.

Preston tenait remarquablement le coup face au stress. Au cours des douze dernières heures, il avait acheté de la drogue, tué un homme et contribué à sauver la vie d'une femme. Au cours des deux dernières semaines, il avait traqué une personne disparue à travers plusieurs continents et il était tombé amoureux. En se rendant à pied de son appartement du West End vers le centre-ville, il se rendit compte que ce dernier événement avait été en fait le plus éprouvant de tous. Lorsque Will Marion lui avait confié cette mission, il avait observé la famille pendant quelque temps. Une préparation méthodique, c'était la clé de la réussite de toute entreprise, pensait-il, et cela impliquait de bien connaître le client. Donc, la première chose qu'il avait faite avait été d'épier la famille Marion, caché dans un arbre de leur arrière-cour. C'était une jolie maison, dans une rue bordée de maisons tout aussi jolies. Deux étages et un toit pentu au-dessus d'un grenier que la plupart des voisins avaient transformé en chambre. Les jardins étaient bien entretenus, avec de longs et étroits rubans de gazon séparés par des haies. Les poubelles étaient soigneusement alignées dans l'allée derrière les garages. Un quartier typique de la classe moyenne, où les gens observaient les règles et s'efforçaient de rivaliser avec leurs voisins. Il avait surveillé la maison à trois reprises, en se camouflant chaque fois dans l'arbre près de la grille de derrière, vêtu d'un pantalon marron en velours côtelé et d'un pull de la même couleur. Il avait attendu qu'il fasse nuit, puis escaladé la grille et grimpé dans l'arbre en se plaquant aussi étroitement que possible contre le tronc. La première fois, tous les volets étaient clos, à part ceux de la cuisine, et il était resté plusieurs heures à observer ce qui se passait dans cette pièce. À vingt-deux heures, Will avait préparé trois chocolats chauds au lait entier et les avait emportés hors de la cuisine. Vers le salon de télévision, peut-être ? Ou les chambres ? À vingt-deux heures trente, Georgie s'était servi des corn-flakes et les avait mangés à la table de la cuisine. À vingt-trois heures trente, Kay avait pris un verre d'eau, puis éteint la lumière. À zéro heure trente, Georgie s'était assise dans le noir devant le plan de travail et avait contemplé le frigo pendant vingt minutes.

La deuxième fois avait été la plus réussie. Les volets de la chambre du haut étaient ouverts. À vingt-trois heures trente, Georgie était étendue sur son lit, à fixer le plafond. À vingt-trois heures quarante, elle s'était levée et s'était regardée dans la glace. Elle portait un jean et un tee-shirt noir sans manches. Elle s'était mise à pleurer. Elle s'était regardée pleurer, sans faire un geste pour essuyer ses larmes ou se moucher. Elle était restée plantée là, à pleurer devant elle-même. À vingt-trois heures cinquante, elle avait ôté son tee-shirt et s'était tournée vers la cour. L'avait-elle aperçu ? Voulait-elle qu'il la voie ? Et ensuite – merde ! – elle avait fermé les volets.

La troisième fois, la fenêtre de la salle de bains était ouverte. À vingt-deux heures trente, Kay s'était lavé les dents. À vingt-trois heures, Will avait crié : « Je suis sur le trône ! » (Toute la rue avait dû l'entendre !) À vingt-trois heures vingt, Georgie s'était brossé les dents. Elle l'avait fait de manière très minutieuse, au moyen d'une brosse électrique. Il s'était demandé si elle se servait d'un minuteur pour chronométrer la durée du brossage.

Le lendemain de l'épisode du tee-shirt, il avait suivi Georgie. Il l'avait vue monter dans la voiture de son père. Sortir de l'hôpital quelques heures plus tard, pâle et affaiblie. Il l'avait vue entrer dans un pub et flirter avec un type gras du bide.

Elle était belle.

Avec quelque chose de sauvage dans le regard. Quelque chose de douloureux et de furieux.

Elle était parfaite.

Il se trouvait dans Sauchiehall Street, serrant toujours entre son pouce et son index le chewing-gum à la nicotine, à présent durci. La sensation d'humidité lui manquait. Humide, la boulette constituait en fait le souvenir idéal. Il allait devoir trouver un substitut.

En tournant dans Rose Street pour gravir la pente raide qui menait au cinéma, il aperçut Cynthia assise en tailleur sur le trottoir, en train de fumer une clope d'un air contrarié. « Ce n'est pas trop tôt ! s'exclama-t-elle en se levant, en guise de salutation. Tu as le fric ?

— Il me faut d'abord obtenir l'aval de mon client », répondit-il.

Si Cynthia s'était sentie en position de force, elle aurait refusé de se voir imposer cette condition. Mais elle était en manque et ça la démangeait de partout. « Comme tu voudras, dit-elle. Mais grouille-toi. »

Le téléphone sonna à deux reprises avant que Georgie décroche.

« Pourrais-je parler à ton père ? demanda Preston.

— À quel sujet ?

— Désolé, c'est confidentiel. » Preston entendit une voix d'homme en bruit de fond. Des paroles tout d'abord indistinctes – « Donne-moi ça ! Donne-moi ce téléphone ! » – puis parfaitement claires.

« Allô, c'est vous, Preston ? »

Oh merde, ils connaissaient tous son véritable nom, à présent. « Oui. Votre fille vous a-t-elle informé de la situation ?

— Oui, elle s'y est enfin décidée.

— Je suis avec Cynthia en ce moment même. Elle veut davantage d'argent. Elle dit que si elle l'obtient, elle vous parlera demain.

— Combien ? demanda Will.

— Combien ? » répéta Preston à une Cynthia tremblante et défaite.

Mmm, se dit-elle. Combien ? Vivait-il toujours dans cette grande baraque achetée par son père ? Son père lui versait-il toujours un salaire de merde pour ce boulot de merde ?

« Mille, répondit-elle, craignant d'avoir mis la barre trop haut, ou trop bas.

— Elle veut mille livres, transmit Preston à Will.

— Dites-lui que si elle vient à l'hôpital immédiatement, je lui en donnerai deux mille. »

25

EN FAIT, KAY ÉTAIT PLUS MALADE QUE MOI. Comment avais-je pu ne pas m'en apercevoir ? Assise à son chevet, lui tenant la main, je me suis rendu compte, en contemplant son joli visage innocent, que son teint n'était pas jaune comme le mien, mais plutôt d'un gris cadavérique. Depuis combien de temps ? Quelle sœur merdique, quelle chieuse d'égocentrique j'avais été de ne pas le remarquer ! Je n'avais pensé qu'à moi et présumé qu'elle allait bien, puisqu'elle l'affirmait.

Elle dormait quand le téléphone avait sonné.

« Dites-lui que si elle vient à l'hôpital immédiatement, je lui donnerai deux mille livres », avait déclaré mon père. Où diable allait-il dégoter une somme pareille ? Je connaissais sa situation financière. La banque n'arrêtait pas d'appeler. Chaque jour, les sociétés de crédit lui laissaient des messages. Il n'avait pas de boulot et n'en cherchait même pas. Son temps était tout entier consacré à nous conduire à l'hôpital, venir nous recherher, et à essayer de ne pas chialer.

« Elle va venir ? lui ai-je demandé.

— Oui.

— Où vas-tu trouver le fric ?

— Je n'en sais rien. Tu as une idée ?

— Ouais. En fait, j'en ai même plusieurs. »

Mon père pleurait, à présent. Il embrassait la main toute grise de Kay, les joues ruisselantes de larmes. Une vraie loque. Il n'avait ni les moyens ni la force de caractère nécessaires pour tirer Kay de là.

Moi, j'étais persuadée de pouvoir y arriver.

L'horloge digitale du bureau de l'autre côté du couloir n'avait pas l'air de marcher. Elle mettait près d'un quart d'heure à afficher chaque minute écoulée, c'était du moins l'impression que j'avais. De temps en temps, nous nous regardions, mon père et moi, puis nous nous détournions brusquement, sachant qu'il n'y avait rien à dire, et rien d'autre à faire qu'observer cette foutue horloge.

Dans la chambre d'en face, une petite fille d'environ neuf ans était allongée dans son lit. Son œil gauche était tout enflé, aussi gros qu'une balle de tennis. Une espèce d'effroyable infection, apparemment. Elle était sous perfusion. Sa mère était assise à côté d'elle, en train de lui lire une histoire. Celle de *Ping*, je crois, avec toute cette bande de canards chinois. Il y avait un minuscule sourire sur le visage de la gamine. Tout à coup, un homme a frappé à la porte. « Coucou ! » s'est-il exclamé avec un large sourire, avant de s'asseoir de l'autre côté du lit. Il a embrassé la fillette sur le sommet du crâne en disant : « Comment va ma belle et courageuse petite fille ? Est-ce qu'on s'occupe bien d'elle ? » Il a déposé des biscuits au fromage, des chips, des smoothies et deux nouveaux livres sur la table de chevet, puis il s'est rassis.

Ils ont noué leurs mains – le père et la mère, le père et la fille, la fille et la mère. C'est comme ça que ça devrait être, ici aussi, ai-je pensé. Quand elle entrera dans la pièce, c'est exactement ainsi qu'il faudrait que ça se passe. Une démonstration d'amour débordant, chaleureux, rassurant. Mais après avoir vu ma mère à l'hôpital, un peu plus tôt dans la journée, je savais que je me faisais des illusions, parce qu'elle était complètement nulle.

« À quoi penses-tu ? » m'a demandé mon père. Quelle question énervante ! Il n'arrêtait pas de me la poser.

« À rien.

— Quand tu l'as vue..., reprit-il, comment... comment était-elle ?

— Plus petite que je ne m'y attendais.

— Vraiment ? Hmm. Plus petite. » Il se tut un instant, mais il ne pouvait pas s'empêcher d'essayer de tuer le temps à coups de bavardage. « Quel âge a-t-il, ce Preston ? Au téléphone, il m'a fait l'effet d'un gamin.

— Dix-sept ans. »

Papa soupira bruyamment en secouant la tête. « Pas possible ! Dix-sept ? »

Quarante minutes s'étaient écoulées. Kay dormait toujours. Mon père et moi avions commencé à arpenter la chambre et à nous examiner dans le miroir. Mes lèvres paraissaient trop minces. Papa avait besoin d'une crème hydratante. Je marchais de long en large et papa s'inspectait dans la glace lorsque Preston est entré. Nous nous sommes figés tous les deux.

« Elle a le trac, a-t-il expliqué. Elle est dans la salle d'attente. Elle m'a demandé si je pouvais lui apporter l'argent d'abord, pour plus de sûreté.

— Que veut-elle faire de cet argent ? lui a demandé papa.

— Elle ne me l'a pas dit.

— Comment vous y êtes-vous pris pour la convaincre de revenir ?

— Je lui ai promis de la drogue.

— Elle en veut davantage, c'est ça ?

— Je crois.

— Qu'est-ce qui nous garantit qu'elle ne va pas foutre le camp dès qu'elle aura l'argent ?

— Je n'en sais rien.

— Elle est toujours avec Heath ?

— Oui, je pense.

— Est-ce qu'elle l'a vu ?

— Pas encore. »

Ça suffisait comme ça ! Bousculant Preston, j'ai dévalé le couloir jusqu'à la réception. « Où est la salle d'attente ? ai-je demandé à l'employée derrière le bureau.

— Prenez le premier couloir à gauche, suivez-le jusqu'au bout, passez la porte à double battant, tournez à droite, descendez les marches et ce sera la deuxième pièce sur votre droite. »

Je suis partie au beau milieu de ses explications. Comme toute femme qui se respecte, je préférais reposer la question en chemin.

« Où est la salle d'attente ? me suis-je enquise, une fois arrivée devant la porte à double battant.

— Par là, en bas, il y a un panneau. »

À mon entrée, elle était assise sur une chaise en plastique, en train de boire une canette d'Irn Bru tout en lisant un magazine. Comment pouvait-elle lire un putain de magazine en un moment pareil ?

« Alors, t'as fait ton calcul ? On vaut mille balles chacune ? »

Ce fut son tour de se figer sur place. « Encore toi ? Qui es-tu ?

— Georgie Marion. Tu te souviens peut-être de moi. Je t'appelais maman, autrefois. »

À ma grande surprise, elle a piqué une véritable crise d'hystérie, prenant sa tête entre ses mains, se balançant d'avant en arrière, pleurnichant comme un bébé et répétant mon nom sans arrêt. Ce qui a fichu mon plan en l'air, lequel consistait :

a) à lui dire d'aller se faire foutre si elle s'imaginait que nous lui verserions le moindre penny ;

b) à lui dire d'aller se faire foutre si elle jouait la carte « Je suis malade, je n'y peux rien ».

« Foutaises, aurais-je répliqué. Vois-tu, moi, je suis réellement malade. Et Kay aussi. On n'a pas choisi de l'être, nous. On ne s'est pas injecté cette saloperie dans le bras, on ne l'a pas sniffée. Et on ne peut pas décider de ne plus être malades. Toi, au contraire, tu as fait ton choix en toute connaissance de cause. Tu as choisi d'être une bonne à rien de junkie égoïste, et maintenant, tu vas choisir de sauver ta fille. »

Ensuite, je l'aurais hissée sur ses pieds et traînée, malgré ses cris et ses ruades, jusqu'à la chambre de Kay, où la seule vue de sa belle et malheureuse fille l'aurait obligée à voler à son secours.

Mais voilà qu'elle chialait toutes les larmes de son corps. Qu'elle répétait mon nom sans fin. « Oh mon Dieu, Georgie, Georgie, ma Georgie.

— On ne te paiera pas, ai-je vociféré.

— Bien sûr, bien sûr, je suis désolée, a-t-elle bredouillé en s'essuyant le visage avec sa manche, secouée de sanglots. Je ne sais pas à quoi je pensais… J'ai la tête en vrac… Comme tu es devenue grande ! »

Je lui ai pris la main et l'ai aidée à se relever. « Viens faire la connaissance de ton autre fille. »

26

TREIZE ANS AVAIENT PASSÉ DEPUIS QU'ELLE ÉTAIT PARTIE. Depuis ce jour où Will avait attendu, planté derrière la fenêtre de la demeure conjugale, qu'elle rentre de ce qui était censé être une simple expédition dans les magasins. Au cours des années, il était passé par tous les stades habituels : colère, déni et ainsi de suite, puis, jusqu'à ce que les gamines tombent malades, il s'était résolument engagé sur la voie de l'acceptation. En regardant son adorable fille étendue près de lui sur ce lit d'hôpital, il se demandait si les sentiments d'autrefois allaient resurgir. Il en doutait, car tout ce qu'il ressentait, c'était de l'inquiétude au sujet de Kay, et tout ce à quoi il pouvait penser, c'était à trouver un moyen pour lui venir en aide.

Elle ne supportait pas bien la dialyse. Peut-être ne l'avait-il pas surveillée d'assez près. Peut-être ne s'était-il pas rendu compte qu'elle bûchait trop dur, qu'elle oubliait de prendre ses médicaments, qu'elle ne se nourrissait pas assez. À partir de maintenant, il ferait plus attention. Et peut-être qu'une solution à long terme était tout près de là, dans la salle d'attente…

Non, dans le couloir.

Là, devant lui, sur le seuil de cette chambre d'hôpital.

Était-ce bien elle ? Était-ce là la femme qu'il avait adorée ? Celle qu'il avait pleurée pendant des années ? Celle qu'il jugeait trop bien pour lui ? Elle avait l'air frêle et vieille, une espèce de prof de dessin anorexique. Même si c'était une pensée bien frivole en un moment pareil, il ne put s'empêcher de songer qu'elle était extraordinairement peu attirante. L'avait-il réellement aimée jadis ?

« Nous n'avons pas d'argent », déclara-t-il. Il scruta ces yeux qu'il trouvait si profonds autrefois, mais n'y vit rien. « Tout ce que nous avons, c'est deux enfants gravement malades. »

Il fut surpris par sa réaction. Elle s'avança vers le lit, prit la main de Kay, l'embrassa, tomba à genoux et pria… « Mon Dieu, faites qu'elle guérisse. » Elle leva ensuite vers Will et Georgie un visage ruisselant de larmes. « Bien sûr que je vais l'aider. Je ne suis pas mauvaise. Je suis quelqu'un de bon. Bien sûr que je vais le faire. »

Dans la chambre d'en face, la fillette de neuf ans s'était endormie. Son père était rentré chez lui. Sa mère mettait de l'eau dans le vase. Après l'avoir rempli et posé sur le rebord de la fenêtre, elle tourna les yeux vers l'autre chambre et son regard croisa celui de Will. Elle lui sourit. Ils étaient dans le même bateau, n'est-ce pas ? Un enfant malade, entouré d'affection chaleureuse.

Cette illusion ne tarda pas à être brisée en mille morceaux. D'abord par Will, qui lança : « Bon, empêchela de sortir, Georgie. Ne la perds pas de vue. Je vais chercher le docteur. »

Puis par le médecin qui soignait les filles depuis que la maladie avait été diagnostiquée. Will savait où se trouvait son bureau. Il y était entré de nombreuses fois – la dernière, pour lui demander de ne pas effectuer de test de compatibilité sur lui avant qu'il ait trouvé un autre donneur.

« William ! s'exclama le Dr Jamieson quand il fit irruption dans la pièce. Vous allez bien ? Je suis content de vous voir. Asseyez-vous, asseyez-vous. Je voulais vous parler de vos parents. » Le médecin baissa le son de son CD de Van Morrison et *Brown Eyed Girl* ne fut plus qu'une musique de fond.

« Mes parents ?

— Ils sont venus la semaine dernière.

— Vraiment ? Je l'ignorais. Mais ce n'est pas pour ça que je suis ici... J'ai une nouvelle sensationnelle à vous apprendre. »

Le Dr Jamieson fut déconcerté par son enthousiasme, mais il était un personnage important et sa nouvelle à lui avait donc la priorité. « Asseyez-vous, ne vous agitez pas ainsi. Du calme. »

Will refusa d'obtempérer.

« Nous leur avons fait passer les tests, Will. Ils ne voulaient pas vous donner de faux espoirs, c'est sans doute pour ça qu'ils ne vous ont rien dit.

— Ils ont passé les tests ? » Will n'en croyait pas ses oreilles. Ils l'avaient fait !

« Je crains malheureusement qu'ils ne soient tous les deux d'un groupe tissulaire incompatible. Il y a également d'autres facteurs dont nous devons tenir compte : votre mère, en particulier, n'est peut-être pas en assez bonne santé pour supporter une opération aussi importante. C'est une mauvaise nouvelle. Ils ne peuvent pas être retenus comme donneurs. »

Le cœur de Will se serra douloureusement : il pouvait tirer un trait sur l'option « 2) » de son carnet de notes.

Mais ce découragement fut de courte durée. Ça n'avait plus aucune importance. « J'ai retrouvé Cynthia, annonça-t-il sans préambule. Elle est ici. Elle accepte de donner un rein. Combien de temps vous faut-il pour effectuer des tests sur nous deux ? Il faut que les opérations aient lieu le plus rapidement possible.

— Monsieur Marion, calmez-vous. J'aimerais que vous vous asseyiez, s'il vous plaît.

— Je ne veux pas m'asseoir. Vous n'avez pas entendu ? Elle est ici ! Elle accepte ! »

Le Dr Jamieson se dirigea lentement vers la porte et la ferma, avant de regagner son bureau, plus lentement encore. « Je vous conseille de vous asseoir. »

À ces mots, Will sentit son optimisme l'abandonner. Il s'affala sur une chaise et balbutia : « Qu'y a-t-il ?

— J'ai soigné votre ex-femme hier, pour une overdose d'héroïne.

— Et ?

— Et… il faudrait que je lui parle avant de vous en dire plus.

— Dites-le-moi tout de suite. Qu'est-ce qu'il y a ?

— Elle a consommé de l'héroïne pendant plus de quinze ans, Will. Savez-vous quels en sont les effets sur l'organisme ? »

Le cou de Will avait perdu toute capacité à soutenir sa tête. Celle-ci retomba sur sa poitrine, et tout l'air s'échappa de son corps.

« En plus des effets de la drogue elle-même, l'héroïne vendue dans la rue contient souvent des contaminants toxiques ou des additifs qui peuvent obstruer les vaisseaux sanguins irriguant les poumons, le foie, les reins ou le cerveau et provoquer des lésions irréversibles dans ces organes vitaux. »

Elle avait bousillé ses putains de reins. Tout parut se ralentir autour de lui à mesure que cette idée pénétrait son esprit. Sa respiration s'entrecoupa de petits gémissements.

« Will ? » fit le Dr Jamieson, contournant son bureau pour venir s'asseoir sur le bord de celui-ci, face à Will. Une technique qu'il tenait de son épouse, oncologue à la clinique Beatson. « Il ne faut pas les toucher », lui avait-elle expliqué un soir où il était rentré chez lui après une séance particulièrement éprouvante. Il avait aidé un patient à informer sa famille qu'il voulait arrêter la dialyse – autrement dit, qu'il voulait mourir. La femme du malade l'avait pris dans ses bras et étreint pendant quatre longues minutes. Elle avait laissé des traces de morve sur son épaule. « Mais tu dois quand même leur montrer que tu es humain, avait poursuivi son épouse. Pose un quart de fesse sur le bureau et pousse un profond soupir, généralement ça fait l'affaire. »

Le Dr Jamieson soupira. « Je suis vraiment désolé. Nous allons devoir attendre de trouver des donneurs compatibles.

— Bien sûr.

— Puis-je faire quelque chose pour vous ? »

Will fut incapable de lui répondre. Il n'était même pas capable de relever la tête. Respirait-il encore ?

« Monsieur Marion ? Le travail m'appelle, à présent.

— Bien sûr », murmura Will tout bas. Avec des gestes lents, il se remit debout et quitta la pièce.

Accélérant le pas, il regagna la chambre de sa fille et poussa la porte si violemment que Georgie et Cynthia sursautèrent et que Kay se réveilla.

« Espèce de garce bonne à rien ! hurla-t-il en se ruant vers Cynthia, toujours agenouillée. Saloperie de garce bonne à rien !

— Papa ! » l'adjura Georgie, s'interposant entre eux et ceinturant son père. Il était devenu fou ! Il allait tuer sa mère.

« Papa, arrête ! l'implora Kay d'une voix faible. Que se passe-t-il ? Qui est-ce ? » demanda-t-elle en dégageant sa main de celle de Cynthia. Qui était cette femme ? Pourquoi était-elle agenouillée à son chevet ? Pourquoi lui tenait-elle la main ?

« Ça ? s'exclama Will, en montrant Cynthia du doigt. Ça, c'est la femme qui t'a abandonnée quand tu avais trois ans. C'est la femme qui a préféré baiser avec un dealer plutôt que s'occuper de toi. C'est la femme qui a préféré l'héroïne et un voyou à sa famille. C'est... » Toujours en proie à une rage meurtrière, il tenta de s'arracher à l'étreinte de Georgie. « C'est la femme qui a choisi d'esquinter ses organes. Tu les as bousillés, Cynthia. Ils ne nous serviront à rien. Sors d'ici. Va-t'en. FICHE LE CAMP D'ICI ! »

Georgie le libéra enfin. Comme lui, elle contempla Cynthia, qui était maintenant assise sur le sol et avait cessé de pleurer. Elle ne s'en rendait pas compte, mais son visage trahissait ses sentiments véritables. Elle pouvait partir, à présent. Elle avait offert son rein, accompli son devoir, elle s'était comportée avec générosité, comme elle l'avait toujours fait, et à présent elle pouvait partir, soulagée d'un grand poids, et aller retrouver Heath. Il saurait la réconforter. Elle le méritait. Devait-elle se relever tout de suite ? Ou protester un peu d'abord ?

« C'est impossible, gémit-elle, car elle était du genre à opter pour la dernière solution. Je dois pouvoir vous aider.

— Non, répliqua Will. Nous serons beaucoup mieux sans toi, comme nous l'avons toujours été. Va-t'en. »

Elle se tourna vers Kay, qui n'avait rien dit. L'expression de sa fille était bienveillante, mais sans plus, et elle roula sur le côté afin de se dérober à son examen. « Tu as toujours été la plus jolie », murmura Cynthia en lui caressant les cheveux.

Georgie se mordit la lèvre.

« Très bien, je m'en vais », déclara Cynthia.

Dans la chambre d'en face, la mère la regarda s'éloigner. En fin de compte, leurs deux familles n'avaient absolument rien en commun.

27

POUR UNE RAISON QUELCONQUE, Will avait sauté plusieurs pages de son carnet et écrivait en ce moment sur la cinquième.

En fait, il y avait plusieurs explications à ça.

Premièrement, il avait téléphoné à ses parents pour les remercier d'avoir passé les tests. La conversation s'était déroulée ainsi :

Marion mère : Ma foi, c'est bien le moins que nous puissions faire. Je te passe ton père.

Marion père : Nous ne sommes pas du bon groupe tissulaire, fiston.

Will : Qu'est-ce que tu as dit ?

Marion père : J'ai dit que nous n'étions pas du bon groupe, fiston.

Will : J'avais entendu.

Marion père : Dans ce cas, pourquoi m'as-tu demandé de le répéter ?

Will : Merde, papa, j'en ai vraiment marre de toi.

Marion père : Qu'est-ce que tu as dit ?

Will : J'ai dit que j'en avais marre de toi, merde, papa.

Will avait raccroché.

Peu après ce coup de fil, il avait frappé Georgie. Cela lui était déjà arrivé quelquefois quand elle était petite. En général, une simple et pathétique tape sur la main, qui suffisait à la faire obéir et éclater en pleurs, mais dont il souffrait beaucoup plus lui-même. Il culpabilisait tellement à chaque fois qu'il envoyait valser tous ses principes éducatifs et qu'il passait à Georgie tous ses caprices pendant au moins une semaine, afin qu'elle essaie d'oublier son geste. Il n'avait jamais frappé Kay. Elle ne lui avait jamais tapé sur les nerfs comme Georgie avait le don de le faire.

D'une certaine manière, le châtiment corporel avait paru moins inapproprié à l'époque où Georgie était nettement plus petite que lui. Ce soir, c'était avec une femme presque adulte qu'il s'était bagarré, ce qui était déjà déplorable en soi, mais encore plus terrible si l'on prenait en compte la règle tacite selon laquelle les enfants ne devaient jamais rendre les coups.

Une fois de plus, elle l'avait poussé à bout.

La vieille excuse.

Elle l'avait traité de raté.

Ce n'était pas une raison pour la menacer… *Un seul mot de plus, ma petite, et… !*

Elle avait dit que, sans lui, Cynthia ne se serait peut-être jamais mise à la drogue.

Ce n'était toujours pas un motif suffisant pour l'empoigner et la plaquer contre le mur de la cuisine.

Que sans lui, elle serait heureuse et en bonne santé et que Kay ne serait pas au seuil de la mort.

Cette fois, ça suffisait. Il en avait assez entendu. Comment osait-elle ?

Cela s'était passé quelques heures plus tôt, mais sa main était encore rouge et endolorie d'avoir heurté le visage de sa fille.

Il se mit à fredonner une comptine que les filles chantaient autrefois en sautant à la corde.

À la soupe soupe soupe, / Au bouillon yon yon, / La soupe à l'oseille, / C'est pour les demoiselles...

Il était saoul, ce qui était probablement la deuxième raison pour laquelle il était passé directement à la page cinq de son carnet.

Georgie, écrivit-il dans une colonne.

Kay, griffonna-t-il dans l'autre.

Prenant sa règle, il traça une ligne entre les deux.

Toujours au moyen de la règle, il souligna ensuite chaque nom.

Il divisa ensuite chacune des colonnes en deux et inscrivit en haut de chaque subdivision *Pour* et *Contre.*

Avant d'aller plus loin, il but une autre lampée de la deuxième bouteille de vin rouge ouverte ce soir-là. *Où était-elle ?* se demanda-t-il. Après avoir giflé Georgie, il s'était affalé sur le sol de la cuisine et avait pleuré comme un bébé. Pendant plusieurs minutes, il n'avait plus rien vu ni entendu. Elle avait dû partir durant ce laps de temps. Il avait fini par se relever et avait inspecté chaque pièce. Elle n'était nulle part dans la maison. Elle avait laissé la porte d'entrée ouverte. Elle était bel et bien partie. Où était-elle allée ?

Il retourna à sa tâche. Arguments pour et contre Georgie Marion, seize ans.

Pour et contre Kay Marion, seize ans également.

Et Kay, où était-elle ? Toujours à l'hôpital, se reposant comme on le lui avait prescrit, avec le Dr Jamieson et les infirmières pour s'occuper d'elle bien mieux qu'il n'aurait pu le faire lui-même. Pour veiller à ce qu'elle prenne ses médicaments, mange correctement et se rétablisse à temps pour se présenter aux examens.

Will vida la bouteille. Le carnet lui faisait signe, mais il avait besoin d'une autre bouteille et d'un joint. Il ne pourrait jamais y arriver sans dope.

Où était-elle ?

Ça remontait à quand, la dernière fois qu'il en avait pris ? Des années plus tôt, Linda s'était pointée avec un petit sac. « Tiens, chic type, avait-elle dit. Tu as besoin de te détendre. »

Il fouilla dans le classeur. Ne l'avait-il pas rangée à la lettre D ? Malin, hein ? D comme dope, D comme défonce. Il aurait pu préférer H comme herbe ou C comme cannabis – il y avait une infinité de choix – mais il avait pris D parce qu'il semblait n'y avoir rien d'autre dans sa vie commençant par cette lettre. Qu'est-ce qui commençait par D ? Hmmm. Dentiste ? Pourquoi aurait-il gardé les factures de son dentiste ? Pourtant, à la réflexion, il y avait désormais dans sa vie plusieurs choses commençant par D. Décès. Deuil. Douleur.

La beuh n'était pas à la lettre D.

Oh, oui, il se rappelait, à présent ! Il l'avait changée de place quand il s'était rendu compte que les filles risquaient d'y chercher les horaires de leurs cours de danse et l'avait classée à la lettre M comme marijuana, parmi des documents relatifs à la maison et ne présentant aucun intérêt pour elles.

Aha ! Une petite pochette en plastique, derrière la dernière lettre de relance de sa banque au sujet du prêt immobilier. (Qu'est-ce que ça faisait là ? Ç'aurait dû être rangé à la lettre B.)

C'était un de ces sachets refermables par pression. Oui, il était toujours là, et dedans, il y avait une petite boule verdâtre.

Qu'est-ce qu'il fabriquait ? Qu'est-ce qu'il venait d'écrire ? Depuis que le diagnostic était tombé, il avait gardé cette idée dans un coin de sa tête, supposait-il, tout comme celle de gagner à la loterie ou d'écrabouiller le crâne de Cynthia au moyen d'un gros objet métallique, mais il n'aurait jamais cru qu'il la sortirait délibérément de ce recoin pour la mettre au premier plan, qu'il la laisserait guider le stylo qu'il tenait à la main, afin qu'elle se retrouve couchée sur le papier, ni qu'il s'anesthésierait à l'herbe afin d'y réfléchir sérieusement. C'était ridicule. Il n'aurait jamais dû la laisser entrer dans son esprit. Il devait déchirer cette page, la réduire en confettis.

Mais qu'était-il en train de faire ? La dope ! Ah, elle était là. Il était sur le point de se rouler un joint et il finirait ce qu'il avait commencé, une chose à la fois.

Il gardait un peu de tabac dans une poche scotchée en dessous de son bureau. Et du papier à rouler dans une vieille boîte remplie de plans de Glasgow, Arran et York. (Il avait emmené les filles en week-end à York trois ans plus tôt. Ç'avait été assez stressant. Georgie lui avait fait savoir qu'elle trouvait tout assommant, dans cette ville.)

Lécher les feuilles et les coller ensemble lui procura une sensation agréable. C'était un rituel qui l'avait toujours apaisé.

Quand même, il n'aurait jamais dû la frapper.

Il déposa un peu de tabac desséché sur le papier, puis émietta par-dessus d'herbe rance, comme une pincée de poivre. Il déchira le coin d'une boîte de multivitamines pour façonner un filtre et roula le joint le plus impeccable qu'il eût jamais confectionné de sa vie.

C'était comme le vélo, ça ne s'oubliait pas.

28

CE TYPE ME SUIVAIT. Je le savais depuis que j'avais passé l'angle de Buchanan Street et Argyle Street, mais je ne voulais pas qu'il s'en doute. Il se trouvait à environ dix mètres derrière moi, maintenant. Chaque fois que je tournais légèrement la tête d'un côté ou de l'autre, il s'arrêtait et faisait semblant de regarder une vitrine. Soit il n'était pas très doué, soit il se fichait pas mal que je le repère.

L'air froid me pinçait la joue gauche. Je n'avais pas vérifié, mais je sentais que la forme de la main de mon père y était encore imprimée. Le connard. J'aurais dû lui rendre sa gifle. Pourquoi ne l'avais-je pas fait ? Peut-être parce qu'il n'avait encore jamais perdu son sang-froid de la sorte. Oh, mon père si calme et si ennuyeux !

« Georgie, ta mère ne reviendra pas, m'avait-il expliqué quand j'avais trois ans, et ré-expliqué sans arrêt jusqu'à mes dix ans. Elle aime des choses très mauvaises. Nous devrions nous estimer heureux », ou des conneries de ce genre.

« Georgie, tu es malade, ma chérie. Tu as besoin d'une dialyse. »

« Je sais que c'est dur, cette histoire de liste d'attente, mais il faut être patient. »

Pour la toute première fois de sa vie, il avait complètement perdu les pédales : il s'était mis à hurler et à vociférer dans la chambre d'hôpital, avait essayé de frapper cette espèce de misérable chienne errante qui était ma mère. C'est ce qui arrive, quand on garde toute sa vie la merde enfouie à l'intérieur de soi. Ça pourrit et ça finit par exploser.

Ç'avait été la journée la plus épuisante et la plus bouleversante de mon existence. La dernière chose dont j'avais besoin, quand j'avais retrouvé le havre douillet de notre maison, c'était bien d'autres emmerdements. Saloperie de brute. Je ne sais même pas ce que j'ai pu dire pour le contrarier au point de me faire taper sur la gueule.

J'étais devant le centre commercial de St Enoch, à présent. Il était plus de minuit et la ville était déserte, à part nous deux. Je n'avais pas arrêté de boire depuis que j'avais reçu cette gifle – ma réaction habituelle au stress – mais l'alcool n'avait fait que m'envaper légèrement, comme quand on a un rhume. Il me fallait autre chose. En entendant les pas de Preston résonner derrière moi sur le béton, je me suis demandé si je ne pourrais pas en profiter pour m'amuser un peu. Bon Dieu, j'avais sacrément besoin de distraction.

Ma quête du grand amour ! C'était dans des moments pareils que je recourais à ce nouveau dérivatif aux tristes réalités de ma vie de merde, dont le côté merdique s'était accru de façon exponentielle au cours des dernières vingt-quatre heures.

« Reece ? Désolée de te réveiller. Mais j'ai besoin de parler à quelqu'un. »

J'avais parcouru à pied tout le trajet jusqu'à son logement de Merchant City, dans un de ces anciens entrepôts que les gens trouvent vachement tendance, mais qui ne sont jamais que d'anciens entrepôts remplis d'appartements minables grands comme des boîtes à chaussures. Le sien était situé au premier étage.

Je laissai délibérément la porte de l'immeuble ouverte, en coinçant discrètement un caillou en dessous, du bout de mon pied. Au premier, j'ai également calé celle de l'appartement de Reece avant de me rendre directement dans le séjour, ainsi qu'il m'en avait donné l'instruction par l'interphone.

Il avait préparé tout ce que je désirais : un peu de cette poudre que nous avions prise au Bothy avant que je rentre dans un pilier, et sa queue, quelque part sous cet abominable pyjama.

Je sniffai d'abord la poudre, mais la colère et l'adrénaline en ont atténué l'effet, comme pour l'alcool.

« Il m'en faut davantage. Ça ne me fait absolument rien. »

Reece en a déposé un petit tas sur sa table basse en verre et l'a coupée avec sa carte bancaire. Puis il en a fait des lignes bien droites et m'a tendu une paille raccourcie.

« Ça ne te dérange pas que j'aille revêtir une tenue plus confortable ? » m'a-t-il demandé. J'ai failli expulser la coke par le nez en m'esclaffant. « Qu'est-ce qui pourrait être plus confortable que ce truc-là ? ai-je répondu en lorgnant son falzar en flanelle bleue.

— J'en ai pour une minute. »

Je me suis renfoncée dans le canapé – en cuir noir, évidemment – et j'ai fermé les yeux. Où était Preston ?

Était-il déjà entré ? Où se cachait-il ? Je me suis concentrée : mes oreilles sont bioniques, oh oui oh oui, et elles sauront te détecter !

Un sifflotement dans la chambre : Reece.

Un bruit d'eau coulant goutte à goutte dans la cuisine : le robinet qui fuit.

Rien…

Rien…

Sifflotement…

Robinet…

Ah, voilà… au milieu de tout ça, une petite toux. J'ai attendu… De nouveau, ce hggh hggh… Plus assourdi, cette fois. Il avait dû mettre sa main devant sa bouche.

J'ai encore attendu, puis ouvert les yeux et regardé en direction du bruit. Ha-ha. Il provenait du placard dans le couloir, juste à côté du séjour.

« Reece ? Ça va ? Tu en as encore pour longtemps ?

— Deux petites minutes ! a-t-il braillé.

— J'en profite pour aller aux toilettes ! » Je voulais laisser à Preston le temps de trouver une meilleure cachette. Que pourrait-il bien voir, du fond de son placard ?

Hélas, pas moyen de faire pipi. Et, si la vodka et la coke n'avaient en rien amélioré mon humeur, elles n'avaient certainement pas arrangé ma santé. Ne ferme pas les yeux, G, me suis-je dit. Ferme-les, et tu es morte.

Je me suis essuyée, bien que ça n'ait pas été nécessaire, et j'ai regagné le séjour.

« Reece ! ai-je crié, je suis revenue !

— Une minute ! »

Que fabriquait-il donc ? Plantée au milieu de la pièce, j'ai passé soigneusement en revue les différentes possibilités. Preston se planquait-il derrière les rideaux gris foncé ? (Quelle idée de choisir des rideaux de cette couleur ! La vie de Reece n'était-elle pas déjà assez grise ? Glasgow n'était pas déjà assez gris ?) Je ne distinguais aucun renflement derrière le tissu… Peut-être Preston avait-il pensé qu'il y serait trop en évidence.

Je me suis avancée vers le canapé sur la pointe des pieds. Peut-être était-il tapi derrière ? Mais je ne voulais pas m'en assurer, aussi j'ai évité d'y regarder de plus près. L'incertitude ne faisait qu'ajouter à l'excitation.

Oh, un paravent en bambou séparait le coin salle à manger du coin canapé-télé. Ce serait un choix judicieux. Un peu risqué, sans doute, mais il y avait des vêtements dessus, et il pourrait peut-être s'en servir pour se dissimuler.

Reece venait de réapparaître.

« Oh, mon chou, tu es magnifique ! » me suis-je exclamée. Il avait revêtu une tenue d'infirmière. Ceci dit, pas celle qu'il mettait au boulot – un pantalon ample et une chemise bien repassée –, mais un truc en vinyle avec une fermeture à glissière sur toute la longueur. Le bas cachait à peine son paquet, qui, ainsi que je me le suis imaginé avec effroi, était comprimé (ou pas) dans un string pour femme. En haut, il portait un soutien-gorge rembourré, dans lequel il avait probablement glissé des escalopes de poulet pour rendre son décolleté plus avantageux. Ses jambes étaient gainées de bas blancs à motifs (des bas à couture) et il avait enfilé ses pieds dans des escarpins de la même couleur à talons hauts (genre souliers de mariée).

Il arborait également une petite coiffe d'infirmière et un stéthoscope autour du cou.

« Comment vous sentez-vous ce soir, mademoiselle Marion ? » m'a demandé l'infirmière Reece. Il avait même mis du rouge à lèvres. Je dois reconnaître que ça lui allait bien. En revanche, il aurait dû choisir une autre couleur que le vert pour l'ombre à paupières. Peut-être lui glisserai-je un conseil amical un de ces jours.

« Je ne me sens pas bien du tout, ai-je répondu, en essayant toujours de déterminer où se trouvait mon admirateur secret. Je suis ravie que vous soyez ici pour me porter assistance, madame l'infirmière. Mais mes yeux ne supportent pas toute cette lumière. » J'ai baissé l'éclairage au point que – oui – je pouvais à présent distinguer le reflet du bras de Preston dans la fenêtre. Pour éviter que l'infirmière Reece l'aperçoive également, j'ai tiré les rideaux gris.

« Qu'est-ce qui ne va pas chez moi, à votre avis ?

— Je crois que vous avez besoin d'une grosse bite dans la chatte.

— Vraiment ? C'est tout ? Tout ce travail pour ça ? La bite dans la chatte, direct ? »

Il souleva le bas de sa robe et me montra le remède qu'il me destinait.

« Ouais, bébé.

— Ouais, bébé ? ai-je répété. Bon sang ! Viens là.

— Quoi ?

— Assieds-toi. Tu es nulle, comme infirmière. » Lentement, j'ai abaissé la fermeture à glissière et lui ai ôté sa robe. Il avait l'air comique, sans rien d'autre sur lui que ses bas, ses escarpins et son érection.

« C'est moi l'infirmière, ai-je ordonné. Agenouille-toi sur le canapé et fais ce que je te dirai. »

J'espère sincèrement que Preston a apprécié mes efforts. Le cul en l'air, tourné tout droit vers le paravent derrière lequel il se planquait. N'en dévoilant qu'un petit peu à la fois, ni trop d'un coup ni trop vite. Usant habilement d'un langage obscène dont il pouvait penser qu'il lui était destiné. Les escarpins aux pieds dans n'importe quelle position, si compliquée fût-elle. Après que Reece eut atteint son *Code Rouge ! Code Rouge ! Code Rouge !* je me suis enfermée avec lui dans la salle de bains pendant un temps suffisamment long pour permettre à Preston de quitter les lieux.

« Je croyais que tu avais dit que tu ne tomberais jamais amoureuse de moi », m'a fait remarquer Reece, tout en se savonnant la toison pubienne. Avec cette mousse blanche, ça ressemblait à la barbe du père Noël. Le mascara et l'ombre à paupières verte dégoulinaient sur ses joues bouffies.

« Ça reste vrai, ai-je répondu. Tu n'aurais pas vu ma culotte ? » Seigneur, il était débectant, à poil. Il n'était pas vraiment obèse, mais il avait des nichons. Et sa queue s'était recroquevillée au point de se résumer au prépuce – deux centimètres de peau toute froncée. Beurk ! Je devais décamper de là, tant pis pour ma culotte.

Je ne tomberais jamais amoureuse de Reece.

Non, mais ça pourrait peut-être m'arriver avec Preston.

29

SI C'ÉTAIT UN FILM, SE DIT WILL, ce serait un drame judiciaire. Il serait l'avocat à l'esprit logique, pragmatique. Il rassemblerait méthodiquement les preuves et résumerait ses conclusions de manière succincte. Comme la plupart des films, ce serait également une fiction, bien sûr. Il ne faisait pas ça pour de vrai. Il était simplement bourré. Oh, et défoncé, aussi. « Les photos ! s'exclama-t-il à voix haute. Je vais commencer par ça. »

L'herbe était éventée, mais elle avait quand même ajouté un petit plus aux deux bouteilles de vin qu'il avait vidées. Il se dirigea comme aurait pu le faire un avocat vers l'armoire vitrée du séjour et promena l'index sur le dos des albums, comme il avait cherché la bonne revue juridique dans une bibliothèque de droit. « Ah, le voilà ! Georgie… De un à cinq ans. Kay, de un à cinq ans. »

Il regagna son bureau, poussa de côté le carnet et ouvrit le premier album de photos de Georgie à la première page.

Elle ne souriait pas beaucoup. Nouveau-née, elle pleurait non-stop. Sur les dix photos prises entre le jour de sa naissance et son premier anniversaire, il n'y en avait qu'une où on la voyait sourire. Will ne se rappelait pas à quel moment précis elle avait été prise – Georgie avait à peu près douze mois, elle était assise sur le canapé vert dans la pièce de derrière et montrait quelque chose du doigt en souriant. Qu'est-ce qui la faisait sourire ? Le monde extérieur ? La télévision ? Sa mère ?

De deux à cinq ans, ça paraissait encore pire. Elle ne pleurait pas, mais son expression était d'une telle gravité qu'elle ressemblait à de la colère. Les commissures de sa bouche abaissées, oui, le regard hargneux, sur tous les clichés (même celui pris sur la plage de Largs !), les yeux larmoyants, comme si elle venait juste de s'arrêter de pleurer ou était sur le point de commencer.

Hmm, que de tristesse chez cette gamine ! Était-elle née ainsi ? Certains enfants naissent-ils malheureux ?

Il avait besoin d'une autre bouteille de vin pour pouvoir écrire. Il en restait une dans l'étroit placard de la cuisine, à côté de la gazinière. Du blanc, après le rouge qu'il avait bu auparavant, mais il s'en fichait. Il l'ouvrit, remplit son verre ballon, où il restait un fond de rouge, et retourna dans son bureau avec une sorte de rosé pâlichon.

Il lui fallait aussi le genre de stylo dont un avocat aurait pu se servir dans un drame juridique. Pas un minable stylo bille ordinaire, ni celui que Kay lui avait offert quand elle avait sept ans, surmonté d'une espèce de touffe de plumes vertes, non, un stylo sérieux. Ah, voilà : le Kingsley modèle Cosmopolitan, vert sarcelle et chrome, que Georgie lui avait donné à Noël (pour « écrire un thriller qui remportera l'oscar ! »). Elle n'avait pas remarqué qu'il n'écrivait jamais à la main.

Qui le faisait encore, de nos jours ? Il n'avait jamais sorti le stylo de son écrin noir.

« Mon premier argument contre Georgie Marion, bredouilla-t-il, c'est… »

Dans la colonne GEORGIE/CONTRE, il écrivit : *Née malheureuse et l'est restée.*

Il aurait dû noter d'abord un argument en sa faveur, s'aperçut-il, et la culpabilité se fraya un chemin dans sa conscience avinée de juriste de cinéma. Il s'empressa d'ajouter dans la colonne POUR : *Mignonne.*

« Examinons maintenant la pièce à conviction numéro deux. Kay Marion, le jour de sa naissance. » Elle était là, à la page un de son premier album de photos, toute souriante à l'hôpital quelques instants seulement après être sortie du corps de cette femme. Les gens prétendent que les nouveau-nés ne sourient pas, mais regardez ça. Il n'y a pas à discuter.

Page trois : à deux ans, rigolant pendant que Rudolph le hamster escalade son bras. Quatre : à trois ans, se bidonnant sur la balançoire, à Rouken Glen Park. Cinq : à cinq ans, toute souriante à la répétition de danse.

Will se versa un autre verre et inscrivit dans la colonne KAY/POUR : *Née pleine de joie de vivre et l'est restée.*

Il savait qu'il devait noter quelque chose dans la colonne CONTRE, et il se creusa la tête, comme l'aurait fait un juriste, mais, en vertu des preuves à sa disposition, il n'existait aucun élément à charge contre Kay entre zéro et cinq ans.

Il était environ trois heures du matin quand il passa à la section suivante. Lui était-il déjà arrivé d'être aussi déchiré ? Peut-être avec Si, vers les dix-huit, dix-neuf ans, quand il avait renversé un type infect avec son vélo à la sortie du pub et qu'il était rentré chez lui à fond de train pour vomir dans la corbeille à linge sale. Qu'était-il en train de faire ? Ah oui. Il devait réunir de nouvelles preuves pour la section cinq à dix ans. Il lui fallut une heure pour les trouver, tout en braillant *Denis Denis* de Blondie.

Durant les premières années d'école, les observations des professeurs de Georgie étaient toujours les mêmes : *Turbulente. Distraite. Peu attentive. Ne semble pas intéressée. Préfère s'adonner à des activités plus créatives. Devrait travailler davantage. Peu sociable.*

Les appréciations sur Kay étaient tout aussi invariables : *Excellent travail. En progrès constant. Élève travailleuse. Toujours motivée et intéressée. Bonne camarade.*

Écrire lisiblement devenait de plus en plus difficile, mais Will se rappela que les procès n'étaient jamais simples et que la persévérance était la clé du succès :

GEORGIE/CONTRE : *A du mal à s'adapter*

KAY/POUR : *A envie de s'intégrer et y réussit*

GEORGIE/POUR : *Créative*

Il avait écrit ça en dernier, poussé encore une fois par la culpabilité, qui le tracassait toutefois un peu moins à présent. Pourquoi Georgie avait-elle autant de mal à s'intégrer ? L'école était toujours horrible, les uniformes toujours ridicules, les activités proposées lui faisaient perdre son temps, ses amies parlaient toujours d'elle derrière son dos et de toute façon c'étaient des garces stupides.

Oh, Seigneur, il était vraiment bourré.

« Pièces à conviction E et F pour chaque fille, entre dix et seize ans ? » Il sut tout de suite ce dont il avait besoin. Il se rua dans l'escalier, trébucha à deux reprises en chemin, et pénétra dans la chambre de Georgie. Il dut farfouiller dans la couche de paperasse et de fards amoncelée sur son bureau sur une épaisseur de cinquante centimètres (ce n'était pas là), sous son lit où s'entassaient des vêtements sales et des cadeaux qu'il lui avait faits et qu'elle n'avait jamais utilisés (pas là non plus), dans les étagères remplies d'œuvres de fiction littéraire déprimantes et de livres sur l'industrie cinématographique (ni là) et dans son tiroir à sous-vêtements qui contenait des soutiens-gorge et des slips d'une petitesse et d'une transparence inconvenantes ainsi que – oh, mon Dieu – est-ce bien ce que je crois ? Se peut-il qu'elle possède déjà un de ces trucs ? Je croyais que seules les femmes au foyer en achetaient… Aha ! Le voilà !

… Son journal intime.

Celui de Kay était sagement rangé sur son bureau. Will s'en empara et retourna dans son antre avec les deux cahiers.

Il savait qu'il n'aurait pas dû faire ça. Il ne se l'était jamais permis auparavant. Mais c'était une question de vie ou de mort. Oh non, pas du tout. C'était du grand n'importe quoi. Bois un peu d'eau. Tu ne tiens même pas debout.

Il tituba jusqu'à la salle de bains et plaça sa bouche sous le robinet. Il but pendant plusieurs minutes à grands traits gargouillants. S'aspergea le visage. Se regarda dans le miroir. « C'est une question de vie ou de mort. Elles risquent de mourir toutes les deux. Ou l'une d'elles, en tout cas. » Son ivresse avait atteint le stade larmoyant. Elles allaient mourir toutes les deux.

Ou une seule. Que ferait-il sans elles ? Qui serait-il sans elles ?

Qui serais-je ? Il s'écroula au sol et sanglota sur le carrelage froid. Que ferais-je ? Oh, Dieu, qu'est-ce que je ferais ?

À quoi pensait-il donc ? Pourquoi n'épuisait-il pas les autres possibilités avant de tracer ce stupide tableau dans ce stupide bureau ? Il se hissa sur ses pieds, rejoignit son antre d'une démarche chancelante – l'eau l'avait à peine dégrisé – et s'affala sur sa chaise.

Oh, tiens, le journal de Kay était sur sa table. Et il était ouvert.

30

Onze ans

Cher Monty,

Quand je serai grande, je deviendrai riche et je donnerai de l'argent à papa pour qu'il fasse un film. Ce sera un film génial. Peut-être une comédie musicale ! Peut-être que je pourrai jouer dedans. Je vais m'exercer à jouer la comédie et à chanter pour devenir aussi bonne que Georgie. Je vais mettre 10 pence de côté sur mon argent de poche chaque semaine. Je les garderai dans une tirelire spéciale, où je marquerai « film ».

Douze ans

Cher Monty,

Aujourd'hui, je suis allée au parc d'attractions de Loudown Castle avec papa et Georgie. Je suis allée dans treize attractions différentes, y compris le Kamikaze. Graham, un garçon de 5ᵉ, était là aussi et il m'a dit bonjour. Il joue très bien du trombone. C'est dommage que Georgie n'ait pas pensé comme moi à prendre son blouson. Si elle l'avait fait, elle n'aurait pas eu froid et elle aurait pu s'amuser elle aussi.

Treize ans

Cher Monty,

Je suppose que c'est normal pour une ado d'être tout le temps fatiguée. Je n'aime pas être une ado. Je veux retrouver mon énergie.

Graham, de l'orchestre, m'a demandé de sortir avec lui. J'ai dit non. Il me plaît bien, mais je suis trop jeune pour avoir un petit ami. De toute façon, c'est un copain, et je ne veux pas gâcher notre amitié.

Quelle chance j'ai ! Mon papa est le meilleur papa du monde. Et ma sœur ! La nuit dernière, elle a dormi par terre dans ma chambre et m'a tenu la main toute la nuit parce que j'avais le trac pour mes exams. Toute la nuit ! Parfois, je dois me pincer pour y croire. J'ai une famille parfaite.

Quatorze ans

Cher Monty,

Je me sentais un peu crevée, aujourd'hui. Papa dit que c'est simplement parce que j'en fais trop, comme toujours. Je me demande si je ne devrais pas arrêter la danse. Ou le netball. Ou la flûte. Ou l'athlétisme. Je n'ai pas envie d'arrêter quoi que ce soit.

J'ai pensé à elle aujourd'hui. J'ai essayé mon truc habituel – l'écraser sous mon pied comme une cigarette –, mais ça n'a pas marché. J'aimerais pouvoir lui demander ce que je dois faire.

Toutes les autres filles sont sorties au moins une fois avec un garçon et j'ai l'impression d'être à la traîne. Mais je ne veux toujours pas sortir avec Graham. Ça n'aurait plus aucun sens de sortir avec lui maintenant.

Georgie dit que si je n'ai pas envie de sortir avec Graham, je ne dois pas le faire. Mais elle ne comprend pas pourquoi je n'en ai pas envie. Elle est tellement plus cool que moi ! Je voudrais lui ressembler.

Je vais aller lui parler.

Quinze ans

L'école est bien plus amusante qu'avant. Les filles sont plus sympas avec moi. Je suis contente d'être (relativement !) intelligente. Je pense devenir kinésithérapeute, plus tard. J'aime bien être en contact avec les gens. Et je suis bonne en biologie.

J'ai arrêté de penser à elle. C'est trop fatigant. Graham a renoncé à me persuader de sortir avec lui. Je crois que Sarah lui plaît bien. Ça me rend triste de les imaginer ensemble. J'aurais peut-être dû accepter. Je pense que je suis peut-être amoureuse de lui. La mère de Bethanay et Archie, qui habitent juste au coin de la rue, en pince pour papa. C'est évident. Elle a l'air un peu barge (elle n'arrête pas de hurler sur ses enfants), mais j'aimerais quand même qu'il aille avec elle. Il a besoin de quelqu'un.

Seize ans

Cher Monty,

Je ne me sens pas très bien en ce moment, pour être franche, mais une fille de l'autre unité de soins a reçu hier le fameux coup de fil. Ça faisait cinq ans qu'elle attendait son rein, et maintenant, elle l'a. Donc ce n'est pas si terrible que ça, tu ne crois pas ? Tout va s'arranger, n'est-ce pas ?

Dis-moi que tout va s'arranger.

Will sourit tout en écrivant. Quelle enfant adorable ! Gentille, pas compliquée. Et Georgie ? C'était une sœur exemplaire. Ne s'en était-il donc pas aperçu ? Elle pensait constamment à Kay, elle était toujours là pour elle – elle lui avait tenu la main toute la nuit ! Oh !

GEORGIE/POUR : *Une sœur merveilleuse*

KAY/POUR : *Gentille, pas compliquée*

KAY/POUR : *S'intéresse à des tas de choses : danse, netball, flûte, etc.*

KAY/POUR : *Aime un garçon appelé Graham (première fois que j'en entends parler)*

KAY/POUR : *Ambitieuse et pleine d'espoir – veut devenir kiné*

KAY/POUR : *M'adore*

Kay m'adore, songea Will. Et Georgie est une sœur merveilleuse, pleine de sollicitude. Il avait de la chance de les connaître toutes les deux.

Il effleura le journal de Georgie. Il n'avait pas la moindre idée de ce qu'il allait y trouver. Ça l'effrayait un peu. Sa main tremblait. Le journal s'ouvrit de lui-même quelque part en son milieu, à une page sur laquelle était agrafée une feuille volante. Il y en avait d'autres dans les pages suivantes. Il déplia la première et lut :

Douze ans

Chère maman,

Je t'aime. J'espère que ce que je fais ne te fera pas souffrir, parce que ce n'est pas ta faute si je n'en peux plus. La vie est une chose qui ne m'intéresse pas. Apparemment, je ne souffrirai pas. Je vais simplement m'endormir. Et en m'endormant, je penserai à toi.

G

Étouffant une exclamation, Will tourna les pages : il y avait une autre feuille agrafée vers les deux tiers du journal.

Treize ans

Chers papa et Kay,

Adieu. S'il vous plaît, ne vous reprochez rien. C'est juste que je n'ai plus envie de continuer, voilà tout.

G

Et une troisième, vers la fin…

Quinze ans

Papa,

Je vais me tuer. Tu serais étonné de voir comme c'est facile de se procurer un revolver. Quelquefois, tu m'as tellement foutue en rogne à force de m'engueuler que j'aurais pu m'en servir contre toi, je te jure. J'espère que tu vas souffrir. Tu le mérites.

G

D'un geste brusque, Will referma le journal. Avant d'avoir eu le temps de se raviser, il écrivit ce qui suit :

GEORGIE/CONTRE : *Méchante égoïste abominable*

GEORGIE/CONTRE : *Aucun espoir, aucune ambition, aucune bienveillance*

GEORGIE/CONTRE : *N'aime personne, à part une femme qui n'existe pas*

GEORGIE/CONTRE : *Me déteste*

GEORGIE/CONTRE : *Déteste tout*

GEORGIE/CONTRE : *A-t-elle vraiment acheté un putain de revolver ? Jésus*

GEORGIE/CONTRE : *Veut mourir*

GEORGIE/CONTRE : *A songé à me tuer !*

Il n'avait jamais été aussi furax. Ni aussi bourré. Il lança son stylo contre la fenêtre. Il tapa du poing sur la table. Il grogna, se leva, flanqua un grand coup dans la porte de son bureau, puis un autre, et un autre encore, jusqu'à percer un trou dans le battant, comme il l'avait fait dans la cuisine. Et à avoir les mains en sang.

« Tu t'es calmé, à ce que je vois », s'exclama Georgie dans le couloir.

Bon Dieu de bon Dieu de bon Dieu. Will se précipita vers la table, saisit son carnet, arracha la page où se trouvait son tableau, la déchira en deux et la froissa en une boule compacte qu'il fourra dans le tiroir du haut. « Georgie ? appela-t-il. Je suis désolé ! Georgie ! Où es-tu, mon chou ? Je suis VRAIMENT désolé ! Où es-tu ? » Il alla dans le couloir, regarda dans la cuisine, monta l'escalier et entra dans sa chambre. Elle était assise sur le lit.

« Je t'en prie, pardonne-moi ! implora-t-il. Je n'aurais pas dû te gifler.

— M'agresser physiquement. Je pourrais appeler la police, tu sais. Ou SOS Enfance maltraitée.

— Je n'aurais pas dû t'agresser physiquement. Est-ce que ça va ? Où étais-tu passée ?

— Je me baladais.

— Tu es ivre.

— Toi aussi. Tu devrais soigner cette main. Viens… » Elle l'entraîna dans la salle de bains et prit de l'antiseptique et des pansements adhésifs dans l'armoire à pharmacie.

Ils restèrent silencieux pendant un moment, Will assis sur le rebord de la baignoire, Georgie debout devant lui, nettoyant, désinfectant, pansant.

« Je vais tout arranger, déclara Will, quand l'entaille eut été soignée. Je vais régler tout ça, ma belle.

— Ah ouais ? dit-elle en s'asseyant à côté de lui.

— Ouais. » Il lui caressa la joue, se demandant si elle allait se dégager d'un geste brusque, comme d'habitude, en l'envoyant paître d'un « Va te faire foutre, papa ». Ce qu'elle ne fit pas. Au contraire, elle appuya son visage contre sa main et lui sourit tristement. Il lui sourit en retour, mais, au bout d'une seconde, leurs sourires s'effacèrent et ils se mirent à pleurer.

« Je t'en prie, ne me laisse pas mourir ! sanglota-t-elle en l'étreignant avec force. Papa ! Mon petit papa ! Je t'en prie, ne nous laisse pas mourir. »

31

LA CELLULE DE HEATH SE TROUVAIT À L'ARRIÈRE d'un bâtiment jouxtant l'épais mur de brique rouge entourant la prison, derrière lequel passait une route. Les gens lançaient souvent des objets par-dessus le mur, dans l'espoir que les êtres chers passeraient là au bon moment pour ramasser leurs offrandes (généralement des drogues dissimulées de diverses manières, notamment à l'intérieur de rats morts).

Cynthia espérait que Heath occupait la même cellule que l'année précédente. Elle savait où se placer de manière qu'il puisse entendre sa douce voix à travers les barreaux.

L'heure de l'extinction des feux était déjà passée. Elle allait le réveiller, mais il n'en serait pas fâché.

« Heath Jones ! Je t'aime ! cria-t-elle, plantée au milieu de la route paisible. Heath Jones, je t'aime, putain ! brailla-t-elle de nouveau. Tu es l'amour de ma vie ! Je m'appelle Cynthia et je suis amoureuse de Heath Jones. Je t'aime, Heath ! »

Celui-ci se réveilla immédiatement et bondit à bas de sa couchette. Se hissant sur la pointe des pieds pour coller sa bouche contre la grille, il hurla en bavant abondamment : « Cynthia Marion, je t'aime ! Cynthia ! Ne repars pas ! Attends-moi ! Je t'aime, Cynthia ! Chante pour moi !

— Ta gueule, bordel ! » lança son compagnon de cellule, un novice incarcéré pour la première fois, dormant sur la couchette supérieure. S'il avait été pleinement conscient, il aurait réfléchi à deux fois avant de soulever cette objection.

Heath se rua vers lui, le projeta à terre et le roua de coups de pied jusqu'à lui faire perdre connaissance.

Cynthia ne partit pas. Pendant une demi-heure, elle chanta des chansons qu'ils avaient écrites ensemble, sans se laisser décourager par les protestations des gardiens et des détenus. Finalement, lassée de cet auditoire incapable de l'apprécier (« On croirait un putain de chat qui miaule ! »), elle s'étendit sur son manteau et campa devant l'entrée de la prison, telle une ado attendant des billets pour un concert. Au matin, elle se traîna à l'intérieur du bâtiment pour s'inscrire sur la liste des visiteurs.

Une heure plus tard, ils étaient assis face à face dans la salle des visites. En les regardant, on n'aurait jamais pu deviner que ces deux-là s'aimaient plus intensément que n'importe quels autres amants au monde. Ils avaient plutôt l'air d'être frère et sœur, hormis peut-être leurs mains étroitement enlacées.

« Où étais-tu passée ? s'enquit Heath.

— Un peu partout. » Elle marqua une pause avant d'ajouter : « J'ai vu mes filles.

— Il est venu ici, répondit-il. Je suis au courant. Tu as pu les aider ?

— Non, dit-elle, en lui frottant la paume du bout des doigts. Je n'ai pas envie de parler de ça ici. T'es clean ?

— Oui. Et toi ? »

Elle secoua la tête. « Je suis désolée.

— Ça ne fait rien, chérie, ça ne fait rien. On n'est pas obligés de faire tout ce qu'on nous dit, bordel. La vie est trop courte.

— Il faut que tu sortes.

— Et je vais le faire. Je me suis bien conduit, cette année. Je vais leur écrire une lettre superchiadée. J'ai pigé le truc. Je serai sorti dans deux-trois semaines. Mais je dois leur donner une adresse. Tu vas crécher où ?

— Je trouverai quelque chose à Glasgow. En attendant, tu peux obtenir ton transfert ?

— Je vais m'en occuper. Dès que tu sauras où on va habiter, dis-le-moi.

— On va habiter ensemble ! s'exclama-t-elle. Oh, Dieu merci. Je n'y arrive pas, sans toi. Personne d'autre ne me fait autant d'effet.

— Personne d'autre ne t'aime autant que moi, dit-il. Personne ne l'a jamais fait, personne ne le fera jamais. Cynthia, quand je sortirai, voudras-tu m'épouser ? »

Il le lui avait demandé des centaines de fois, au fil des années. Elle avait toujours répondu oui. Mais, pour une raison ou une autre, ils semblaient toujours oublier de passer à l'acte, sans parler du fait que Will et elle n'avaient jamais divorcé.

« Oui ! répondit-elle. Bien sûr que je le voudrai. »

La visite terminée, Cynthia embrassa son petit doigt et le posa sur les lèvres de Heath. « Tu m'as vachement manqué. »

32

À SON DÉPART DE MERCHANT CITY, Preston en tremblait encore. Seigneur Dieu, ç'avait été quelque chose ! De toute sa vie, il n'avait jamais rien vu de pareil. On aurait dit qu'elle savait qu'il était là. Il se demanda, en entamant la longue marche vers Charing Cross, quand elle s'apercevrait de son chapardage. Cette fois-ci, il avait emporté la culotte qu'elle avait abandonnée sur le sol du séjour, quand elle était allée se doucher. Il la serra dans le creux de sa main et sourit.

Lorsqu'il arriva chez lui, sa mère regardait du billard à la télé en fumant cigarette sur cigarette. La pièce avait la même odeur que les pubs d'antan, avant l'interdiction.

« Salut, fiston », dit-elle. Elle avait depuis longtemps oublié comment les gens normaux passaient leurs soirées. Le veuvage avait mis sa vie sens dessus dessous. « Tu as passé une bonne journée ?

— Ouais, merci, m'man », répondit Preston, tout en sortant un sac de congélation d'un tiroir de la cuisine. Il déposa la culotte de Georgie à l'intérieur et referma soigneusement le zip. « Je vais me coucher maintenant, okay ?

— Okay, fiston », dit-elle en se penchant de façon

qu'il puisse l'embrasser sur la joue sans lui cacher l'écran.

Preston posa le sac plastique sur sa table de chevet, retira son jean, son tee-shirt, son caleçon et ses chaussettes, et se mit au lit. Tout en fixant la culotte dans le sachet et en se touchant, il se repassa les images dans sa tête. C'était une fille extraordinaire. Elle avait un corps parfait, même si l'intérieur était complètement déglingué. Elle se déplaçait avec la grâce d'un cygne – bon, peut-être pas d'un cygne. Il n'avait jamais vu ces bestioles faire ce genre de trucs. Mais il n'y avait pas que son corps ou son visage. Elle possédait une énergie dévastatrice. Devant elle, on avait envie de se mettre au garde-à-vous – comme une certaine partie de son corps en cet instant même.

Tout se déroulait comme prévu lorsqu'on sonna à la porte. Il regarda son réveil. Quatre heures du matin. Qui diable… ? Ramassant prestement son caleçon, il tendit l'oreille tandis que sa mère allait ouvrir… fille blablabla garçon blablabla garçon blabla bla… Des pas… toc-toc. « Preston, mon chéri ? »

Comme meurtrier, Preston était plutôt nul. Chacun des pas qu'il avait fait depuis le commissariat de Gorbals jusqu'au seizième étage de la tour voisine puis au taxi dans Rutherglen Road avait été enregistré par les caméras de surveillance. La casquette de base-ball avait dissimulé son visage jusqu'à ce qu'il l'ôte et la jette dans la poubelle avant de monter dans le taxi. Bien sûr, sa photo ne figurait pas dans les fichiers de la police mais, en fin de compte, ce n'avait pas été nécessaire, car les quatre garçons qu'il avait rencontrés devant le commissariat avaient donné son nom aux flics – plusieurs heures après le meurtre parce qu'ils avaient été retardés par une bagarre un peu plus loin sous l'arcade. Preston était furieux contre lui-même. Il avait supposé que ces types ne parleraient jamais à la police, mais évidemment, la loi du silence ne s'appliquait pas quand l'un des leurs s'était fait tuer. Pourquoi leur avait-il donné son vrai nom ? Preston se réprimanda intérieurement tout en s'habillant. Pareille imprudence ne lui ressemblait pas.

« Preston, mon chéri ? » entendit-il sa mère l'appeler pendant qu'il ouvrait la fenêtre de sa chambre et enjambait le rebord. Il faisait ça depuis des années, il était rodé.

« Preston ? La police est ici pour… »

Ses pieds touchèrent le sol au moment même où, présuma-t-il, sa mère poussait sans doute la porte de sa chambre.

Et les sirènes se mirent à mugir à l'instant où il refermait la portière du taxi.

33

ALLONGÉ À CÔTÉ D'ELLE SUR LE LIT, Will serra Georgie dans ses bras jusqu'à ce qu'elle finisse par s'endormir, épuisée par les sanglots. Pourquoi n'avait-il pas trouvé de photos de ce genre – eux deux étendus sur le canapé en train de regarder *Retour vers le futur* ou *The Truman Show*, ou se faisant un câlin sur la plage de Largs, juste après ce cliché sur lequel elle ne souriait pas ? (« Serre-moi, papa ! Serre-moi plus fort ! ») Son adolescence rageuse semblait avoir durablement impressionné sa mémoire, n'y laissant que des images négatives. Bien sûr, elle lui en avait toujours fait voir de dures, mais elle pouvait aussi se montrer incroyablement affectueuse par moments. Fougueuse, pleine d'entrain, passionnée, la sensibilité à fleur de peau. Tels étaient les mots qui auraient dû lui venir à l'esprit tout à l'heure, quand il remplissait son tableau.

Quand il fut certain qu'elle dormait paisiblement, il sortit sans bruit de sa chambre, regagna son bureau, ouvrit son carnet et regarda la première page :

1) Cynthia

Puis la deuxième :

2) Parents

Tournant la page, il examina ensuite l'option numéro trois.

3) En acheter un

Le souvenir lancinant de la page arrachée un peu plus tôt lui martelait les tempes au même rythme douloureux que la migraine provoquée par l'alcool. Avait-il réellement été assez saoul pour écrire de telles absurdités ?

« Comment acheter un rein », entra-t-il dans le moteur de recherche Google. Le tout premier article accrocha son regard :

Une mère prête à dépenser les économies de toute une vie pour acheter un rein aux Philippines

Janette Graham, une femme de quarante-cinq ans qui attend une greffe depuis plus de trois ans, a décidé de prendre une nouvelle hypothèque sur sa maison pour acquérir ce rein.

« Cela m'a posé un problème moral, déclare-t-elle, mais j'ai cinq enfants de moins de dix-huit ans, et je veux les voir grandir. »

Mme Graham doit se faire dialyser chaque jour. Elle craint de mourir si elle continue à attendre, car elle est d'un groupe sanguin rare et les services médicaux n'ont pas réussi jusqu'à présent à trouver un donneur compatible.

Cette forme de tourisme s'est tellement répandue aux Philippines depuis quelques années que Luzon a été surnommée

« l'île dont les habitants n'ont qu'un rein ». « Il y a des gens là-bas qui voient cela comme une chance d'échapper à la misère, dit Mme Graham. Je suis consciente des risques encourus. Certains des patients partis se faire opérer en Asie du Sud-Est ne sont jamais revenus. » Cependant, ajoute-t-elle, elle sait aussi que trois malades en attente de greffe meurent chaque jour. « Je ne peux pas en acheter un ici, a-t-elle déclaré. C'est illégal. J'ai le sentiment de ne pas avoir d'autre choix. »

Le texte s'accompagnait d'un lien vers un autre article sur les donneurs philippins. Cette fois, ce fut la photo qui retint l'attention de Will. Dix hommes – non, des *garçons* – en rang d'oignons, relevant leurs chemises pour montrer la cicatrice sur leur flanc. Chacun d'eux avait reçu mille livres en espèces, ce qui avait dû les soulager temporairement de leur misère sans y apporter un remède à long terme. En outre, l'article soulignait qu'il n'existait aucune statistique sur le nombre de donneurs décédés au cours de l'opération, ou d'une infection postopératoire.

Les garçons expliquaient les raisons qui les avaient incités à donner leur rein :

Je n'ai pas de travail.
Mon copain a donné le sien et il se porte bien.
J'avais peur, mais mes frères et sœurs avaient besoin de manger.
Je n'ai pas eu peur, j'étais excité.

Will imprima les articles, les plia et les agrafa au dos de la page de son carnet. Il était effrayé par les risques encourus et les images crues des garçons philippins, mais il était également enthousiasmé. Le danger était moindre que celui qui planait au-dessus de ses filles en ce moment même. Et les donneurs étaient entièrement consentants, ils le voulaient même désespérément. Ses parents pourraient lui donner l'argent nécessaire – s'ils avaient passé les tests, cela voulait dire qu'ils étaient prêts à l'aider. À défaut, il pourrait hypothéquer la maison. Cela lui rapporterait assez pour acheter un rein et les maintenir à flot jusqu'à ce que tout soit revenu à la normale. Il était content de ne pas avoir de travail en ce moment. Il avait plus important à faire.

Ce qu'il y avait de bien, aux Philippines, c'était le nombre impressionnant de donneurs. Un bidonville était appelé le Marché aux reins, parce que 300 de ses 16 000 habitants en avaient donné un. Et le receveur effectuait officiellement un « don » plutôt qu'un paiement (environ 40 000 livres). Les opérations étaient effectuées dans une clinique privée très propre, avec succès et efficacité. Cela le préoccupait un peu que le montant soit de 40 000 livres alors que les garçons sur la photo n'en avaient touché que 1 000. Mais les implorations de Georgie résonnaient encore dans sa tête, et il ne s'interrogea pas très longtemps. De toute façon, peut-être pourrait-il envoyer au donneur un petit extra, un pourboire en quelque sorte, ou alors lui verser quelque chose tous les ans, une forme de remerciement perpétuel.

Will cliqua sur plusieurs autres liens, dont un forum où les donneurs potentiels proposaient leurs marchandises :

Hello,

Je suis Kairav, d'INDE, âge 18 ans, calme, en bonne santé, pas de maladies, groupe sanguin B+. Je veux vendre un de mes reins.

salut,
je m'appelle anum
j'ai 21 ans, en bonne santé, aucune maladie,
je suis égyptien
groupe sanguin A
87 kg

moi Ekagrah, de l'Inde, veux vendre 1 de mes reins parce que j'ai besoin d'argent, que ceux qui veulent acheter me contactent par email.
JE VEUX VENDRE MON REIN

Désire vendre mon rein, 20 ans.
Sang AB IV rh+

Un jour, Will avait rédigé un truc similaire pour le *Glasgow Extra.*

À vendre poussette double,
Bon état,
Livraison à domicile possible.

En poursuivant ses recherches, il nota que quelqu'un avait refusé d'acheter un rein en provenance de Chine. Le receveur potentiel était horrifié par le fait qu'il aurait été prélevé sur un prisonnier exécuté. Will s'en moquait complètement. Quelle différence cela faisait-il ? Il ne pensait pas que les reins soient dotés d'une moralité susceptible de modifier la personnalité de ses filles. Les reins de Georgie et de Kay en étaient indéniablement dépourvus, pour rendre l'âme comme ils l'avaient fait.

Les Philippines semblaient constituer le meilleur choix, essentiellement parce qu'il avait trouvé sur ce pays davantage d'informations concrètes que sur les autres. Il inscrivit dans son carnet toutes les informations utiles ainsi que les prix. Il enverrait un e-mail à l'hôpital un peu plus tard dans la journée. D'abord, il devait aller voir ses parents à St Andrews.

34

« GEORGIE ! GEORGIE ! RÉVEILLE-TOI, dit Kay en ouvrant les rideaux de la chambre de sa sœur. Il est quatre heures, G. Il fait un temps superbe. Sais-tu où est papa ?

— Referme ça ! gémit Georgie, se cachant sous sa couette pour se protéger de la lumière.

— Ta chambre est dans un état absolument répugnant ! » Kay ramassa les vêtements épars sur le sol et les empila sur une chaise. Elle remarqua un portable parmi les détritus et y jeta un coup d'œil.

« Georgie ! Ton téléphone est éteint ! Es-tu devenue folle ? » s'exclama-t-elle en rallumant l'appareil bas de gamme – elles avaient toutes deux acheté le même modèle après leur inscription sur la liste d'attente. « Il ne faut jamais l'éteindre ni le laisser se décharger. Et toujours le garder près de toi. Tu m'écoutes ?

— Va-t'en, répondit sa sœur. Arrête de toucher à mes affaires ! »

Ignorant cette injonction, Kay posa le téléphone sur la table de chevet et vérifia le sien, qui se trouvait, comme d'habitude, dans sa poche. Depuis que le diagnostic avait été établi, elle ne portait plus que des vêtements munis de poches assez profondes pour y loger son portable. Puis elle tria les vêtements de Georgie et alla déposer ceux qui étaient sales dans le panier à linge.

« Quand es-tu sortie ? demanda Georgie.

— Il y a une heure. J'ai pris un taxi.

— Tu te sens mieux ?

— Oui, bien mieux. Juste un peu flageolante. » Kay s'assit sur le lit et rabattit la couette de manière à voir le visage de sa sœur. « Qu'est-ce que tu penses d'elle ? »

Georgie soupira et tira sur sa frange. « Elle est… différente de ce à quoi je m'attendais.

— Vraiment ? Elle se drogue depuis des années, tu sais. Papa dit qu'elle le faisait déjà quand on était bébés, même s'il ne s'en était pas rendu compte, à l'époque. Ça laisse forcément des traces.

— Tu crois qu'elle voulait réellement nous aider ?

— Elle devait savoir que ce ne serait pas possible, je suppose.

— Alors, il ne nous reste plus qu'à attendre. » C'était en fait une question qu'elle posait à sa sœur. Elles n'avaient jamais abordé le sujet, mais elles connaissaient les possibilités qui s'offraient à elles.

« C'est la seule chose à faire, n'est-ce pas ?

— Non, rétorqua Georgie, qui se redressa et but une gorgée du verre d'eau posé sur sa table. Tu es plus malade que moi.

— Pas vraiment. C'est horrible, tu ne trouves pas ? D'attendre que quelqu'un meure.

— Je sais.

— Mais ça va, je t'assure. Je me sens bien, reprit Kay.

— C'est faux. Tu as l'air d'être déjà morte.

— Merci. »

Elles restèrent un moment silencieuses, Georgie tripotant nerveusement le bord de son drap sous le regard de Kay.

« Tu devrais prendre le sien, déclara Georgie en relevant les yeux. On va lui dire de passer les tests et tout le bazar.

— Non. C'est hors de question. S'il ne peut aider que l'une de nous deux, ce ne sera pas moi.

— Eh bien, je partage ce sentiment.

— Dans ce cas, on n'a plus qu'à attendre. » Kay se tut un instant. « J'ai peur, G.

— Viens là, dit Georgie en l'attirant à elle. Allonge-toi un petit moment près de moi. »

Kay s'étendit à son côté. « Que va-t-il se passer, à ton avis ? »

Georgie sourit. Chaque fois que sa sœur se tracassait pour une raison quelconque, elle lui posait toujours cette question. Et Georgie avait toujours eu le chic pour trouver la réponse adéquate. Quelques exemples :

Lorsque Kay s'était fait persécuter par Felicity Kearney, en CP (Mlle Kearney lui avait collé une quantité extraordinaire de chewing-gum mâchouillé dans les cheveux et Kay avait dû en faire couper huit centimètres pour s'en débarrasser) :

— *Qu'est-ce qui va se passer, à ton avis ?*

— *À mon avis, Felicity Kearney va devenir si grosse qu'elle va exploser.*

Il y avait seulement quelques mois de ça, quand Graham, le joueur de trombone, lui avait de nouveau demandé de sortir avec lui, sinon il irait voir ailleurs :

— *Qu'est-ce qui va se passer, à ton avis ?*

— *À mon avis, tu vas dire oui, et, à mon avis, ça va marcher vachement bien et vous allez prendre votre pied.*

Quand on leur avait fait une analyse de sang :

— *Qu'est-ce qui va se passer, à ton avis ?*

— *À mon avis, quel que soit le résultat, je serai tout le temps près de toi.*

Et cette fois-ci encore, Georgie sut trouver les mots qu'il fallait :

« Tu sais ce que je pense, mademoiselle K ? À mon avis, cette attente va nous rendre cinglées pendant un bon moment, mais on prendra soin l'une de l'autre. On s'en sortira. Et un jour… pendant qu'on sera aux chiottes ou en train de manger des corn-flakes aux noix ou de regarder *Skins*, et qu'on sera à mille lieues de penser à ça…, poursuivit-elle en tapotant le portable, ces petits machins noirs se mettront à sonner ! »

35

WILL ARRIVA À NORTH QUEENSFERRY À DIX HEURES ET QUART. Ses parents avaient toujours observé une routine quasi militaire – réveil à 7 h, petit-déjeuner à 7 h 30, promenade à 8 h 30, ménage/lecture des journaux (mère/père) à 9 h 30. Il se demanda s'il devait attendre que sa mère ait fini de passer la serpillière sur les sols (10 h 30) et décida que non.

« William ! Quelle bonne surprise ! » s'écria sa mère, avec une expression qui contredisait clairement cette exclamation. Elle tenait la serpillière à la main, visiblement décidée à ne pas la lâcher. « Entre ! Fais attention, ne marche pas sur le carrelage de la cuisine. J'ai presque terminé. »

Son père posa son journal et se leva pour lui serrer la main. « Tiens, tiens ! Ça fait plaisir. Veux-tu un café ? Margaret, tu peux mettre la cafetière en route ? »

La mère de Will se hâta de finir son nettoyage, puis sécha le sol à l'aide d'une serpillière absorbante. Après avoir soigneusement rangé tout son matériel, elle se dirigea vers la machine à café.

Il leur fit le topo aussi brièvement que possible – J'ai retrouvé Cynthia… Elle ne peut pas nous aider… L'état de Kay se détériore à toute allure… La liste d'attente est encore plus longue… « La seule solution qu'il me reste à présent, c'est d'acheter un rein à un donneur vivant, et c'est la raison de ma venue. » Voilà, il avait craché le morceau.

Sa mère en laissa tomber le lait. « Oh Seigneur, dit-elle. Regarde ce que tu m'as fait faire. »

Au cours de l'heure suivante, il éprouva exactement la même impression que lorsqu'il leur avait annoncé qu'il s'était inscrit en arts visuels…

… ce qui était un très mauvais choix pour quelqu'un d'intelligent.

« Notre service de santé publique est le meilleur au monde, fiston, affirma son père. Tu devrais lui faire confiance. Depuis combien de temps attendez-vous ? Ça ne fait pas si longtemps que ça, William.

— Mais vous ne comprenez pas que nous risquons de perdre l'une d'elles, ou même les deux ? Vous ne feriez pas n'importe quoi pour empêcher ça ?

— Bien sûr que si… Nous avons passé les tests, n'est-ce pas ? Nous étions prêts à risquer notre vie. » Bon Dieu, ils étaient exactement comme Cynthia. Ils auraient fait n'importe quoi, à condition que cela implique de ne rien faire du tout. « Nous ferions tout ce qui est en notre pouvoir pour t'aider, ajouta sa mère.

— Alors, aidez-moi maintenant. Vous m'avez dit que vous mettiez en vente les appartements en Espagne.

— Nous essayons de les vendre, mais personne ne veut ni les acheter, ni les louer. » Son père avait l'air réellement stressé en lui disant ça. « Nous avons perdu beaucoup d'argent, William. Même si nous décidions de le faire, je ne suis pas sûr que nous pourrions financer ton projet. »

Sa mère déposa sur la table un plateau chargé de tasses de café. Elle avait les lèvres étroitement serrées, ce qui était mauvais signe. Elle distribua les tasses, puis s'assit. « Nous avons lu tout ce qui a été publié sur le sujet », dit-elle, de sa voix d'après l'église. Tous les dimanches, après que le pasteur eut prononcé son sermon rempli de références footballistiques, elle le leur répétait dès son retour à la maison, avec ces mêmes lèvres pincées, cette même voix.

« Le moyen le plus sûr, c'est le moyen légal. Il faut attendre. Sais-tu combien de gens meurent en vendant leurs organes, dans les pays du tiers-monde ?

— Non, et toi ? »

Aucun des deux ne répondit. Il n'existait aucune statistique fiable sur la question.

« À vrai dire, je trouve cela répugnant, sur le plan moral, reprit sa mère. Ces pauvres gens… Ce serait se nourrir de la misère humaine. Est-ce vraiment ça, ta solution ? Comment pourrions-nous nous regarder dans la glace ? Il faudrait être totalement dénué de scrupules… de respect pour la vie humaine.

— Comment peux-tu dire ça ? C'est la vie de tes petites-filles qui est en jeu.

— C'est pareil que d'acheter du café aux pays du tiers-monde. Sais-tu combien sont payés les cultivateurs du Guatemala ? Ils vivent dans une pauvreté extrême, eux et leurs familles, alors que les grosses compagnies font des profits énormes. Ce sont les intermédiaires qui s'enrichissent. »

Will porta sa tasse à ses lèvres. « C'est de là que vient ce café, maman ?

— Ça suffit comme ça, William, s'interposa son père. Tu as eu la réponse à ta demande. »

Will arriva à la banque à quinze heures. À quinze heures trente, il était assis face à un jeune homme d'environ dix-neuf ans, un moulin à paroles impeccablement vêtu dont l'enthousiasme signifiait sûrement qu'il débutait dans le métier. (« Entrez, entrez, comment allez-vous, prenez ce siège, c'est le plus confortable, ces ordinateurs sont vraiment lents aujourd'hui, et donc si je comprends bien vous souhaitez prendre une nouvelle hypothèque sur votre maison ? »)

« C'est exact.

— Et pour quelle raison ?

— Je voudrais acheter un rein aux Philippines. »

Le jeune homme s'étrangla à demi. « Un rein aux Philippines ? Attendez... Ah, c'est une plaisanterie ! Oh, ha-ha ! Vous m'avez bien eu. Un rein aux Philippines. Un rein philippin. Comme ceux qui vont là-bas pour ramener une épouse philippine, mais vous, c'est un rein. Bien... Vous voulez faire des travaux de rénovation ? Agrandir votre maison ?

— Oui, répondit Will, comprenant que dire la vérité ne ferait pas avancer les choses.

— Lequel des deux ?

— Des deux quoi ?

— Rénovation, ou agrandissement ?

— Oh... Je voudrais aménager des chambres dans le grenier, en fait.

— Excellent. C'est un bon moyen d'augmenter la valeur de votre bien, surtout dans votre quartier. Et combien vaut votre demeure de Newpark Road à l'heure actuelle ?

— Trois cent cinquante mille, répondit Will. Peut-être plus, si j'effectue des réparations. Elle en valait quatre cent l'année dernière, mais les prix ont baissé, avec la conjoncture économique et tout ça...

— Et le prêt en cours s'élève à ?

— Cent vingt mille. J'avais déjà pris une hypothèque, il y a quelque temps, pour réparer le toit et refaire l'électricité.

— Et vos dépenses mensuelles se montent à ?

— Euh... Huit cents pour le remboursement du prêt. Les factures, la voiture et l'assurance, disons quatre cents. La nourriture et autres, six cents.

— Donc, vous vous en sortez avec mille huit cents par mois ?

— Oui.

— Et votre revenu ? »

Will ne répondit pas tout de suite, réfléchissant à la meilleure façon de présenter la chose. « Je suis actuellement à la recherche d'un emploi. »

Moins d'une minute plus tard, le banquier en herbe refermait poliment la porte de son bureau, et Will s'en retournait vers sa voiture, complètement désespéré.

Il ne lui restait plus tellement de solutions – un prêteur sur gages, Linda, un hold-up – mais, pour être franc, ses parents avaient touché un nerf sensible. Sur le chemin du retour, il se remémora les garçons sur « l'île dont les habitants n'ont qu'un rein », relevant leurs chemises pour montrer leurs cicatrices. Il était effectivement répugnant sur le plan moral de se nourrir de la misère d'autrui. Pouvait-il vraiment le faire ? Probablement. Seigneur, qui ne le ferait pas, pour sauver son enfant ? Ses parents à lui auraient-ils vraiment repoussé cette possibilité, s'il avait été au seuil de la mort, alors que des gens étaient disposés à le sauver, de leur plein gré, sans que personne ne les y contraigne ?

D'un autre côté, ses parents avaient raison : les filles venaient tout juste de commencer leur dialyse, le système de santé britannique était l'un des meilleurs au monde.

Peut-être valait-il mieux lui faire confiance.

Peut-être valait-il mieux ranger ce stupide carnet dans son classeur. À la lettre S comme stupide.

Il devait trouver un boulot. Payer les factures. Régler les petits problèmes.

Et attendre.

36

DE LA BANQUE, WILL SE RENDIT TOUT DROIT CHEZ LINDA. Il avait prévu de lui demander de lui prêter l'argent si ses deux premières idées échouaient. Mais, dans l'immédiat, il voulait simplement qu'elle le frappe. Il n'avait jamais recherché la douleur physique auparavant, mais à présent, il en crevait d'envie. Voulait-elle bien lui taper sur la tête avec une cuillère en bois ? Il le méritait. Et cela l'aiderait-il à tout oublier, l'espace d'une nuit ? Rien qu'une nuit. La douleur le lui permettrait-elle ?

Et le mari de Linda, serait-il encore là ?

« Will ! Comment ça va ? » s'exclama Harry, le mari de Linda, en ouvrant la porte. Il se tenait debout, donc il avait dû être autorisé à ne plus se traîner sur les genoux. « Entre donc ! »

La soirée ne se déroula pas comme Will l'avait espéré. Il se retrouva en train d'écouter Harry parler sans fin de son travail – en comparaison duquel la carrière de Will paraissait absolument fascinante. D'après ce que Will avait compris, Harry découpait des articles dans tous les principaux journaux du Royaume-Uni et les rangeait ensuite dans des classeurs.

« Alors, tu fais du scrapbooking, en quelque sorte ? » dit Will, priant pour que ce type s'en aille ou que Linda détourne la conversation vers un autre sujet. (Pourquoi se contentait-elle de rester assise là ? En murmurant des « Oui » et des « Ah » et en ajoutant de petits commentaires par-ci par-là, comme si elle s'intéressait vraiment à son mari et à son putain de boulot pour décérébré.)

« Non ! Regarde, voici ma carte. Je suis conseiller en relations publiques pour la brasserie JM.

— Tu as droit à de la bibine gratuite ?

— Bien sûr.

— Je peux en avoir ? »

Will était déterminé à passer un instant en tête-à-tête avec Linda. Il resterait là jusqu'à ce que ce connard aille se coucher, ou se rende au moins dans une autre pièce. Il avait une stratégie pour y parvenir.

« Alors, comment Archie s'en sort-il, en histoire ? » demanda-t-il à Linda.

Celle-ci ne remarquait jamais la transformation qui s'opérait chez ses interlocuteurs quand elle parlait de ses enfants. Dès que quelqu'un commettait l'erreur fatale de l'interroger à leur sujet, elle répondait par le menu, en commençant par le commencement (en l'occurrence, l'aspect spécifique de la Réforme qui intéressait plus particulièrement Archie, et qui était très mal enseigné)...

Et les gens dodelinaient imperceptiblement de la tête... hin-hin, hin-hin.

Elle mettait un temps fou à terminer cette introduction (en narrant, dans le cas présent, comment elle avait contraint le mauvais enseignant en question à reconnaître son erreur)...

Et les épaules de ses interlocuteurs se voûtaient légèrement.

Elle se lançait ensuite dans le développement (en l'occurrence, comment, contre toute attente, son génie de fils-qui-n'était-jamais-malade-et-allait-toujours-à-l'école s'était tout simplement débrouillé en empruntant des documents à la bibliothèque et en se renseignant auprès d'élèves d'autres établissements)…

Et les yeux se voilaient d'une taie impalpable.

Elle n'arrivait jamais à la conclusion.

Mais la moitié au moins de son auditoire s'éclipsait vers le milieu de sa non-conclusion.

Ce qui advint cette fois encore. Harry, incapable de glisser un mot dans ce flot de paroles et presque tétanisé d'ennui, se leva, bâilla et indiqua par geste qu'il allait se coucher – en penchant la tête de côté pour la poser sur ses mains jointes –, avant de sortir de la cuisine.

Il n'était pas parti depuis plus d'une seconde lorsque Will déclara : « J'ai besoin que tu me fasses mal. »

Il pensa, au début, que ça pourrait marcher si elle le battait dans le garage, une fois Harry retiré dans sa chambre. Il s'attendait à une ou deux petites tapes – « Sur le visage, si ça ne t'ennuie pas, suggéra-t-il tandis qu'elle levait sa bouche vers la sienne.

— Tu crois que tu as le droit d'exprimer tes volontés ? » répondit-elle. La Linda de *L'Exorciste* venait de faire son apparition.

Avant qu'il ait eu le temps de s'en rendre compte, elle lui avait attaché les bras à un portant vide au moyen d'une corde à linge qu'elle coupa en deux, d'abord avec des ciseaux, puis en la rongeant avec ses dents. Ensuite, elle se mit à lui assener des coups sur la bite. Il n'aimait vraiment pas ça. Il lui demanda d'arrêter. Elle répondit qu'il n'en était pas question, parce qu'il avait été méchant. Il dit que non, pas du tout. Je suis un chic type, tu te rappelles ? Elle rétorqua oh non, tu as eu une liaison. Il répliqua d'accord, mais l'autre là-haut aussi – et, soit dit en passant, il risque de m'entendre si je hurle.

Elle riposta ferme-la et fais ce que je te dis.

Ce qui signifiait ne pas crier quand elle lui mordit le scrotum. Il trouva ça extrêmement difficile.

Ce qui signifiait ne pas brailler quand elle lui posa des pinces métalliques sur les tétons, ce qui n'était pas trop pénible, mais pas trop agréable non plus.

Ce qui signifiait ne pas gueuler « Lâche-moi, bordel ! » quand elle s'empara de son pénis (lequel, chose peu surprenante, n'était pas en érection) et le tordit comme du linge mouillé.

Là, c'était trop demander. « Lâche-moi, bordel ! » gueula-t-il.

Linda réagit en tournant les yeux vers la fenêtre du garage. (Harry avait dû entendre. Il avait allumé la lumière dans la chambre.) Elle ramassa ses vêtements en toute hâte, se rua hors du garage, referma la porte derrière elle et disparut à l'intérieur de la maison.

En dépit de tous ses efforts, Will ne réussit pas à se détacher. Il eut beau se livrer à toutes les gesticulations imaginables, ses mains étaient si étroitement entravées que la corde à linge ne bougea pas d'un millimètre. Dans la position de Christ en croix que Linda lui avait imposée, il ne pouvait pas atteindre ses mains avec sa bouche. Il était entièrement nu. Et il n'eut pas d'autre choix que de sortir du garage dans cet état.

Quand ses filles en étaient au stade des premières expériences adolescentes, il savait toujours exactement ce qu'elles fabriquaient. Le quartier était peuplé de fouineuses qui n'avaient rien de mieux à faire que raconter à leurs voisins ce qu'Untel avait fait le soir précédent. Par exemple :

Je ne devrais sans doute pas le dire, mais j'ai vu Kay en train d'embrasser un garçon sur le terrain de jeu.

Si Georgie buvait, vous aimeriez en être informé, Will ? N'est-ce pas ? Elle boit, vous savez. Le père de Martha, de la Seconde Avenue, l'a dit à la mère de Martha qui l'a répété à ma voisine, Belle. Elle a descendu un litre de cidre hier soir, dans le parc. Et vomi juste en face de la nouvelle boutique de traiteur.

Aussi, quand Will s'enfuit du garage de Linda, après avoir réussi, sans bien savoir comment, à vrai dire, à ouvrir la porte de derrière avec deux doigts, et qu'il s'engagea dans la rue menant à sa maison, à deux cents mètres de là, il devait se douter que les gens du coin n'ignoreraient rien de cet incident, soit a) parce qu'ils en auraient été les témoins directs, soit b) parce qu'on le leur rapporterait le lendemain (peut-être même qu'on leur montrerait une photo).

Il rencontra une seule personne sur le chemin du retour. Une femme qui promenait son chien, et dont la fille était allée chez les scoutes avec Kay. C'était le type même de la mère de scoute. Parfaitement organisée, contrôlant avec le plus grand zèle la tenue de ses enfants, leur travail scolaire, leurs loisirs et leur conduite. Membre du conseil des anciens de l'église locale, à seulement quarante-trois ans. Et grande amie des chiens. En voyant l'homme nu arriver en face d'elle, bras en croix, les poignets ligotés à une espèce d'engin métallique, elle écarquilla les yeux.

« Bonsoir, dit Will.

— Bonsoir, répondit-elle.

— C'est une longue histoire, reprit-il.

— Bien sûr. » La femme avait décidé de se montrer aimable. Elle fit comme si son chien avait besoin de faire popo et, pour laisser le passage à Will, elle descendit dans le caniveau puis, sans ajouter un mot, lui tourna le dos tandis qu'il la dépassait dans un bruit de ferraille.

Ah, elle en aurait des choses à raconter, demain matin !

Chaque fois que Georgie se mettait en colère, elle sortait de la maison en trombe, laissant la porte grande ouverte. En s'approchant de chez lui, Will constata que c'était de nouveau le cas ce soir. La porte d'entrée était entrebâillée d'une trentaine de centimètres. D'habitude, il paniquait et se fichait en rogne. Avaient-ils été cambriolés ? Quelle quantité de précieuse chaleur avait-elle été gaspillée ? Vivaient-ils sous une tente ? Mais pas cette fois. Cette fois, il se réjouit de voir que Georgie était manifestement sortie et qu'il pouvait rentrer sans problème. Il se faufila de travers dans l'entrebâillement, puis dans la cuisine, où il mit une heure à ramasser un couteau avec ses dents, à le coincer dans un tiroir qu'il bloqua ensuite avec sa hanche, et à trancher ses liens.

Après avoir soigné les blessures qu'il avait aux mains, au pénis et aux tétons, il éclata de rire. Linda avait en tout cas cela de bien : elle savait le distraire de ses soucis, ça ne faisait pas de doute.

Mais la douleur n'avait rien arrangé. Il lui était impossible d'oublier la terrible situation dans laquelle il se trouvait. Kay dormait dans sa chambre. Georgie n'était nulle part en vue. Qu'avait-elle fait après sa dialyse ? Où était-elle allée ? Et pourquoi était-elle partie sans fermer la porte, cette fois-ci ?

37

COMMENT POUVAIS-JE TROUVER LE VÉRITABLE AMOUR, avec ce petit ami encombrant dont les suçons me vidaient, jour après jour, de toute mon énergie vitale ? Oh, Alfred, lâche-moi un peu !

Le désespoir m'était un sentiment familier. À plusieurs reprises, j'avais même rédigé des lettres mélodramatiques annonçant mon suicide, et je les avais agrafées dans mon journal. Une fois, j'avais demandé au mec qui me vendait de la dope s'il savait comment on pouvait se procurer un flingue. Il m'avait dit que c'était facile. Ça n'était pas allé plus loin que ça. La vérité, c'est que j'avais toujours été une trouillarde. Je ne supportais pas la douleur. Je ne voulais pas mourir. Vraiment pas. J'en ai pris conscience quand mes reins m'ont lâchée. J'avais des tas de trucs à faire – trouver l'amour, réaliser un film. L'avais-je déjà exprimé tout haut ? J'avais les mêmes ambitions que mon père autrefois. J'espérais ne pas échouer de manière aussi lamentable que lui. J'avais même imaginé un titre super : *Brut de brute*. Ce serait un thriller sexy, où le gentil gagnerait à la fin.

Preston avait cessé de me suivre, ou alors il était

devenu très bon à ce jeu. Il s'était écoulé trois jours depuis qu'il m'avait espionnée chez Reece, et je ne l'avais pas aperçu depuis. Il fallait vraiment être tarée pour prendre plaisir à ce qu'on vous file le train. Pour analyser ça comme j'analysais tout et conclure en l'occurrence qu'être suivie me procurait un sentiment d'importance. Quelqu'un s'intéressait à moi au point d'épier chacun de mes mouvements. Il consacrait l'essentiel de son temps et de son énergie à me traquer. Il avait peut-être renoncé à faire son jogging pour me voir acheter un paquet de clopes au tabac du coin. Il avait peut-être loupé sa série préférée sur E4 pour me regarder me brosser les dents.

Jamais de toute ma vie, je ne m'étais sentie importante aux yeux de quiconque. J'avais une bonne copine qui me donnait presque l'impression que je comptais pour elle, mais quand j'avais arrêté l'école, elle avait disparu de ma vie. Et, malgré tout l'amour que j'éprouvais pour Kay, près d'elle, j'avais le sentiment d'être moins que rien. Comment deux personnes identiques sur le plan physique pouvaient-elles être aussi différentes – elle, bonne en tout, moi, complètement nulle ?

J'ai décidé que, dès la fin de la séance de dialyse, je rentrerais chez moi pour relever le numéro de Preston sur le portable de papa. Je lui demanderais pourquoi il avait arrêté de me suivre. Avait-il trouvé quelqu'un d'autre ? Pouvais-je faire quelque chose pour rendre ma filature plus intéressante ?

Reece était de garde. Il est entré dans la salle en arborant une expression très professionnelle, l'air de dire : « Je ne suis pas du genre à porter des vêtements de femme. » Il a mis ma machine en route en me décochant un regard où l'on pouvait lire : « Quelle vilaine fille tu es. » C'est bien d'être une vilaine fille, sur le moment, mais après, ça devient un défaut. Salope, fille facile, me disait-il avec ses yeux. Je dus me retenir pour ne pas me pencher vers lui et lui mordre l'épaule.

J'étais assez furax pour le mordre très fort.

Non seulement ma mère s'était révélée être une greffe ratée – le désir, l'attente, la réponse parfaite… et le rejet –, mais la pauvre Evie était morte d'un ratage identique.

Elle était tout excitée quand je l'avais vue, deux soirs plus tôt. Son chariot était passé à toute allure devant moi et mon Alfred. Elle était agitée de sanglots convulsifs.

« Bonne chance, Evie ! avais-je crié.

— Bravo, Evie ! » avait renchéri Kay.

Exactement comme dans la dernière scène d'*Officier et Gentleman*. Sauvée et enlevée sous les acclamations.

J'appris le lendemain que le corps d'Evie avait très mal accueilli son nouveau rein. La rumeur s'était répandue dans son sang qu'un intrus était entré dans la pièce. Son corps avait livré bataille, et gagné. Mais ce n'était pas une victoire pour Evie, ni pour sa petite-fille qui l'aimait suffisamment pour lui faire ce don.

Les DVD de Catherine Cookson d'Evie étaient restés sur la table d'angle. J'en regarderais peut-être un, je m'imposerais cette souffrance en sa mémoire.

J'étais également en colère contre Kay. Non parce qu'elle avait fait quelque chose de mal, mais parce qu'elle devenait de plus en plus floue. Comme si elle avait absorbé des comprimés d'invisibilité qui effaçaient peu à peu ses contours. Un de ces jours prochains, je me retournerai et elle ne sera plus là.

Kay me manquait. La fille pour qui le verre était toujours à moitié plein était devenue celle pour qui le verre n'existait même pas. Quelques jours après notre rencontre avec la figure maternelle, elle avait décidé de ne pas se présenter aux examens. « Je ne peux pas lire plus d'une page sans me sentir épuisée, avait-elle déclaré. Je les passerai l'année prochaine. »

Y aurait-il seulement une année prochaine ?

Elle passait désormais la plus grande partie de son temps au lit. Elle n'allumait même plus la télé. Elle restait simplement étendue là, à caresser son téléphone. La nuit dernière, je l'avais entendue lui parler (alors qu'il n'y avait personne en ligne). « S'il te plaît, s'il te plaît, vas-y, vas-y, tu peux le faire », chuchotait-elle. Je ne lui ai pas laissé deviner que j'avais entendu. Elle aurait été embarrassée, et j'étais bien la dernière personne qui avait le droit de la mettre dans l'embarras parce qu'elle parlait à un objet inanimé. Je faisais sans arrêt la même chose.

La séance terminée, Kay et moi avons pris un taxi pour rentrer à la maison. Faire la bringue après la dialyse était devenu impossible. Je n'avais même plus l'énergie d'aller jusqu'au pub. Au lieu de ça, je me suis servi un verre d'eau tandis que Kay montait dans sa chambre.

À la télé, on passait *Desperate Housewives*. Cela me fit penser à papa, qui avait laissé un message expliquant qu'il était chez Linda. Tant mieux pour lui. Si quelqu'un avait besoin de tringler une femme au foyer désespérée, c'était bien mon père.

Une des femmes était en train d'essayer d'en abattre une autre à coups de flingue quand on a sonné à la porte. Je me suis traînée jusqu'à elle et j'ai ouvert.

« Salut, Kay, a dit la visiteuse.

— Moi, c'est Georgie, j'ai répliqué. La moche, tu te rappelles ? »

J'étais vachement contente de me sentir nauséeuse et raplapla. Sinon, toutes mes forces auraient pu être irrémédiablement englouties par la planète Cynthia.

« Je sais que je ne le mérite pas, a-t-elle dit en s'appuyant contre le comptoir de la cuisine, tandis que je m'adossais, bras croisés, au réfrigérateur. Mais j'ai envie de mieux vous connaître, toutes les deux. Je veux me faire pardonner de... »

Comme elle avait du mal à finir sa phrase, je l'ai fait à sa place : « ... d'avoir été une mère merdique.

— Les hommes tiennent pour acquis que les femmes sont faites pour être mères. Ça leur permet de mieux nous contrôler. Mais nous ne sommes pas obligées de faire ce qu'on nous dit. »

Alors comme ça, elle était venue me donner une leçon de féminisme ?

« Je vais chercher Kay. Tu veux bien préparer du thé ? Ou serait-ce un affront à ton militantisme ? »

Je me suis rendue dans la chambre de ma sœur.

« Kay ! Notre figure maternelle est là. » Même endormie, elle serrait son téléphone dans sa main.

« Quoi ?

— Cynthia... Notre mère... Je ne sais pas comment l'appeler. Elle est ici. Elle dit qu'elle voudrait mieux nous connaître.

— Papa est rentré ?

— Non. »

Kay a contemplé le plafond pendant un bon moment, d'un regard plus vide que pensif. « Dis-lui que je dors.

— Tu es sûre ?

— Je ne veux pas la voir. Et arrange-toi pour qu'elle soit partie avant le retour de papa. Il n'a vraiment pas besoin de ça. »

Quand j'ai regagné la cuisine, la figure maternelle avait ouvert une des bouteilles de rouge que papa avait achetées un peu plus tôt et s'en était versé un grand verre.

« Fais comme chez toi, j'ai dit.

— Ne pourrais-tu pas arrêter ces conneries et boire un petit coup avec ta mère ?

— Comme tu veux.

— Tu donnes vraiment dans le stéréotype, Georgie. » Elle a rempli un deuxième verre qu'elle m'a tendu. « Où est Kay ?

— Elle dort. Elle a besoin de repos.

— Elle ne veut pas me voir, c'est ça ?

— Non, elle ne veut pas te voir. »

Nous buvions de la même façon, ma figure maternelle et moi. Sans jamais poser notre verre, par petites gorgées, mais très fréquemment. Il ne nous a pas fallu longtemps pour entamer une deuxième bouteille.

Ma figure maternelle avait manifestement répété le discours qu'elle m'a tenu ensuite. Ç'aurait été très beau, si ça n'avait ressemblé à un tel ramassis de foutaises et d'autocomplaisance.

« Je veux que tu saches pourquoi.

— Alors, dis-le-moi. Pourquoi ? Pourquoi nous astu abandonnées ? Pourquoi n'as-tu jamais donné la moindre nouvelle ? Pas même un petit coup de fil ou une lettre, une carte d'anniversaire ou un mail ? T'est-il même jamais arrivé de penser à nous ?

— Tous les jours ! Georgie, tous les jours. Laisse-moi t'expliquer... »

Elle a pris le genre de voix qu'une mère normale pourrait utiliser quand son enfant a fait une bêtise, comme voler des bonbons dans une confiserie. Elle voulait me faire comprendre la vérité morale.

« J'ai toujours aimé Heath. C'est difficile d'exprimer à quel point je l'aime, ou même pourquoi. Il est l'autre moitié de moi-même, il l'a toujours été. Ton père... Ma foi, il n'a été qu'un interlude.

— Un interlude.

— Je voulais faire l'expérience de la médiocrité.

— L'expérience de la médiocrité. Joli.

— Et puis il y avait ma carrière. Tu m'as déjà entendue chanter ?

— Oui.

— Dans ce cas, tu devrais savoir que j'ai du talent, Georgie. On disait que j'étais la nouvelle Stevie Nicks. Je devais tenter ma chance, non ? N'aurait-ce pas été dommage de ne pas essayer ? »

Était-elle réellement en train de me demander de la consoler ? De lui dire : « Oui, maman, je comprends, tu es la nouvelle Stevie Nicks, qui que soit cette foutue bonne femme » ?

« N'aspires-tu pas à la liberté ? N'as-tu pas envie d'abattre les murs qu'ils ont bâtis autour de toi ? Tu es entourée de murs ! »

Je n'avais aucune intention d'acquiescer.

« J'avais besoin de ce à quoi la plupart des gens ne font que rêver – la liberté. Et tu sais quoi ? a-t-elle repris, lisant ce que je pensais de tout ça dans mon regard. J'en ai marre qu'on me juge. J'étais une mère monstrueuse. J'étais furieuse et contrariée en permanence. Je vous donnais des claques à toutes les deux quand il ne regardait pas. J'ai songé à te jeter par la fenêtre. J'étais déprimée, j'étouffais. Et je ne vous rendais pas heureux, ni lui ni vous deux. »

Elle a vidé son verre et a poursuivi : « J'ai décidé que j'avais une responsabilité envers moi-même. Si je ne pouvais pas être la personne que je voulais être, comment aurais-je pu être celle que vous, mes enfants, auriez voulu que je sois ? Je ne suis pas une malade mentale. Je ne suis pas mauvaise. Beaucoup de femmes font la même chose, aujourd'hui. Les pères célibataires courent les rues. Pourquoi porter un jugement sur elles, alors qu'on ne le fait pas dans le cas inverse ?

— Es-tu heureuse ?

— Sans Heath, non. J'ai besoin de lui… Je compte les heures qu'il me reste à attendre avant de le revoir. » Elle s'est interrompue pour se mordiller les ongles. « Je comprends que j'ai été horrible envers vous. Je vous ai laissées tomber. J'ai tout gâché. Tout bousillé. Mais je ne pensais pas que vous auriez à en souffrir.

— Tu crois ça ?

— Je crois que vous êtes toutes les deux des personnes exceptionnelles, voilà ce que je crois. Si j'étais restée, je ne suis pas sûre que ç'aurait été le cas. »

Voilà, elle avait terminé son speech, et elle a poussé un soupir de satisfaction. « Où est Will ? » a-t-elle demandé, d'un ton brusquement différent.

Comment ose-t-elle l'appeler Will ? « Chez sa copine », ai-je répondu avec délectation. Était-elle jalouse ? Lisait-on une émotion quelconque dans ses immenses yeux bleus ? Non, autant que je pouvais en juger. Même si elle transpirait un peu. Et se grattait la poitrine avec acharnement.

« C'est un brave type. Je savais qu'il serait un bon père. »

J'ai failli lui dire la vérité : que c'était un fainéant de bon à rien qui avait gâché sa vie. Mais je me suis contentée de répondre : « C'est vrai. Tu as bien fait.

— Pourrais-tu me montrer des photos ? a-t-elle demandé. J'aimerais vous voir quand vous étiez petites. »

J'ai cherché les albums dans l'armoire vitrée, mais ils ne s'y trouvaient pas. « Je vais voir dans le bureau », j'ai dit en me dirigeant vers l'antre de papa.

Cette pièce avait toujours été un vrai foutoir, mais là c'était le pompon, qu'avait-il bien pu fabriquer là-dedans ? Le sol était jonché de livres et de carnets, d'albums de photos, de bulletins scolaires, de verres et de bouteilles vides. Le meuble de classement était ouvert. Le tiroir de son bureau était tellement bourré de cochonneries qu'il ne s'était pas refermé correctement, et – *Ha ! Je le savais !* – des mégots de joint s'entassaient dans une petite soucoupe, au-dessus du classeur. *Sale petit hypocrite.* J'ai empoigné les albums et suis retournée dans le séjour.

J'ai du mal à l'avouer, mais j'étais vraiment excitée à l'idée de m'asseoir à côté d'elle sur le canapé, de lui montrer à quoi nous ressemblions quand nous étions gamines, de lui raconter ce que nous faisions lorsque les photos avaient été prises.

« On avait tellement froid ce jour-là ! aurais-je dit par exemple, devant la photo de Loudown Castle. On a pique-niqué tous les trois sur l'herbe et on a été pratiquement obligés de s'asseoir les uns sur les autres pour se tenir chaud. Papa était le champion des câlins. Kay aussi. »

Mais je ne dis rien de tout ça, parce que ma figure maternelle, bénie soit-elle, la douce âme, a déclaré : « Je me suis inscrite aujourd'hui à l'aide sociale. On m'a mise dans un foyer d'hébergement jusqu'à ce que j'aie un logement à moi.

— C'est bien. » J'ai montré la photo prise à Loudown Castle, toujours décidée à lui débiter mes histoires attendrissantes qui lui tireraient peut-être une larme.

« Le problème, c'est que ça va prendre du temps, a-t-elle poursuivi.

— Ça, c'était à Loudown Castle, ai-je expliqué.

— Environ deux semaines, avant que je commence à toucher l'allocation. »

D'un seul coup, j'ai eu le visage en feu. « Tu veux de l'argent ?

— Je n'arrive pas à croire que je te demande ça. J'ai honte, Georgie. » Elle m'a retiré l'album des mains, l'a refermé et l'a posé sur la table basse. « Je suis accro à l'héroïne… » Elle s'est interrompue pour accroître l'effet dramatique, avant d'ajouter : « Voilà, je l'ai dit. »

Ç'a été mon tour d'observer un silence, non pour l'effet dramatique, mais parce que ma mâchoire était bloquée. Elle a fini par se débloquer et j'ai répondu : « Va voir ton généraliste. Il te prescrira de la méthadone.

— Mon médecin référent m'a radiée de sa liste peu avant mon départ. J'ai entamé des démarches en vue de ma réinscription, mais là encore, ça risque de prendre du temps. De plus, pour avoir droit à la méthadone, il faut que je reste clean pendant quelques mois, afin de prouver que je suis apte à réagir au traitement. C'est un cercle vicieux. Je te demande juste de quoi me dépanner. »

Oh, voilà que sa démangeaison la reprenait. Elle s'est grattée furieusement.

« Donc, tu es venue ici parce que tu veux que je te donne de l'argent pour acheter de l'héroïne ?

— Non, non, non, non ! » a-t-elle protesté, percevant la colère dans ma voix et regrettant sa franchise. D'une main tremblante, elle a saisi l'album et l'a rouvert. « Parle-moi de cette photo. Elle a été prise en Angleterre ? »

Elle se mordait la main – pas les ongles, mais bel et bien la chair. Et elle se balançait légèrement d'avant en arrière.

« Oui, à Loudown Castle. Il faisait froid ce jour-là. Papa est le champion des câlins.

— Il faisait froid, hein ? » a-t-elle répété, son regard voltigeant d'un coin de la pièce à l'autre.

Deux pensées m'ont traversé l'esprit. La première, c'était que je n'aimais rien chez ma mère. Il n'y avait rien à aimer. C'était une camée, un point c'est tout.

La seconde, c'était que je n'avais pas envie de lui filer du fric pour acheter de la drogue. « Je vais te donner à manger, ai-je déclaré en refermant l'album d'un geste sec, avant de le poser sur le sol près de moi, hors de sa portée.

— Je n'ai pas faim ! a-t-elle rétorqué. Bon, OK, c'est pour acheter de la dope. Mais ne peux-tu pas comprendre ? N'as-tu jamais eu besoin de quelque chose au point d'en crever ?

— Laisse-moi réfléchir... » Elle n'a pas relevé le sarcasme. Est-ce qu'elle se rappelait même pourquoi mon père l'avait fait revenir ici ?

Elle n'a pas pleuré, mais je crois qu'elle l'aurait souhaité – cela aurait rendu son numéro plus convaincant. À la place, elle m'a agrippé la main, a pris une expression larmoyante et a dit : « S'il te plaît, Georgie. Ne serait-ce que vingt livres. Allez ! J'en ferais autant pour toi.

— Si j'accepte, tu me promets de te faire soigner ?

— Promis ! J'irai dans ce centre, aux Gorbals. Il n'y a même pas besoin de prendre rendez-vous. » Elle a lâché ma main, et son expression larmoyante a fait place à l'expression youpi-je-vais-bientôt-pouvoir-me-défoncer.

Je me suis levée et suis allée chercher mon sac dans l'entrée. Mon porte-monnaie était vide, ce qui n'avait rien d'étonnant. Personne à la maison ne touchait le moindre revenu. L'argent de poche avait disparu avec les locations en Espagne. Mais papa gardait toujours des fonds de secours dans l'armoire classeur, à la lettre U comme urgence. Le débile. Je retournai dans son foutoir et ouvris le meuble.

Était-ce bien mon journal intime, sur son bureau ? Qu'est-ce qu'il foutait là ? Laissant provisoirement la question de côté, j'ai sorti un billet de vingt d'un petit portefeuille en cuir rangé dans le classeur, et l'ai apporté à ma figure maternelle, qui m'avait suivie et attendait sur le seuil, la bave aux lèvres.

« Donc, tu as un endroit où dormir ?

— Oui. Pour le moment, ce foyer d'hébergement à Govanhill, mais les services sociaux m'attribueront un logement meublé dès que toutes les formalités auront été réglées.

— Tiens-moi au courant.

— Merci, Georgie. Sincèrement. Merci. »

Il n'y a eu ni embrassades, ni étreintes. J'ai refermé la porte en soupirant.

Que faisait mon journal intime dans le bureau de papa ? J'y suis retournée dare-dare et l'ai récupéré. L'avait-il lu ? Il n'avait pas intérêt, bordel. Celui de Kay se trouvait en dessous du mien. Que fabriquait-il donc avec nos journaux ? Tous deux étaient posés sur un carnet à couverture brune. Machinalement, je l'ai ouvert et j'ai lu la première ligne de la première page.

1) Cynthia.

C'était typique de papa. Des années plus tôt, quand il nous avait annoncé qu'il allait réessayer d'écrire un scénario, il s'était retiré dans son antre pendant des semaines, pour en ressortir finalement, l'air triomphant, en brandissant un carnet similaire. Dedans, il y avait une très longue liste indiquant comment il allait s'y prendre pour rédiger son truc.

1. Préparation

2. Synopsis

3. Accroche

4. Contacter Scottish Screen et leur soumettre les éléments ci-dessus en vue d'obtenir un financement.

5. Écrire deux scènes par jour.

6. Chercher qui sont actuellement les producteurs les plus branchés.

7. Les rencontrer ! Établir un réseau de contacts professionnels !

La liste comprenait soixante-quinze points, chacun de ceux-ci comportant environ cinq sous-points. Il nous avait fait la lecture dans le séjour, très fier de lui. Le con.

« Pourquoi n'écris-tu pas plutôt ton scénario ? » lui avais-je suggéré, quand il avait terminé.

Il était retourné furibard dans son bureau et avait embroché sa liste sur le pique-notes métallique où il remisait toutes ses listes défuntes. Elles s'empilaient jusqu'à mi-hauteur du pique-notes, ses listes mortes.

Alors, c'était ça, son plan : rédiger des notes inutiles sur la façon dont il pourrait éventuellement nous sauver.

Cynthia. Okay, il avait réussi quelque chose pour une fois, il l'avait retrouvée, mais ça n'avait servi à rien. Qu'est-ce qui venait ensuite, sur sa liste de choses qu'il ne ferait pas, ou qu'il ferait mal ?

Parents – rien à espérer de ces connards.

En acheter un.

Oh, mon Dieu, il avait imprimé une photo de garçons montrant leurs cicatrices, alignés à la queue leu leu dans leur bidonville des Philippines. Comment pouvait-il seulement l'envisager ? Ça me rendait malade. Croyait-il vraiment que nous consentirions à ça ? Même pour sauver notre vie ? Bon, d'accord, peut-être. Probablement.

Ses notes sur la manière de dégoter les quarante mille livres m'ont bien fait rire. Ses parents ! Ces vieux cons de radins prétentieux !

La banque ! Quelle réponse en espérait-il ? « Oui, prenez donc, ô père célibataire sans emploi, et participez au trafic d'organes. »

En troisième recours, il avait écrit « Linda ». C'était sans doute pour ça qu'il était allé chez elle ce soir. Devais-je me rendre là-bas pour lui dire d'arrêter ce délire ? Lui dire que je détestais l'idée de payer un pauvre gamin pour lui arracher une partie du corps ? J'étais certaine que Kay partagerait mon sentiment. Oui, j'ai décidé de mettre un terme à ces conneries.

Mais qu'est-ce que c'était que ça – une page blanche, puis une page manquante. Il avait dû l'arracher. Pourquoi ? Je regardai dans la corbeille à papier. Elle n'y était pas. Je cherchai sur le bureau, par terre – rien. J'ai ouvert le tiroir du bureau… Ah, la voilà. Une page déchirée et chiffonnée. Je me suis assise, je l'ai défroissée, j'ai rassemblé les morceaux et j'ai contemplé les intitulés : GEORGIE et KAY. POUR et CONTRE.

38

Je suis née malheureuse et je le suis restée.

J'ai eu du mal à m'intégrer.

Je suis méchante.

Égoïste.

Horrible.

Je n'ai pas d'espoir.

Pas d'ambition.

Pas de générosité.

Je n'aime personne à part une junkie qui ne m'aime pas, ou uniquement pour mes vingt livres.

Je hais mon père.

Il me hait aussi.

Je ne le savais pas.

Jusqu'à maintenant.

Ai-je envie de le tuer ?

C'est très facile de se procurer un flingue.

Je déteste tout.

J'ai envie de mourir.

Merci, papa, d'avoir rédigé la note parfaite. Les notes, c'était son truc, depuis qu'elle était partie sans même laisser un mot griffonné à la va-vite. Et celle-ci était un pur chef-d'œuvre : le scénario qu'il n'avait jamais terminé faute de l'avoir commencé.

Oh, ferme-la, Georgie et trouve-moi cette bouteille.

Tu devrais pleurer, Georgie, ça te ferait du bien.

Ah, elle était là, dans le sac, avec devinez quoi ? Des cigarettes.

La gare.

Il y avait des trains à destination de la gare centrale de Glasgow à la neuvième minute de chaque heure.

Kay avait-elle crié mon nom, au moment où j'allais sortir ? Je n'en étais pas sûre. Mes oreilles n'entendaient plus. Et quelle importance si j'étais pieds nus ? Vêtue seulement d'un jean et d'un tee-shirt à neuf heures moins dix du soir ?

Mes pieds étaient devenus insensibles.

Un pas, puis un autre et encore un autre. Le train allait bientôt arriver et je ne voulais pas le manquer. C'était un des trucs super de notre banlieue, cette ligne de chemin de fer avec des trains qui partaient à la neuvième minute de chaque heure. La ligne de chemin de fer, et les écoles.

Je me fichais pas mal que les gamines qui rentraient de leur réunion de scoutes me regardent avec de grands yeux.

Oh, encore un truc typique de notre quartier, les scoutes.

Je me fichais pas mal qu'une bonne femme me dévisage sur le devant de sa porte, tandis que le livreur du Tesco s'activait à vider son camion pour remplir sa cuisine.

Il se peut qu'une voiture ait klaxonné sur mon passage. Peut-être même a-t-elle fait crisser ses pneus.

J'avais ma bouteille à la main à présent. Il fallait que je marche. Rien ne pouvait m'arrêter.

Je suis méchante.

Suis-je méchante ?

Il y avait des garçons sur la rampe d'accès, en train de fumer. Je suis passée devant eux et je suis descendue sur le quai. Il était neuf heures une. Un homme d'âge mûr, assis sur le banc, lisait la page affaires de son quotidien. Il allait dans l'autre direction. Il avait peut-être passé un moment au pub du coin en rentrant du boulot. Sans doute travaillait-il dans le centre et participait-il à des réunions importantes exigeant le port d'un costume gris foncé et une parfaite connaissance des pages affaires du *Herald*. Quand son train arriverait, il s'enfoncerait plus loin dans le désert des banlieues, là où il n'y a pas de pubs.

Je ne voulais pas qu'il me voie. Je me suis dirigée vers l'autre bout du quai, me suis assise sur le bord et j'ai vidé un quart de ma bouteille.

Je suis égoïste.

Suis-je égoïste ?

Je suppose qu'il existe des preuves en ce sens. Si papa achète des Doritos et que je les trouve la première, je les mange tous.

Les garçons qui fumaient sur la rampe d'accès se moquaient de moi. Autrefois, j'aurais pu y attacher de l'importance, mais désormais je me fichais complètement de tout et de tout le monde.

Ah, je suis bien telle qu'il me décrit.

Sur l'autre quai, le train est arrivé et reparti, emportant l'homme d'affaires.

Il était neuf heures cinq.

J'ai envie de tuer mon père.

Ai-je envie de tuer mon père ?

Je me suis demandé s'il avait rédigé ça d'une traite, trouvé ça spontanément, ou s'il s'était torturé les méninges pendant des jours, comme pour les scénarios qu'il n'écrivait jamais ?

J'ai du mal à m'intégrer.

Est-ce la vérité ?

J'ai bu un autre quart de ma bouteille.

J'ai envie de mourir.

Est-ce la vérité ?

Encore quatre minutes avant l'arrivée de mon train, de ma fin. Avant cela, deux questions auxquelles je tenais à répondre à temps.

N'ai-je aucune raison de vivre ?

Qu'est-ce qui vaut mieux, mourir comme ça, ou me dissoudre petit à petit dans mon Alfred ?

Je présumais que ça devait être assez effrayant sur le moment, puis très douloureux, plus douloureux que tout ce qu'on pouvait imaginer, et que peut-être on entendrait quelque chose, un grincement de freins, ou les cris des garçons en train de fumer – non, les gueulements plutôt, parce que c'étaient des garçons. Ou peut-être le silence arriverait-il plus tôt, avant même la douleur. Donc, en fait, il n'y aurait que la frayeur et j'avais déjà une trouille bleue, alors un peu plus un peu moins, ça ne me dérangeait pas. Non, ai-je conclu, ce serait une bonne façon de mourir, comparée à la fusion avec Alfred.

Georgie et Alfred : *Ils ont vécu ensemble. Ils sont morts ensemble. C'était difficile de les distinguer l'un de l'autre, vers la fin. À qui appartenait ce tuyau, et ce truc rouge ? Lequel des deux ricanait ?*

Mais je n'avais répondu qu'à la plus facile des deux questions.

La première était plus coton. *Ai-je une raison de vivre ?* « Réfléchissons un peu, j'ai dit à voix haute. Quelles raisons les gens ont-ils de vivre, en général ? »

Si c'est le bonheur, c'est foutu pour moi.

Si c'est l'argent, c'est foutu pour moi.

Si c'est la procréation, c'est foutu.

Si c'est l'espoir…

Si c'est l'amour…

OK, d'accord, je vois.

Une sonnerie a retenti et j'ai regardé autour de moi. Un message venait de s'afficher sur l'écran lumineux : LE TRAIN DE 9 : 09 À DESTINATION DE LA GARE CENTRALE DE GLASGOW A ÉTÉ ANNULÉ SUITE À UN INCIDENT À NEILSTON. TOUS LES TRAINS SONT ANNULÉS JUSQU'À NOUVEL ORDRE.

Ha ! Le train était annulé. Je ne croyais pas aux messages divins, je ne croyais pas même en Dieu, mais mon train avait été annulé !

J'ai une incroyable capacité à rester assise à regarder dans le vide. C'est une activité que je pratique tous les jours, des heures durant. Regarder fixement devant moi. Sans rien voir du tout. Pendant une éternité.

Je marchais le long de la voie. Que s'était-il passé à Neilston pour qu'on annule mon train ? Un *incident*. Un bien grand mot. Soit un météore avait frappé la gare, soit quelqu'un s'était jeté sous le train. Il y avait eu un ou plusieurs morts, en tout cas. Quand je mourrai, mon père dirait-il aux gens qu'un incident s'était produit ? « Nous avons été très tristes d'apprendre cet incident, lui écriraient-ils sur des cartes blanches gravées de lettres d'argent en relief, qui dissimuleraient à peine le message secret : "Dieu merci, c'est à vous que c'est arrivé. Pas à nous. Bravo, nous !" »

En ce qui concernait Neilston, je supposais que quelqu'un s'était demandé : *Quelles raisons les gens ont-ils de vivre, en général ?* Et que ses réponses avaient été encore pires que les miennes. J'en avais une et demie de bonne, sur les cinq : un tout petit espoir, et un désir très fort d'aimer. Lui n'en avait peut-être qu'une seule, ou aucune, ce qui signifiait qu'il n'avait pas eu d'autre choix que sauter – ou descendre tout doucement sur la voie et se tenir devant le train qui ne m'était manifestement pas destiné. J'avais passé brillamment l'épreuve. Ma foi, c'était déjà ça.

Je marchais le long de la voie. J'avais descendu toute la bouteille de vodka. J'étais pieds nus. Je voulais trouver le bon endroit pour regarder dans le vide. J'avais hâte d'y arriver. Les gens dépourvus de cette capacité ne savent pas ce qu'ils loupent. Quand je regarde dans le vide, je transforme ce qui se trouve devant moi en quelque chose de complètement différent. Pas nécessairement mieux. Quelquefois bien pire. Mais cela peut être une excellente chose de revenir à la réalité et de s'apercevoir qu'elle est nettement moins atroce que le massacre qui se perpétrait sous votre regard fixe, que tout dans le monde réel est en fait beaucoup moins sanglant. C'est ce qu'il y a de mieux à faire, dans des moments pareils.

Y avait-il jamais eu des moments pareils ? Quelqu'un d'autre avait-il retrouvé la mère dont il avait plus impérieusement besoin encore que ladite mère avait besoin d'héroïne, pour ne réussir en fin de compte qu'à rouvrir inutilement les anciennes plaies ? Quelqu'un d'autre avait-il été giflé à deux reprises par Will Marion, qui flanque des gifles sacrément fortes et qui aime ma sœur plus que moi ?

Il allait me laisser mourir.

Il allait sauver Kay.

Il allait me laisser mourir.

Il n'avait jamais été foutu de prendre une seule décision de toute sa vie, mon père, et il fallait qu'il commence par celle-là.

J'atteignis l'endroit idéal, au bout du quai, de l'autre côté du pont : le terrain de skate-board. Un parc vaste et vert. Il avait quelque chose de menaçant, même pour ceux qui auraient ignoré qu'une femme y avait été tuée, il n'y avait pas si longtemps que ça. Empoignée dans la rue, entraînée de force à l'intérieur pour y être violée et étranglée, transformée en affiches et en rubans de plastique jaune. Assise sur la rampe, je me suis demandé si être violée et étranglée serait pire que ma situation actuelle.

Papa. Je t'aimais, la plupart du temps. Comme une croûte que l'on arrache par petits bouts, que l'on mange même, quand personne ne vous regarde. C'est chouette, les croûtes. Je les aime assez. Mais je les déteste aussi. Les blessures de guerre. Je suis tombée de ce toboggan. Ce vélo était trop grand pour moi.

Je te détestais pour une mauvaise raison. Ce n'était pas ta faute si elle était partie. Ce n'était pas ta faute et je te le reprochais. Je préférerais ne pas m'être trompée. C'était une raison si pratique et si simple ! Elle nous avait quittées à cause de toi. Tu n'avais rien fait pour l'en empêcher. Aujourd'hui, je souhaiterais ardemment retrouver en moi la colère d'autrefois. Où est ma colère, alors que j'en ai le plus grand besoin ?

Où sont les larmes que je voudrais verser ?

Qu'est devenue ma capacité à regarder dans le vide ?

Je suis censée refaire une dialyse demain.

Va te faire foutre, papa.

Va te faire foutre, Alfred.

Je n'irai pas.

39

QUAND KAY NE DORMAIT PAS, elle zappait d'une chaîne d'infos à l'autre. Afghanistan, zap. Politicien cocaïnomane, zap. Carambolage sur la M8. STOP. En regardant le reportage, elle se demandait, en caressant son téléphone, si son rein se trouvait là-bas.

« Quel âge a cette personne ? » demandait-elle à la télé, et si le reporter ne répondait pas, elle passait sur une autre chaîne pour voir si elle y obtiendrait plus de renseignements. Si tel n'était pas le cas, elle récitait une petite prière, qui disait à peu près ceci :

« S'il vous plaît, s'il vous plaît mon Dieu, faites que ce soit le mien. »

Elle se sentait coupable de ne pas ajouter : « Ou celui de Georgie. »

Ces derniers jours, elle avait passé toutes ses heures de veille à zapper – des infos, toujours des infos et de temps à autre une pub qui l'intéressait :

« Trois personnes en attente d'une greffe de rein meurent chaque jour… Inscrivez-vous dès maintenant sur le registre national des donneurs d'organes. »

« Inscrivez-vous dès maintenant, répétait-elle. Je suis le pauvre type qu'on voit dans cette pub, à moitié mort dans son fauteuil roulant. J'attends ce bout de chair dont vous n'aurez plus besoin. »

À part la pub, il y avait les infos.

Quelqu'un s'était noyé dans la Clyde. Ce serait peut-être pour elle ?

Un meurtre à Pollock. Celui-là ferait-il l'affaire ?

Un incendie à Édimbourg. Trop abîmé ?

Le lendemain du jour où Georgie s'était enfuie – ignorant sa prière : « Reste, ne t'en va pas, je crois que je suis en train de devenir folle ! » (Avait-elle seulement entendu ? Ça ne lui ressemblait pas d'abandonner sa sœur en pleine détresse) –, Kay alluma la télé, se leva, se doucha, s'habilla et se rendit à la gare. Il y avait eu un mort à Neilston. Un homme de vingt-quatre ans s'était jeté sous le train à destination de Glasgow. Il s'appelait John Bain. *John Bain,* se demandait-elle en marchant vers la gare, *est-ce toi qui as mon rein ?*

Elle savait que c'était stupide avant même d'arriver à Neilston. Le corps aurait disparu depuis longtemps. Tout serait rentré dans l'ordre. Mais elle ne pouvait pas s'en empêcher. Elle devait absolument voir de ses propres yeux le genre d'incident qu'elle espérait de tous ses vœux.

Le corps n'était plus là. La circulation des trains avait repris. John Bain avait été ou trop écrabouillé, ou greffé sur quelqu'un d'autre, ou encore il ne s'était pas inscrit sur le registre des donneurs d'organes.

Kay n'avait pas envie de rentrer chez elle. Comme quelqu'un qui attend son bus avec impatience et regarde intensément dans la direction d'où il doit arriver – il ne va pas tarder, il sera là dans une minute, si tu arrêtes de te démancher le cou tu vas le manquer –, elle avait le sentiment qu'elle devait guetter son rein.

Elle se rendit en ville et se balada jusqu'à ce qu'elle trouve un hôpital. Elle suivit les flèches jusqu'au service des urgences. La salle d'attente était comme d'habitude déprimante. Les sièges en plastique étaient remplis de gens toussant, saignant, gémissant, se tenant la tête, sur le point de dégueuler, saouls ou défoncés. Des enfants pâles jouaient avec des morceaux de jouets poisseux. Des infirmiers poussaient des chariots à travers les portes à double battant. Des réceptionnistes remplissaient les fiches des blessés en état de marcher, derrière un guichet de verre épais.

« Madame Malloy… Des douleurs dans la poitrine, dites-vous ? Salle numéro 5 ! »

« Monsieur Thomas… Quand cette éruption est-elle apparue ? Où ça ? Dans la région de l'aine ? Asseyez-vous. »

« Mademoiselle Carroll… Vous n'arrivez plus à retirer votre bague ? Nous vous appellerons. »

« Monsieur King… Vous n'avez pas l'air de tenir sur vos jambes. Un accident de voiture ? Monsieur King ? Monsieur King ? Infirmière ! »

Et ainsi de suite.

Kay observait avec attention. L'homme penché sur son sac à vomi – était-il mourant ? Est-ce que je devrais lui demander ? L'ado inconsciente sur le chariot dans le couloir. Pourrais-je avoir le sien ? La femme d'âge mûr, celle qui avait des douleurs dans la poitrine et qu'on emmenait pour lui faire un scanner. Demande-lui. Demande-lui, avant qu'elle ait une seconde attaque. Vous êtes-vous inscrite ? Pourriez-vous penser à moi, s'il vous plaît ?

Si elle attendait assez longtemps, se disait Kay, peut-être son rein finirait-il par arriver.

40

WILL SE RÉVEILLA TARD ET COUVERT DE CONTUSIONS. Même son pénis était meurtri. Hors de la chambre à coucher (ou du garage), Linda était une personne adorable, une amie proche qui l'appelait « Chic Type » et lui confectionnait des muffins. Dedans, elle devenait un monstre sadique qui l'essorait à mains nues comme une vieille serpillière pour extraire les fluides de ses organes vitaux.

La maison était vide. Il s'en réjouit, car il avait certaines choses à faire, en privé. Il se rendit dans son bureau avant même de prendre son café, saisit son carnet (l'avait-il laissé ouvert ?) et s'assit sur le canapé-lit. Il inspira profondément, puis souffla sur le carnet. « 4) », inscrivit-il en haut de la page 4. Il était incapable d'écrire le mot. Comment l'aurait-il pu ? Mais, s'il n'était même pas capable de l'écrire, comment arriverait-il jamais à passer à l'acte ?

« Suicide. »

Will eut l'impression que c'était déjà fait. Comme lorsqu'il avait gravé « J'aime Cynthia » sur la palissade du Bothy après leur premier rendez-vous, il y avait bien longtemps de ça. S'il ne l'avait pas aimée avant de tracer ce graffiti, il avait éprouvé le sentiment d'y être obligé, après l'avoir fait.

Il lança une recherche et obtint environ 55 600 000 résultats. Le suicide était un sujet extrêmement populaire. Il réduisit ses critères de recherche : « Comment se suicider en toute sécurité », supprima « en toute sécurité » car c'était ridicule, et cliqua sur le guide succinct de Wikipédia énumérant les différentes méthodes envisageables.

Ayant recopié dans son carnet la liste des solutions qui s'offraient à lui, Will les examina soigneusement, en leur attribuant à chacune une note sur dix :

1. Pesticides
Ça endommagerait les organes.
0/10

2. Hémorragie/s'entailler les veines.
Ça me fait trop peur. Et apparemment, ça peut être bien pire qu'on ne le croit.
2/10

3. Noyade
Comment me sortirait-on du lac/de la rivière/de la piscine ? La synchronisation n'est pas évidente. Ça demanderait un assistant en bonne forme physique.
1/10

4. Asphyxie
Difficile de me mettre moi-même un sac sur la tête. Je l'arracherais instinctivement.
2/10

5. Électrocution

Ouille ! Risque de brûlure grave. Néanmoins, plutôt rapide.

4/10

6. Saut dans le vide

J'ai le vertige et les reins risquent d'être réduits en bouillie.

0/10

7. Arme à feu

Hmmm.

8/10

8. Pendaison

Oh, suis-je vraiment obligé d'en passer par là ? Si on s'y prend mal, ça peut durer des siècles. Si on s'y prend bien…

7/10

9. Se jeter sous un véhicule – train ou métro

Voir ci-dessus au numéro 6, « Saut dans le vide ».

0/10

10. Empoisonnement – par ingestion de pesticides/overdose/inhalation de monoxyde de carbone/autres substances toxiques

Endommagerait probablement les organes. Dans quelle mesure, impossible d'en être 100 % sûr.

3/10

11. Immolation

Périr par le feu, non merci.

0/10.

12. Seppuku

À la manière des guerriers samouraïs. Pourrais-je me conduire en guerrier ? Peut-être. Pourrais-je mettre un kimono et tout le bazar ?

12a. Se renseigner sur la tenue adéquate et les possibilités d'achat en ligne. Pourrais-je tourner mon sabre contre moi ?

12b. Acheter sabre
Pourrais-je entourer la lame de l'étoffe traditionnelle ?

12c. Acheter aussi l'étoffe traditionnelle
Pourrais-je lire mon poème d'adieu ?

Se laissant distraire de son sujet, comme cela lui arrivait fréquemment, Will entreprit alors de rédiger le poème d'adieu que devait composer un samouraï avant de faire seppuku. Au bout d'une heure et de dix-sept feuilles A4 froissées en boule, il obtint le résultat suivant :

12d. Poème d'adieu
J'ai toujours eu du mal
À choisir le cadeau idéal
Jusqu'à ce jour.
Souriez.
Je vous en prie, en ouvrant ceci,
Souriez.
Même si je l'ai emballé avec amour
Le papier n'a aucune importance
Car je n'ai jamais vécu qu'à travers vous
Et de cette façon
Je continuerai à le faire.

Il était content de son poème. Il pleura en le relisant. Il sécha ses larmes et écrivit :

Pourrais-je ouvrir mon kimono, saisir mon sabre court et le plonger dans mon abdomen ?
Pourrais-je faire une incision de gauche à droite, puis une autre à la verticale ?
Il me faudrait un assistant.

12e. Trouver un assistant qui ne serait pas rebuté par le côté zarbi du truc
L'assistant, debout près de moi, accomplirait le daki-kubi après la deuxième entaille, me laissant pratiquement décapité, ma tête ne tenant plus à mon corps que par un mince ruban de chair.
Putain, c'est vraiment trop horrible.
0/10

13. Apocarteresis (suicide par privation de nourriture)
Trop lent. Et je n'ai jamais été fichu de résister à un paquet de chips. Si quelqu'un m'en offrait, je les mangerais.
0/10

14. Explosion
Ha ! NON !
0/10

15. Attentat suicide
Inutile de tuer d'autres personnes.
0/10

16. Suicide indirect (me faire descendre par un flic, c'est-à-dire obliger quelqu'un d'autre à effectuer le boulot)

Pour ça, il faudrait prendre des gens en otage ou un truc du même genre. Trop difficile. Je pourrais ramasser une balle dans les reins.

0/10

17. Suicide assisté…

Mais oui, bien sûr, c'était ça, la solution ! Légale, indolore. Il fallait simplement invoquer une bonne raison de mourir (et laquelle pouvait être meilleure que la sienne ?). Digne, pas effrayante, douce, propre et calme.

En allant sur Google, il sentit son enthousiasme s'accroître. Dignitas ! Des tas de gens allaient là-bas. Sans jamais en revenir, notez bien.

Dignitas, la clinique du suicide, en Suisse. Un établissement cinq étoiles, élu par les consommateurs comme la meilleure clinique du suicide au monde. Cela pouvait-il donc se faire sans douleur ? Pouvait-il organiser une transplantation immédiate et sans risque, en Suisse ?

Il avait envisagé de faire du tourisme rénal, pourquoi pas du tourisme suicidaire ? Il avait toujours eu envie de voyager.

Il lut tout ce qu'il trouva sur le sujet en ligne. Et vit ses espoirs anéantis en découvrant qu'il lui faudrait une recommandation de plusieurs médecins (*17g*), ce qu'il n'obtiendrait jamais, et aussi que les filles pourraient être poursuivies pour l'avoir aidé (*17h*).

« 2/10 », écrivit-il, démoralisé.

Donc, conclut-il en relisant la liste méthodique qui remplissait trois pages, à la suite de celle qu'il avait arrachée un peu plus tôt…

Ce serait le revolver.

41

WILL OUVRIT LE JOURNAL DE SA FILLE. Qu'avait-elle écrit exactement ? *C'est très facile de se procurer un flingue.*

Si elle avait réussi à s'en procurer un, il devait pouvoir y parvenir. À qui s'était-elle adressée ?

Comme d'habitude, il lança une recherche sur Google et ne trouva qu'un seul article susceptible de lui être utile. Il s'intitulait « Allô flingue ». Apparemment, il était possible de commander une arme à feu par téléphone et de se la faire livrer dans les deux heures, en Écosse. Malheureusement, l'article ne donnait pas le numéro à appeler. Il affirmait en revanche que les membres des gangs de Glasgow étaient de plus en plus souvent armés.

Quels gangs Georgie connaissait-elle ?

La bande des jeunes de Mayfield, peut-être ? Ou celle de Broady, un peu plus haut dans la rue, qu'on accusait régulièrement de mettre le feu aux poubelles et de jeter des briques dans les vitres des salles à manger bordant le parc ?

Il opta pour la seconde. Georgie se rendait fréquemment dans le parc, pour en revenir empestant l'alcool. Il faisait nuit. Les voyous du coin avaient des chances de se trouver là-bas.

Ce parc constituait, pour les résidents adultes, un lieu où promener leur chien, et, pour leurs enfants et les jeunes vivant de l'autre côté de la rivière, un terrain de jeux où ils pouvaient se cuiter et se bagarrer à loisir. Ils n'étaient pas obligés de traverser à la nage, ces déshérités de l'autre rive, mais ils devaient marcher davantage, et ça valait le coup, parce qu'il se passait toujours quelque chose, dans le parc.

C'était le cas ce soir.

Un groupe d'une dizaine de garçons d'environ dix-sept ans traînait dans l'allée séparant le parc de la rangée de maisons voisines, jurant et jetant des canettes de bière sur le banc. En le voyant arriver, ils se calmèrent un peu. Sans doute le prenaient-ils pour un flic. Ou seulement pour un connard de bourgeois qui allait leur apporter un peu de distraction.

« Excusez-moi ! dit Will, sans trop s'approcher. Je voudrais parler à votre chef. »

Les garçons s'esclaffèrent. Comme s'ils avaient un chef ! Comme s'ils n'étaient pas des putains de démocrates !

« On est socialistes, brailla l'un d'eux. Vous pouvez nous parler à tous. »

Will se rapprocha prudemment, craignant de voir une bouteille voler dans sa direction – ou un couteau, ou une balle. « Je ne veux pas vous créer d'ennuis, déclara-t-il. Je vous assure, je souhaiterais simplement quelques renseignements. Je préférerais ne pas en parler en public. »

L'un des garçons s'avança vers lui. « Les renseignements, ça coûte cher.

— Je m'adresserai à vous », répondit Will, en agitant le billet de dix livres qu'il tenait entre ses doigts pour indiquer que oui, le jeune homme serait rémunéré pour sa coopération.

L'entretien se déroula dans les buissons, à mi-chemin de la pente descendant vers la rivière. « J'ai besoin d'un revolver, expliqua Will. Je me sens un peu à cran, j'aimerais en avoir un sous la main en cas de problème, vous voyez ? »

Le jeune éclata de rire. « Un revolver ? Vous rigolez ? Pourquoi est-ce que je saurais où trouver un putain de flingue ?

— Excusez-moi. Je croyais que...

— Je sais exactement ce que tu pensais, pauvre con. Et maintenant, casse-toi », ordonna le gamin, en empochant le billet.

Bon, ça ne s'était pas passé comme prévu. Will devait essayer une autre tactique. Il rentra chez lui, prit les clés de sa voiture et fonça vers le pub le plus mal famé de la ville. Situé dans l'East End, il avait la réputation d'être un repaire de truands. Cynthia avait autrefois l'habitude d'y retrouver Heath pour boire un verre. (« C'est un vieil ami, Will. Je veux rester en contact avec mes amis ! »)

Le pub ressemblait à un gigantesque conteneur en béton gris. En y entrant, Will était mort de frousse, même si personne ne se retourna pour le dévisager ni ne s'arrêta de parler. Ils aimaient les étrangers, par ici.

« Une bière, s'il vous plaît », dit-il aussi calmement qu'il le put. Il la descendit rapidement, la main tremblante, et en demanda une deuxième.

Un groupe d'hommes d'un certain âge discutaient gravement dans un coin. Ils semblaient sortir tout droit des *Soprano*, en un peu plus malingre, balafré et pâlichon. Will attendit que l'un d'eux se dirige vers les toilettes et lui emboîta le pas.

Discuter affaires en pissant n'était sans doute pas conforme à l'étiquette observée dans le milieu. Néanmoins, Will décida d'aborder le sujet d'un seul jet. « Vous savez à qui il faut s'adresser, ici ? s'enquit-il, pas mécontent de sa formulation, cryptique à souhait.

— À qui vous voudrez », répondit le type sans sourciller. Là-dessus, il se secoua, referma sa braguette et sortit.

Will retourna au bar, commanda une autre bière et, quand il se sentit suffisamment ivre, demanda à la barmaid, une femme d'une cinquantaine d'années aux cheveux décolorés et au maquillage orange : « Vous savez où je pourrais acheter une arme à feu ? »

Elle le regarda comme s'il avait été un extraterrestre. « Non », dit-elle, en filant vers l'autre bout du bar pour prendre une commande.

Merde, ça ne se passait pas bien. Ce n'était pas facile du tout de se procurer un flingue. Il sirotait lentement sa bière, en se creusant les méninges pour trouver un plan B – une armurerie ? un club de tir ? – quand un homme dans la trentaine, avec une cicatrice de l'oreille à la bouche, vint s'asseoir près de lui, un whisky à la main, et s'enquit : « Quel type d'arme vous voulez ? »

Surpris par la manière habile et discrète dont les informations circulaient dans l'établissement, Will rétorqua : « Une arme de poing. Et des balles. Du moment qu'elle marche, c'est le principal, si vous voyez ce que je veux dire. Je peux payer en liquide.

— Désolé, fit le type. Je ne peux pas vous aider. »

Will regarda l'homme s'éloigner du bar pour regagner sa table. Il soupira, termina sa bière et se leva pour partir. C'est alors qu'il aperçut un dessous-de-verre en face de lui. Un numéro de téléphone y était inscrit à l'encre bleue.

Dans sa voiture, il composa le numéro. « Allô ? dit-il. Je viens juste de parler à quelqu'un dans le pub.

— À l'entrée d'Alexandra Park, dans une heure », murmura une voix mâle.

L'homme du parc n'était pas celui qu'il avait vu dans le bar. Celui-ci avait à peine vingt ans, portait un jean et un sweat à capuche. Il tenait une valise à la main. « Deux cents », ce furent ses seuls mots.

Will compta l'argent, le lui tendit et prit la valise, sans savoir ce qu'elle contenait, mais priant pour que ce soit ce qu'il avait commandé. Et oubliant que ce qu'il avait commandé était l'arme qu'il utiliserait pour s'ôter la vie.

Chez lui, une heure plus tard, il contempla l'arme qu'il tenait dans sa main. Il ne savait pas si c'était un revolver ou un pistolet. Il ne savait ni comment la charger ni comment s'en servir ni rien de rien. Elle était glacée au toucher, petite, terrifiante. Il l'effleura d'un geste hésitant, la reposa sur son bureau et écrivit sous la section 7 :

7a. Trouver le mode d'emploi

Il chercha longtemps avant que la bonne image n'apparaisse sur l'écran, et il passa encore plus de temps à s'entraîner à la charger et à appuyer au bon endroit. Quand il fut certain d'avoir tout pigé, il passa à...

7b. Où tirer

Dans la tête, décida-t-il. La tempe droite.

7c. Dans quel lieu

Il devait le faire à proximité d'un hôpital, ou du moins avoir la certitude qu'une ambulance était en route. Il se renseigna sur le délai d'attente dans son secteur, qui était en moyenne de vingt-deux minutes. Ça devrait aller, à condition d'appeler avant. Il ajouta :

7d. Le faire à la maison ; téléphoner d'abord au service d'ambulances

7e. Laisser un message pour être sûr que les reins seront greffés sur les filles

Dès qu'elles étaient tombées malades, il s'était inscrit comme donneur, mais il devait s'assurer que ses reins leur reviendraient à elles, et à personne d'autre. Il rédigea un brouillon de la note qu'il laisserait sur place :

Madame, Monsieur,

S'il vous plaît, donnez mes reins à mes filles, Georgie et Kay Marion.

En vous priant d'agréer mes sentiments distingués,

Will Marion.

7f. Téléphoner aux filles pour leur dire qu'elles doivent aller à l'hôpital

7g. Te tirer dans la tête (tempe droite)

Ce fut en écrivant ces deux derniers points que Will perdit les pédales. Son écriture se fit tremblotante. Comment pourrait-il appuyer sur la détente ? Il s'imagina en train de poser le canon sur sa tempe et de faire le geste fatal. Ou pas.

Et que dirait-il aux filles ? « Salut, Georgie ! Salut, Kay ! J'appelle juste pour vous dire que je vais me tirer une balle dans la tête. Pouvez-vous venir tout de suite à la maison ? Si vous vous dépêchez, vous pourrez peut-être profiter de l'ambulance pour aller à l'hôpital en même temps que mon cadavre. »

Elles seraient anéanties. Elles seraient en colère. Elles le haïraient. Elles se haïraient. La culpabilité les rendrait folles.

Will cacha l'arme dans son classeur à la lettre A, referma son carnet et explosa. Des larmes jaillirent de ses yeux. Du liquide de son nez et de sa bouche. Ses poings martelèrent les murs. Des mots giclèrent de ses lèvres : « Je ne peux pas faire ça ! J'ai trop peur ! Je ne suis qu'un nullard, un pauvre con ! »

Il fit tomber les CD de leur étagère, trouva celui qu'il cherchait et le piétina. Le tordit. Le piétina de nouveau. « Ce n'est pas l'heure de nous dire adieu. » Il s'affala au sol, s'immobilisa… « Mais ma liste est terminée. Elle est terminée. »

Une vingtaine de minutes plus tard, un peu calmé, Will s'étendit sur la moquette et croisa les bras autour de son torse. Le suicide n'était pas seulement impossible à cause de sa lâcheté et de sa peur de la mort : les conséquences seraient insupportables pour ses filles. Comment pourrait-il laisser Georgie et Kay affronter ça toutes seules ? Pouvait-il vraiment faire une chose pareille ? Arriveraient-elles à le supporter ?

Kay, peut-être.

Mais Georgie ? Elle serait dévorée par la culpabilité. Elle ressemblait à une antenne parabolique émotionnelle, captant les signaux tout autour d'elle, bourdonnante de préoccupations, en empathie constante avec l'univers.

« Que faire ? se demanda-t-il tout haut. Que vais-je donc faire, nom d'un chien ? »

Il lui fallut un certain temps pour se rendre compte que tout ce qu'il pouvait faire, c'était reprendre ses esprits, s'assurer que les filles allaient bien et se conduire en père. Elles allaient bien, n'est-ce pas ?

N'est-ce pas ?

Au fait, où étaient-elles ?

Il avait passé des heures et des heures à contempler son suicide. Un jour entier s'était écoulé. La nuit commençait à tomber. Et les filles n'étaient pas à la maison. Will les appela sur leurs portables : pas de réponse. Dans une situation semblable, la plupart des parents auraient téléphoné aux copines ou aux petits amis, mais Will contacta immédiatement l'hôpital.

« Monsieur Marion, dit l'infirmière, j'allais justement vous appeler. Georgie et Kay ne sont pas venues à leur séance de dialyse, ce soir. Est-ce que tout va bien ? »

42

IL CROYAIT QUE J'ÉTAIS EN TRAIN DE REGARDER DANS LE VIDE, mais il avait tort. Je le voyais, planté derrière les buissons, en train de m'épier. Je n'avais pas bougé depuis une demi-heure, et il continuait quand même à me surveiller. J'avais décidé que, dans une minute – j'avais entamé le compte à rebours depuis vingt minutes –, j'allais brusquement me relever. J'étais curieuse de voir ce qu'il allait faire. Comment il allait réagir.

Le moment était venu.

Je me suis redressée.

J'avais prévu de rester immobile pendant un bon moment. Et lui, ferait-il un mouvement ? Toujours pas.

Un bon moment plus tard, j'ai étiré les bras vers le ciel. Trouverait-il ça intéressant ? Il n'avait pas bougé d'un pouce. Il m'épiait toujours. Il devait trouver ça très intéressant.

J'ai résolu de me diriger très lentement vers la sortie. Allait-il trouver ça fascinant ?

Il m'a suivie – à cinquante pas de distance environ, d'après mes estimations. Il devait trouver ça absolument fascinant.

J'ai décidé de courir. Pendant tout le trajet de Pollokshaws Road jusqu'à Newlands Park, aussi vite que je le pouvais, c'est-à-dire pas tant que ça étant donné ma mauvaise santé et mes poumons encrassés par le tabac.

Il a couru lui aussi, une trentaine de foulées derrière. Il devait trouver ça passionnant.

J'ai choisi d'aller regarder dans le vide à Newlands Park. Je me suis assise près du petit étang au bas de la colline, les jambes en tailleur, et j'ai commencé à fixer le vide. J'avais décidé de rester ainsi pendant deux heures.

Preston tiendrait-il le coup ?

Les minutes ont passé plus vite que je ne m'y étais attendue. En fixant le vide, je me suis plus laissée aller à mes souvenirs qu'à mon imagination. À ma grande surprise, ce n'étaient pas de mauvais souvenirs. Plutôt des bons, du temps où les choses allaient mieux. Je me suis rappelé Kay et moi jouant sur le trampoline, toutes petites. Elle faisait très attention aux règles de sécurité, ma Kay. Moi, je les ignorais toutes. En faisant un double rebond près d'elle, par exemple. Ça finissait toujours par des éclats de rire, malgré les plaies et les bosses. Je me suis rappelé le premier film pour grandes personnes que j'avais vu avec mon père. C'était *Retour vers le futur*. On était restés assis au bord du canapé jusqu'au générique de fin, tellement on avait été captivés. Je me suis rappelé ces stupides vacances en caravane sur l'île d'Arran, à explorer des grottes, escalader des collines, trop manger au pub, jouer aux charades, blottis tous les trois bien au chaud dans le lit. Je me suis rappelé papa disant : « Je suis un sacré veinard d'avoir des filles comme vous. Je suis le plus heureux et le plus veinard de tous les hommes sur terre. »

Je me suis rappelé qu'il répétait ça tout le temps, une fois par semaine ou même plus, probablement.

Chaque minute était remplie de bons souvenirs.

De temps à autre, le présent s'immisçait en douceur dans ces réminiscences : un gargouillis dans mon estomac, un landau et son chargement s'arrêtant près de l'étang, un chien chiant sur la pelouse, Preston changeant de position dans sa cachette derrière la salle de tennis, des écoliers faisant un tour de balançoire avant de rentrer faire leurs devoirs, avaler leur dîner et prendre un bain, un couple se tenant par la main.

Et puis, au cours de la deuxième heure, ceci :

« Preston MacMillan, vous êtes en état d'arrestation. Levez les mains en l'air. »

Je l'ai vu sortir de sa cachette et courir vers la sortie. Il courait vite.

« Stop ! » hurla un policier, mais Preston a continué à courir, il a franchi la grille du parc, traversé la route et dévalé la rue. Je me suis ruée vers la sortie pour voir ce qui se passait. Trois policiers étaient lancés à sa poursuite, l'un d'eux se rapprochait dangereusement alors qu'il arrivait en vue de la grand-route, au bout de la rue, un autre lui criait de s'arrêter, le troisième demandait du renfort par radio. Juste avant l'intersection, le plus rapide l'a rattrapé et lui a sauté dessus. Quand je suis arrivée sur place, à bout de souffle, j'ai vu le deuxième flic lui passer les menottes pendant que le troisième prévenait le central que ce n'était plus la peine d'envoyer des renforts.

« Qu'est-ce que tu as fait ? » ai-je demandé à Preston allongé à plat ventre sur l'asphalte.

Tandis que les policiers le relevaient sans ménagement et l'entraînaient vers leur voiture, Preston m'a raconté tant bien que mal sa mésaventure avec le dealer. « Tu me rendras visite en prison ? » m'implora-t-il pendant qu'ils le poussaient à l'arrière du véhicule.

Je le lui ai promis.

43

IL NE FALLUT PAS LONGTEMPS À WILL POUR RETROUVER KAY. Elle était dans le troisième hôpital auquel il téléphona. Quand il arriva, elle était étendue en travers d'une rangée de sièges dans la salle des urgences, serrant avec tant de force son portable dans son sommeil que ses articulations en étaient toutes blanches. Était-ce vraiment Kay ? Où était passé son visage ? Celui qui avait une expression, des couleurs ? Et son corps ? Autrefois robuste et plein de vie, aujourd'hui, une coquille vide.

« Kay, mon chou ? murmura-t-il en effleurant son épaule osseuse. Tu vas bien ?

— Papa ? fit-elle en ouvrant les yeux.

— Tu vas bien, ma chérie ? »

Un silence. « Non. Non, je ne vais pas bien du tout. »

Il la serra contre lui pendant qu'elle éclatait en larmes. Kay, la coriace, la positive, qui ne pleurait jamais, sanglotant dans les bras de son père.

« Sais-tu où est ta sœur ?

— Non. Notre mère est venue la voir hier soir et Georgie a fichu le camp peu de temps après. Elle n'est pas revenue.

— Allons la chercher, mon cœur. »

Lorsqu'ils rentrèrent à la maison, Will et Kay étaient morts d'inquiétude au sujet de Georgie. Mais il n'y avait pas de quoi : elle était là, assise sur le canapé, regardant dans le vide.

Elle ne dit pas un mot pendant que Will les conduisait toutes les deux à l'hôpital pour leur dialyse. Et elle continua à contempler le vide, dans un état semi-comateux, tandis que la machine se mettait au travail. Will s'assit en face de ses filles et regarda leur sang circuler dans les tuyaux, leurs bras tout palpitants et bosselés au point d'insertion du dispositif. Elles étaient maigres et cependant bouffies, toutes les deux. Jaunes, aussi. Et avaient l'air si malheureuses qu'il se serait tiré une balle dans la tempe sur-le-champ si l'arme n'avait pas été rangée dans son classeur à la lettre A.

Cet endroit, la salle de dialyse, était devenu leur deuxième foyer, et Will le détestait. Il détestait voir ses filles attachées à leurs machines, attendant impatiemment que le temps passe – quatre longues heures d'affilée. Il détestait voir les autres aller et venir. Il détestait voir ses filles nouer des liens d'amitié avec ces gens qui n'avaient en commun avec elles que la maladie, la dépression et ce monde parallèle. Détestait les voir jalouser ceux qui avaient été appelés, prendre en pitié ceux qui ne le seraient jamais, détestait constater qu'elles semblaient désormais avoir toutes les deux perdu la volonté de vivre. L'attente, les machines, la maladie, tout ça les avait rendues folles.

Quand ils rentrèrent chez eux, cinq heures plus tard, Will retint Georgie alors qu'elle s'apprêtait à monter à l'étage avec sa sœur. « Je peux te parler ?

— OK », répondit Georgie. Elle se versa un verre d'eau et s'assit à la table de la cuisine. « Parlons des arguments pour et contre Georgie Marion. Il y a plus de contre que de pour, semble-t-il. »

Merde. Will se tassa sur son siège. « Laisse-moi t'expliquer.

— Je t'écoute. »

Il hésita. Comment allait-il s'y prendre ? « J'étais bourré et défoncé, commença-t-il.

— Pas mal. Exactement comme maman.

— Et pas seulement ça. J'étais furieux contre toi.

— Hin-hin.

— Tu as parfois le don de me mettre en rogne, Georgie.

— Tue-moi, dans ce cas. Et sauve Kay.

— Sais-tu pourquoi tu me mets en rogne ? Je ne l'ai compris qu'après avoir écrit ma liste.

— Laisse-moi réfléchir. Je suis horrible, méchante, malheureuse et égoïste… quoi encore ?

— C'est parce que tu as raison.

— Tu aurais dû inscrire ça dans la colonne "Pour". Quoi que ça signifie.

— Tu as raison. Je suis un pauvre con. Je ne fais jamais rien. Je ne réussis jamais rien. Je ne suis même pas capable de décider où aller pour nos vacances.

— Et alors ? Tu veux que je te plaigne ? Que je t'aide ?

— Non. Je veux que tu saches que je t'aime énormément. Peut-être seras-tu gênée d'entendre ça, mais tu es ma meilleure amie au monde. Je vous aime autant l'une que l'autre, Kay et toi. Mais toi, tu me *connais*. Tu m'obliges à me remettre en question. Grâce à toi, j'apprends chaque jour quelque chose sur moi-même.

Généralement, des choses qui ne me plaisent pas. Mais tu as raison de me les montrer. »

Georgie ne l'avait pas encore regardé, mais elle se radoucissait, il le voyait bien.

« Quand ta mère est partie, tu as pris toute la colère sur tes épaules. Il fallait bien que quelqu'un le fasse. Je ne le pouvais pas. Je devais essayer de m'occuper de vous. Et en plus, tu as veillé sur ta sœur. Elle est beaucoup plus vulnérable que toi, en fait. Plus franche, moins lunatique, mais je t'imagine très bien dans dix ans accomplissant de grandes choses, Georgie. Tu vas devenir quelqu'un d'exceptionnel... et mon meilleur pote. Mais, Seigneur, tu as l'art d'appuyer là où ça fait mal.

— Tu es un trouduc.

— Je sais. Un gros trouduc puant.

— Un énorme gros trouduc puant.

— Jamais je ne choisirai entre vous deux. Jamais je ne te ferai du mal. »

Georgie resta un instant silencieuse. « Kay en a plus besoin que moi. Tu devrais la forcer à accepter. Tu le lui dis, et basta.

— Je ne peux pas. Je ne veux pas. Et elle ne me laisserait pas faire. Me pardonneras-tu ?

— Ouais.

— Me promets-tu de ne plus jamais songer à te faire du mal ?

— Si tu me promets de ne plus jamais lire mon journal intime. »

Ils tombèrent dans les bras l'un de l'autre, et Will chuchota à l'oreille de Georgie : « Tu te rappelles comment nous choisissions notre lieu de vacances ?

— En tirant à pile ou face.

— Va chercher ta sœur. »

Will, Georgie et Kay étaient assis tous les trois autour de la table de la cuisine. Will était placé au milieu, les mains posées l'une contre l'autre, paumes à plat. En dessous, il y avait un billet de cinq livres.

Tous avaient les yeux fixés sur ses mains.

« Pile ou face ? demanda Will à Kay.

— C'est à Georgie de choisir, répondit-elle.

— D'accord. Georgie, pile ou face ? »

Georgie prit une inspiration, appuya son menton sur ses poings, expira, contempla les mains de son père et dit… « FACE. »

Kay se mordit l'intérieur de la lèvre. Georgie cessa de respirer. Will souleva lentement ses mains tremblantes, dévoilant le billet de cinq livres.

Le visage de la reine n'était pas visible. Le billet était tourné du côté pile.

Le rein reviendrait à Kay.

« Non, cria-t-elle. Non !

— Si, dit Georgie en se levant pour l'étreindre affectueusement. Si, si, si, ma belle jumelle. »

44

LE LENDEMAIN, WILL ALLA PASSER LES TESTS. En premier lieu, tout ce que l'infirmière lui demanda, ce fut du sang. Rien de plus simple, après cette longue attente, que de se faire prélever un peu d'hémoglobine, qui fut ensuite placée dans un petit flacon de plastique. Will regarda l'infirmière y apposer une étiquette. Il avait toujours été persuadé qu'il n'y aurait aucun problème. À présent, toutefois, il se sentait terrifié. Et s'il était incompatible ? Fixant le flacon avec intensité, il lui enjoignit : « Tu as intérêt à filer droit, mon pote. »

Il rentra chez lui et essaya de ne plus y penser. Si son groupe tissulaire était compatible, il devrait passer une foultitude d'autres tests : état de santé général, équilibre psychologique. Il avait hâte que ce soit fait, hâte de se retrouver sur la table d'opération et de compter à rebours à partir de dix jusqu'à ce que l'anesthésique fasse son effet. À son réveil, Kay serait sur le chemin de la guérison. Il pourrait s'occuper d'elle, et consacrer le reste de son énergie à aider Georgie.

Ce soir-là, Will, Kay et Georgie regardèrent une comédie débile, blottis sur le canapé, en grignotant des chips et en se tenant la main. Aucun d'eux ne fit allusion aux tests. Au lieu de cela, ils rirent à gorge déployée jusqu'au milieu du film, où ça devenait nettement moins drôle, puis allèrent se coucher, sans pouvoir fermer l'œil de la nuit.

« Will ? C'est le Dr Jamieson. » La sonnerie du téléphone l'avait réveillé alors qu'il venait enfin de s'endormir.

« Oui, allô ? répondit-il, avec l'impression que son cœur allait s'arrêter de battre.

— Pouvez-vous venir à mon cabinet ? »

Will ne dit rien aux filles. Il se doucha, s'habilla aussi vite qu'il le put et fonça vers l'hôpital. Combien d'autres attentes torturantes allait-il devoir endurer ? se demanda-t-il. Combien de résultats négatifs ? Ils ne pouvaient sûrement pas l'être tous. Et cette fois-ci, les nouvelles seraient bonnes.

Will s'assit comme on le lui demandait. Oh non, le toubib était perché sur le bord de son bureau ! Cette constatation l'angoissa tellement que des auréoles de transpiration se formèrent sous ses bras et sur sa poitrine. Ses mains se mirent à trembler.

« Votre groupe tissulaire…

— Oui, fit Will. Eh bien ?

— Il n'est pas compatible. Il en est même très éloigné. »

Avait-il bien entendu ? Il fut obligé de répéter les mots pour s'en assurer. « Il en est même très éloigné. » Sa voix avait pris un ton monocorde.

« C'est exact.

— En êtes-vous sûr ? » Will refusait ce verdict. Il n'y croyait toujours pas. Ça ne pouvait pas être vrai.

« J'en suis sûr. En fait, monsieur Marion, je ne sais pas comment vous dire ça, mais...

— Me dire quoi ?

— Après avoir pris connaissance des résultats, j'ai relu votre dossier...

— Et ?

— J'ai noté un petit détail qui m'a paru bizarre... J'ai voulu en avoir le cœur net.

— De quoi s'agit-il ? Dites-le-moi, au lieu de tourner autour du pot !

— Vos filles ont toutes les deux de beaux yeux bruns.

— Je sais.

— Votre femme a les yeux bleus.

— En effet.

— Vous aussi. »

Will ne répondit pas.

« Êtes-vous certain que Cynthia est bien leur mère ?

— Bien sûr que oui. Je les ai vues sortir de son ventre. Où voulez-vous en venir, bon sang ?

— Pour avoir une certitude absolue, j'ai procédé à un autre test en urgence. Un test ADN. Will... Je ne sais pas comment vous annoncer ça, mais...

— Allez-vous me le dire, à la fin, bordel !

— Deux parents aux yeux bleus ne peuvent pas avoir d'enfants aux yeux bruns.

— Quoi ?

— Je suis désolé... C'est génétiquement impossible. Et le test ADN l'a confirmé. Monsieur Marion, j'en suis vraiment navré, mais vous n'êtes pas le père biologique de ces jeunes filles. »

45

HEATH SE TROUVAIT DANS SA NOUVELLE CELLULE, dans sa nouvelle prison, depuis un peu plus d'une semaine. Ses fiançailles avec Cynthia – et le domicile qu'elle avait trouvé à Glasgow – avaient permis d'accélérer quelque peu ce transfert. Et à présent, il était là, assis devant le petit bureau de sa cellule, mâchonnant l'extrémité du stylo-bille fourni par les autorités pénitentiaires. Sa lettre avait intérêt à être bonne. Parfaite. S'il parvenait à les convaincre, dans une semaine, il serait sorti.

Ce n'était pas seulement le goût de la liberté qui lui venait à la bouche, son parfum qu'il respirait dans l'air, c'était elle, sa Cynthia, l'attendant ici même, dans cette ville. Elle avait dégoté un logement social à Govanhill. Un gentil appartement dans un immeuble ancien, pas trop éloigné du centre, deux chambres, meublé. Ce serait leur foyer conjugal. Ils rangeraient leurs instruments dans une des chambres et – oui ! – ils reformeraient le groupe. Dans la deuxième, ils mettraient un grand lit à deux places, où ils feraient ça de façon aussi fréquente et inventive que possible.

Mesdames, Messieurs,

commença Heath,

Cette année a été extrêmement positive pour moi. J'ai décroché de la drogue. J'ai retrouvé l'amour de ma vie et je vais l'épouser. Nous allons vivre à sa nouvelle adresse, dans le quartier de Govanhill, à Glasgow. Et surtout, je me rends compte que j'ai mal agi. J'ai effectué un autre stage de sensibilisation au traumatisme des victimes le mois dernier, et l'homme que j'ai tué ne méritait pas ça, même s'il avait sans doute violé une femme et vendu mon héro à des gosses de neuf ans. Et…

Oh non, ça n'allait pas. Il avait déjà écrit les mêmes conneries, les fois d'avant, et ils avaient toujours repoussé sa demande. Il devait trouver quelque chose qui les toucherait vraiment, leur montrer qu'il avait réellement changé et qu'il ne représentait plus une menace pour la société.

Il songea à ceux de ses codétenus qui avaient retrouvé la liberté. Comment avaient-ils fait pour convaincre les membres de la commission ? L'un avait une mère mourante qui avait besoin de ses soins, ç'avait beaucoup compté. Un autre venait d'avoir un bébé. Un troisième avait essuyé tellement de refus qu'à la fin, ils avaient été plus ou moins obligés de le laisser partir. Un autre encore avait suivi tous les cours proposés aux détenus trois fois de suite et s'était inscrit chez les « verts », ainsi qu'on appelait les types en chemise verte qui soignaient les trois plantes en pot de la prison. Heath n'avait pas d'autre argument que sa fiancée.

Il devait réfléchir un peu. Il devait bien exister une manière de les convaincre.

« Jones ! » Un gardien venait d'ouvrir sa porte. « Tu as de la visite. »

Heath attendit que l'on appelle son nom et son numéro de table à l'entrée de la salle des visiteurs, côté détenus. Onze autres étaient alignés à côté de lui. Il apercevait déjà Cynthia à la table six. Elle avait l'air complètement envapée. Il se sentit jaloux. Il brûlait d'impatience de pouvoir à nouveau se défoncer.

« James, table trois », dit le gardien, et le vieux délinquant sexuel se dirigea vers son frère loyal et incrédule assis à la table en question.

« MacMillan, table cinq ! » Le charmant Preston MacMillan s'avança vers sa mère en pleurs. Heath observa attentivement le jeune homme. Il était très mignon. Et ne semblait pas du tout à sa place ici. Non seulement ça, mais il s'arrêtait à la table de Cynthia et lui parlait. Elle lui répondait. Comment diable se connaissaient-ils ?

« Jones, table six », ordonna le gardien, et Heath marcha vers Cynthia d'un pas décidé. Tout en s'asseyant face à elle et en lui prenant la main, il jaugea du regard le ravissant petit minet appelé MacMillan.

« Tu connais ce mec ? demanda-t-il à Cynthia, en le lui montrant.

— Mouais, répondit-elle. C'est le détective privé qui m'a ramenée d'Égypte. C'est un sale con, Heath. À l'hôtel, au Caire, il m'a fait enlever ma culotte, puis il m'a examinée comme une espèce de pervers jouant au médecin. Je ne l'aime pas.

— Moi non plus », répliqua Heath d'une voix hargneuse, les rouages de son cerveau travaillant à toute allure - ou du moins, aussi vite qu'ils pouvaient le faire dans un cerveau comme le sien.

À la table derrière eux, Preston MacMillan, assis face à sa mère, se demandait trois choses.

Qui était ce voyou auquel Cynthia Marion rendait visite ?

Quand reverrait-il le nouveau ? Il était arrivé à l'accueil en même temps que Preston. S'était changé dans le box voisin. La forme de son dos était intéressante, comme celle d'un nageur. Après avoir revêtu l'uniforme de la prison, ils avaient tous les deux été conduits dans la section de détention préventive. Preston avait été envoyé dans une cellule du troisième étage, et le nouveau, au deuxième. Se verraient-ils au réfectoire ? Dans la cour, peut-être ? Quel genre de trophée pourrait-il glaner, dans un endroit comme celui-ci ? Et où pourrait-il le cacher ?

Et enfin, il se demandait si sa mère allait finir par se taire. « C'est ma faute. J'ai été une mauvaise mère. Je ne peux pas te perdre aussi ! Oh, Preston, que vais-je faire ? »

S'efforçant d'ignorer ce bruit de fond, il essaya d'entendre ce que Cynthia disait au voyou. Voilà tout ce qu'il réussit à capter :

Lui : Tu es la seule personne au monde qui compte pour moi.

Cynthia : Elles ont l'air d'aller vraiment mal…

Lui : Et nous alors ? Tu crois peut-être qu'on va bien ?

Un peu plus tard, quand on ramena les prisonniers dans leurs cellules, Preston se glissa à côté de Heath et murmura : « Comme ça, tu connais Cynthia Marion ?

— Qu'est-ce que ça peut te fiche ? répliqua Heath.

— Sa fille est une amie à moi. J'ai eu l'impression que vous parliez d'elle. »

Heath s'arrêta net. « Tu as espionné ma conversation ?

— Je suppose qu'on peut dire ça.

— Bon. Inscris-toi au cours de coiffure, cet après-midi. Je te dirai tout ce que je sais à son sujet. »

Le cours de coiffure avait lieu dans une salle de classe en face de la salle B. Elle était occupée par une vingtaine de tables. Sur chacune trônait une tête surmontée d'une perruque en plastique. Les instruments de travail furent distribués sous l'œil vigilant de l'éducateur : ciseaux, peignes, brosses, séchoirs, teinture, décolorant, tondeuses.

Assis à côté de Heath, Preston écouta leur formateur qui tentait de garder l'air macho tout en leur exposant les notions de base de la coiffure.

« Et comment as-tu connu ma fiancée ? lui demanda Heath, tandis qu'ils shampouinaient et massaient la tête en plastique en se conformant aux instructions de l'éducateur.

— Je ne la connais pas vraiment.

— Tu ne l'as pas rencontrée dans un hôtel du Caire ?

— Nous nous sommes rencontrés sur une plage de Dahab.

— Et après, dans un hôtel du Caire ?

— Écoute… C'est quoi ton nom, déjà ?

— Bordel de merde, s'exclama Heath alors qu'il tentait de couper à ras la perruque blonde en face de lui. Je me suis blessé ! » Il s'était débrouillé pour se couper le doigt.

« Ne bouge pas, dit l'éducateur, inquiet devant le sang qui jaillissait de l'entaille. Je vais chercher la trousse à pharmacie. »

Dès qu'il fut hors de vue, Heath empoigna Preston, lui passa un bras autour du cou dans une prise d'étranglement, lui écrasa le visage contre la table et lui enfonça son genou dans le dos. Dans sa main libre, il tenait la tondeuse, qu'il approcha de la tête de Preston.

« T'as baisé ma fiancée ? s'enquit-il, mettant la tondeuse en marche.

— Non ! » répondit Preston.

Heath tailla une bande bien nette au milieu de son crâne, de la nuque jusqu'au front.

« Raconte-moi ce que t'as fait.

— Elle m'a juste demandé de la lui toucher. »

Heath commença à tracer un autre sillon à gauche du premier.

« Je n'aime pas qu'on me mente.

— Je ne mens pas.

— Tu prétends que c'est *elle*, la menteuse ? »

La tondeuse dessina une troisième bande. Heath était content de son ouvrage. Comme toujours, il avait été méticuleux, mais ça ne suffisait pas. Il retourna Preston face à lui, le tint fermement d'une main par le cou, saisit le séchoir de l'autre, ouvrit la bouche de Preston avec ses doigts et introduisit le gros embout entre ses lèvres, les distendant, le lui enfonçant jusqu'à la glotte.

« Tu vas me dire la vérité, maintenant, espèce de sale pervers ? »

Preston ne pouvait pas parler, avec le séchoir dans la bouche. Il se débattit. Pourquoi personne ne faisait-il rien pour l'aider ? Pourquoi l'éducateur mettait-il tellement de temps à revenir ?

Heath régla le séchoir sur la température maximale et le mit en marche.

Les jambes de Preston s'agitèrent frénétiquement quand l'air brûlant lui emplit la bouche et les poumons. Des larmes ruisselèrent sur ses joues.

Heath éteignit le séchoir. Preston suffoquait. Sa langue et sa gorge étaient gravement brûlées.

« Et maintenant ? Ça te revient ?

— C'est elle qui m'a demandé. Je ne voulais pas ! Ça ne me plaisait pas ! Je te le jure. Je ne suis pas un menteur.

— Non, et moi, je souffre d'un manque d'estime de moi-même, comme nous tous ici. »

Plusieurs des apprentis coiffeurs à la mine apeurée se mirent à rire.

Heath fourra de nouveau le séchoir dans la bouche de Preston, l'enfonçant plus loin cette fois. Lui appuyant son genou sur la poitrine, il pinça les narines de Preston avec ses doigts et remit l'appareil en marche.

Les jambes de Preston battirent l'air un moment, puis s'immobilisèrent. Son visage – et les larges bandes de peau rasée sur sa tête – tourna au rouge vif, puis au gris, puis au bleu. Dans la pièce, les autres observaient la scène, terrifiés. Était-il mort ? Devaient-ils intervenir ? S'ils le faisaient, allaient-ils mourir, eux aussi ?

« Alors, est-ce que ça saigne toujours ? » demanda l'éducateur en rentrant dans la salle. Heath retira le séchoir de la bouche de Preston juste à temps. Le garçon s'écroula à terre.

« Qu'est-ce qu'il a ? s'enquit l'homme, en le regardant se tortiller et haleter sur le sol, une main plaquée sur sa bouche carbonisée.

— Elle supporte pas la vue du sang, cette petite chochotte. »

Preston se roula par terre en gémissant.

« Relève-toi, espèce de poule mouillée », lui lança l'éducateur, avant de panser le doigt de Heath.

46

C'ÉTAIT COMME SI ON LUI AVAIT DIT que sa tête n'était pas à lui. Cette nouvelle le fit frissonner de tout son être. Il avait l'impression d'avoir reçu un grêlon de la taille d'une boule de bowling sur le crâne. Mais ça ne tenait pas debout.

« C'est ridicule.

— C'est pourtant un fait certain. Je peux vous montrer les résultats du test.

— Non ! Je suis leur père. Ce sont mes filles. D'ailleurs, elles me ressemblent. Regardez ce nez ! » Will s'empoigna violemment le nez, le fit bouger entre le pouce et l'index. « Elles ont mon nez !

— Je ne sais pas quoi vous dire.

— Avez-vous déjà entendu Kay rire ? Elle rit exactement comme moi… une sorte de glapissement, ho-ho-ho !

— Voulez-vous que je vous apporte un verre d'eau ?

— Si je veux que vous m'apportiez… Écoutez-moi donc ! Au lit, Georgie dort en serrant dans sa main une mèche de ses cheveux, comme ça. » Il tira vivement sur sa frange. Un peu trop vivement. Ç'aurait été douloureux s'il avait été encore capable de ressentir quelque chose. « J'ai la même manie !

— Je vais vous servir un whisky. » Le Dr Jamieson prit une bouteille dans le tiroir du bas de son bureau et en versa une bonne dose dans un verre. Will le prit, mais ne but pas.

« Elles aiment toutes les deux les films d'horreur. Moi aussi.

— Buvez un coup, Will. »

Il obéit machinalement. Il voulait que le médecin retire ce qu'il avait dit, qu'il aspire cette stupide phrase qui flottait dans l'air et qu'il la ravale.

« Je suis vraiment désolé. Je regrette de ne pas m'en être rendu compte plus tôt. »

Will posa le verre de whisky sur le bureau, à côté des fesses du Dr Jamieson. Il resta un instant silencieux, le regard perdu dans le vide, puis déclara : « Je vais partir, à présent. » Quand il se leva, ses jambes tremblaient, et elles tremblaient toujours quand il sortit de la pièce, longea le couloir, descendit les escaliers et monta dans sa voiture.

Il resta assis là, dans le parking, pendant plus d'une heure, à fixer le pilier en face de lui. Des images défilaient sur le béton.

La première fois qu'il les avait tenues dans ses bras toutes les deux en même temps. Son nez le démangeait, mais il ne pouvait pas se gratter.

Le jour où, âgées de trois ans, elles s'étaient postées devant la fenêtre pour attendre leur mère, partie faire des courses.

Le premier concert de Kay. Elle avait joué un solo de flûte. Will avait pleuré, et Georgie s'était inquiétée. « Tu es triste parce qu'elle joue mal, papa ? »

Georgie réclamant qu'il leur passe un film familial, et eux trois pelotonnés l'un contre l'autre sur le canapé, riant aux éclats.

Toutes ces années, tout ce temps passé à trois. Ils formaient une équipe. Une équipe merdique, parfois. Mais plutôt bonne, la plupart du temps.

Mais elles lui ressemblaient, toutes les deux, pourtant ! Même couleur de cheveux, même nez. Kay avait le même rire. Georgie dormait dans la même position, était aussi bordélique que lui. Était-il possible qu'elles aient acquis ces caractéristiques rien qu'en vivant près de lui ? Que l'acquis l'ait emporté sur l'inné ?

Toutes ces années, il n'avait été qu'un imposteur.

Toutes ces années, il avait élevé les enfants d'un autre. Les enfants de Heath Jones, selon toute probabilité.

Si elles n'étaient pas de lui, alors, qu'était-il ? « Si je ne suis pas leur père, gémit-il, secoué de sanglots, qu'est-ce que je suis, bordel ? »

Quelqu'un tapotait contre sa vitre. Will s'essuya les yeux et releva la tête.

« Ça va, là-dedans ? » C'était l'infirmier joufflu.

« Tout va bien, répondit Will en abaissant la vitre.

— Vous êtes sûr ?

— Oui, oui.

— Bon, gardez le moral, hein ? » dit l'infirmier.

Will remonta la vitre tandis que l'homme s'éloignait en direction de l'ascenseur. Puis il sortit son portable de sa poche. « Georgie ?

— Salut papa. Comment ça s'est passé ?

— Oh, très bien. Rien à signaler pour le moment. Je me demandais si Cynthia t'avait laissé son adresse, lors de son passage.

— Hum, pas vraiment. Elle m'a dit qu'elle vivait dans un foyer d'hébergement à Govanhill, mais je crois que depuis, on lui a attribué un logement social. Pourquoi ? Il y a un problème ? Tu n'as vraiment rien appris de nouveau ?

— Non, rien. Tout baigne, ma chérie. À très bientôt.

— Pa... »

Il ne lui laissa pas le temps de le questionner davantage.

Il n'y avait qu'un seul foyer pour femmes SDF à Govanhill. Will se gara devant l'immeuble trente minutes plus tard.

« Je cherche Cynthia Marion, déclara-t-il au préposé à l'accueil, un homme entre deux âges à la mine revêche.

— Elle n'est plus ici. On lui a attribué un logement, grommela ce grossier personnage, sans même prendre la peine de regarder Will.

— Savez-vous où ?

— Ça ne vous regarde pas. »

Will empoigna l'homme par le col, le tira vers lui et vociféra : « Putain, dis-moi où elle est, espèce de gros con ! »

L'appartement, de fait, se trouvait tout près du foyer, juste au coin de la rue. L'entrée de l'immeuble ne comportait pas de code d'accès, et Will pénétra directement dans le hall, dont les murs étaient couverts de graffitis et le sol jonché de détritus nauséabonds. La seule porte portant un nom était située au premier étage. Will frappa, puis écouta. Aucun bruit tout d'abord, puis un grognement, des pas, une porte qui se ferme, ou qui s'ouvre, un autre grognement, et... « Will ? C'est toi ! »

Elle était tellement pétée qu'elle tenait à peine debout. Elle avait du mal à articuler et ses yeux paraissaient refuser de rester ouverts. Will l'attrapa par le bras et l'emmena dans le séjour. C'était un vrai repaire de camé, un taudis. Pas de tapis. Pas de chauffage. Partout, sur le sol, des cochonneries, des mégots, et tout l'attirail du drogué.

Il la fit asseoir sur le sofa, alla dans la cuisine, remplit un verre d'eau, revint dans le séjour et lui jeta le liquide à la figure.

« Qu'est-ce que… ? » Elle ne put même pas terminer sa phrase. Cédant à une torpeur irrépressible, elle voulut s'étendre, mais Will l'en empêcha. Il s'assit à côté d'elle et lui passa un bras autour des épaules.

« Tu le savais depuis le début, que je n'étais pas leur père ? »

Un éclair de panique passa dans ses yeux à demi clos.

« Oh Will ! Will Will Will… Qu'est-ce que tu as dit ?

— Les filles ne sont pas de moi. »

La tête de Cynthia s'affaissa vers sa poitrine. Elle la redressa en sursaut une seconde plus tard, en entendant ces mots. « C'est vrai ? Waouh. Tu sais, je me demandais aussi…

— C'est Heath, le père ?

— Bien entendu. C'est mon homme, Will. Willy Willy. Tu peux me filer dix livres ?

— Non, Cynthia.

— Je te ferai une pipe. Tu en auras pour ton fric. » Sa tête retomba. Cette fois, il lui fallut le double de temps pour la redresser et, quand il y parvint, ses yeux étaient fermés. Will retira son bras, la coucha sur le sofa, étendit sur elle une couverture et s'en alla

47

WILL DEVAIT ATTENDRE JUSQU'AU LENDEMAIN pour rendre visite à Heath et il décida qu'il ne reverrait pas les filles avant de l'avoir rencontré. Comment l'aurait-il pu ? Elles comprendraient immédiatement que les nouvelles n'étaient pas bonnes. Même si elles ne pouvaient pas savoir à quel point elles étaient catastrophiques, il ne se sentait pas capable de leur faire face. Non, il devait d'abord parler à Heath Jones.

« Salut, vous deux, dit-il dans le répondeur, sachant fort bien qu'elles étaient à l'hôpital pour leur séance de dialyse. Je ne rentrerai pas à la maison ce soir. Il y a de la soupe dans le frigo. J'espère que tout va bien. Moi ça va, je vais simplement voir Si à Édimbourg. J'ai envie de passer une soirée entre mecs, pour changer ! »

Il n'alla pas à Édimbourg. Il prit une chambre au Hilton du centre-ville, s'assit sur le lit à deux places, descendit une demi-bouteille de whisky et sombra dans l'inconscience.

Il n'avait rien mangé depuis vingt-quatre heures quand il arriva dans la salle des visites de la prison, le lendemain matin, les mains tremblantes, les yeux rouges et irrités d'avoir pleuré. Il posa ses poings serrés sur la table devant lui et attendit que le père de ses filles fasse son apparition.

« Tiens, tiens, regardez donc qui est là, dit Heath en s'asseyant en face de lui. La tapette. »

Will se pencha vers lui et s'adressa à lui de ce ton sévère auquel il avait pris goût après l'avoir utilisé pour la première fois avec le connard du foyer d'hébergement. « Tu n'es qu'un zéro, une merde, Heath Jones, et je te hais. Jusqu'à hier, le monde était un lieu beaucoup plus agréable sans toi et j'aurais aimé que tu restes enfermé ici le reste de ta vie. Mais les choses ont changé. Aujourd'hui, tu peux enfin servir à quelque chose. Écoute bien ce que je vais dire... Tu m'écoutes ? Tu m'avais fait une faveur, je vais te rendre la pareille. »

Heath, médusé par le changement survenu chez « la tapette », murmura : « Comme tu voudras.

— Tu es le père de mes filles, Georgie et Kay. Tu as les mêmes gènes. Et tu as la possibilité de sauver l'une d'elles. »

Heath éclata de rire. « Ça alors, c'est la meilleure !

— Je te propose un marché.

— Ah ouais ?

— Ouais. Je vais t'aider à convaincre les membres du comité de probation de te laisser sortir. Bon Dieu, je vais les faire chialer, en leur expliquant à quel point tu as changé et tu es devenu altruiste.

— Et...

— Quelques tests à passer, une opération, deux ou trois jours de repos à l'hôpital. C'est tout. »

Hmm. Heath se mordilla l'ongle du pouce. Il imagina sa première nuit de liberté – l'hédonisme pur et simple. Il imagina ses retrouvailles avec Cynthia. Il imagina une autre année dans ce trou à rats. « Tu as un stylo ? »

Will lui donna le stylo et commença à lui dicter la lettre qu'il avait rédigée dans sa tête, en veillant à ce qu'elle n'ait pas l'air d'avoir été écrite par quelqu'un doté d'une moitié de cerveau.

À QUI DE DROIT

Je viens d'apprendre que je suis père de deux filles. J'ignorais jusqu'à aujourd'hui qu'elles étaient de moi et je suis fou de joie. Ce sont des jumelles. Elles sont âgées de seize ans. Elles ont toute la vie devant elles, mais elles sont gravement malades. Toutes deux vont mourir d'une maladie rénale si je ne leur viens pas en aide. Je veux les aider pour compenser tout le mal que j'ai fait. Je veux donner un de mes reins à Kay, parce que c'est la plus malade. C'est une enfant adorable. L'homme qui les a élevées s'appelle Will Marion. Il est venu me voir et m'a appris la nouvelle. Je me rends compte à présent que j'ai des responsabilités – et que je veux les assumer. Je veux sauver Kay, mais, par-dessus tout, je veux être enfin un père pour mes deux filles. Cela me donne un but, une raison de vivre, de rester clean et de respecter la loi. Je me suis bien conduit cette année. Je commence à devenir vieux. Je souhaite changer de vie. Devenir quelqu'un de bien. Me racheter. Je vais passer immédiatement des tests de compatibilité. Je vais également m'inscrire sur le registre des donneurs d'organes dès que j'aurai terminé cette lettre, au cas où il m'arriverait quelque chose avant que j'aie eu la possibilité de les donner de mon vivant. Si vous me libérez, je serai hospitalisé pendant un certain temps et ne pourrai donc commettre aucun délit. De toute façon, je n'en ai plus aucune envie, maintenant que je suis père.

HEATH JONES

Will lui prit la lettre dès qu'elle fut finie et la plia soigneusement. « Nous allons apporter ça tout de suite à la directrice. Elle a accepté de nous recevoir dans son bureau pour que nous puissions organiser les tests médicaux et t'inscrire en ligne sur le registre national des donneurs. »

L'expression de Heath trahit une certaine irritation. Mais reprenant bien vite son air de feinte docilité, il répondit : « Très bien. Allons-y. »

Will avait effectivement tout mis au point avec la directrice de l'établissement. Il lui avait téléphoné avant la visite pour lui exposer la situation et demander si Heath pouvait passer les tests de compatibilité dès maintenant. Il avait également fait valoir que les prisons étaient des endroits dangereux. « S'il lui arrivait quoi que ce soit, il faut absolument qu'il ait exprimé la volonté de donner ses organes. » La directrice, dont la vieille mère était sous dialyse, lui avait témoigné toute sa sympathie et accordé cette visite de dernière minute. Elle avait déjà fait le nécessaire pour que le médecin de la prison s'occupe des prélèvements, et elle savait comment procéder pour l'inscription en ligne. « Bien sûr, il nous faut d'abord le consentement de Jones, avait-elle déclaré.

— Bien sûr. »

Dans le bureau de la directrice, Will aida Heath à accomplir les formalités sur le site Internet. Le voyou s'efforçait d'avoir l'air aussi angélique que possible devant cette femme qui pouvait favoriser sa libération, il fit même semblant d'essuyer une larme en parlant de sa toute nouvelle paternité. Quand ils eurent terminé, il demanda à Will s'il pourrait lui donner une photo des filles.

Will n'en avait pas la moindre envie, mais il se dit que la vue de leurs beaux visages pourrait peut-être susciter en Heath un vague sentiment, l'inciter à tenir parole. « Tu peux prendre celle-là », dit-il en lui tendant une photo des filles sur une plage de l'île d'Arran. Elles se tenaient au bord de l'eau, pieds nus, le bas de leur jean retroussé, enlacées par la taille, souriant de toutes leurs dents.

Hmm, songea Will en jetant un dernier regard sur le cliché, Georgie sourit bel et bien, là-dessus.

« Quand le comité doit-il se réunir ? demanda-t-il à la directrice.

— Demain.

— Et s'il obtient sa remise en liberté ?

— Ça dépend de nous et des services sociaux. Si tout est en place, si toutes les conditions requises sont remplies, c'est-à-dire un logement convenable, un suivi psychologique pour ne pas retomber dans la toxicomanie, apprendre à gérer sa colère, et tout ce que le tribunal d'application des peines et les travailleurs sociaux estimeront nécessaire, alors il pourrait sortir immédiatement. Ce que je vais faire, c'est m'assurer que toutes les dispositions ont été prises. Si c'est le cas, je demanderai que l'autorisation soit délivrée sur-le-champ. Étant donné l'urgence de la situation, je veillerai à ce que ce soit fait dans les plus brefs délais. Bien entendu, vous ne devez pas non plus trop espérer. C'est au tribunal qu'appartient la décision. Comme vous le savez, Heath, à la première infraction, vous seriez aussitôt remis en détention.

— Bien sûr, je comprends. » Heath avait toujours les yeux rivés sur la photo. Will eut envie de lui flanquer un coup de poing en pleine figure. Comment osait-il regarder ses filles ?

« Dans ce cas, Heath, si tu obtiens ta libération demain et qu'on t'autorise à sortir le jour même, puis-je venir te chercher ? s'enquit-il.

— Oh, allez, accorde-moi une nuit avec ma nana.

— Bon. Une nuit. Ensuite, tu viendras à la maison. Tu connais l'adresse, tu nous rendais souvent visite, il y a un peu plus de seize ans. Viens aux environs de midi. »

48

LE TRIBUNAL ÉTAIT COMPOSÉ DE TROIS MEMBRES du comité de probation et d'un président. Trois d'entre eux connaissaient bien Heath, car il avait accompli depuis plusieurs années la partie incompressible de sa peine et, depuis, avait constamment échoué à produire sur eux une impression favorable. Les rapports à son sujet, de même que ses lettres et son comportement, étaient notoirement insatisfaisants. Cependant, après avoir lu le dossier établi par les services sociaux et les autorités pénitentiaires, les membres du comité étaient disposés à examiner sa demande d'un autre œil, cette fois-ci. Ils en avaient, en fait, longuement discuté entre eux avant sa comparution. Il avait suivi tous les cours et les formations proposés aux détenus, depuis le stage de sensibilisation aux victimes jusqu'au programme de soutien psychologique aux anciens toxicomanes, en passant par la coiffure et la gestion de la colère. Il avait subi avec succès un test de dépistage de stupéfiants, travaillé dans l'atelier de menuiserie et à la blanchisserie. Il avait même joué un petit rôle dans une pièce représentée dans la chapelle. Mais ce fut surtout sa lettre qui motiva leur décision.

« Vous allez donner votre rein ? » demanda la plus jeune des deux femmes. Elle avait dans les cinquante-cinq ans et l'air très collet monté.

« Oui. Je suis cent pour cent compatible, d'après le toubib. J'ai ici une lettre d'un certain Dr Jamieson où c'est écrit noir sur blanc. Vous voulez la voir ? Elle est arrivée il y a tout juste une heure. »

À tour de rôle, les quatre membres du comité lurent la lettre rédigée par le Dr Jamieson le matin même, dans laquelle il indiquait pour l'essentiel que les groupes sanguin et tissulaire de Heath étaient parfaitement compatibles avec ceux de ses filles. D'autres tests seraient nécessaires pour vérifier son état de santé général et son équilibre psychologique, mais tout se présentait de manière extrêmement positive.

« Donc, je voudrais que ça se fasse le plus rapidement possible. J'ai deux filles dont j'ignorais l'existence jusqu'à hier. Qu'est-ce que vous en dites, hein ? J'étais là, à penser que j'étais totalement inutile, que le monde irait mieux sans moi, et tout à coup je découvre que je suis papa et que mes enfants ont besoin de moi, que c'est une question de vie ou de mort, même. Je dois rattraper le temps perdu, me conduire en père. Sauver une vie. Et bien sûr, aider, euh… celle qui devra attendre un autre rein… »

Il avait oublié son prénom. Heureusement, aucun de ses juges ne le remarqua.

« Les pauvres petites, ajouta-t-il.

— Et le travailleur social couvrant le secteur de Govanhill a jugé votre nouveau logement tout à fait convenable », déclara l'autre femme. Elle avait dans les soixante-dix ans, des cheveux très courts teints en brun et pas de sourcils.

« C'est exact. » Heath se demandait encore comment Cynthia avait réussi à se tenir debout durant l'inspection de l'appartement. « Nous allons nous marier, ma copine et moi. »

Le troisième membre du comité, un ancien flic, prit alors la parole. Heath savait qu'il avait été flic parce qu'ils s'étaient castagnés à deux reprises, à une année d'intervalle environ. Le flic n'avait pas eu le dessus. « Nous aimerions ajouter certaines conditions à votre libération.

— Bien sûr, acquiesça Heath, en essayant de dire avec ses yeux : *Pardon de vous avoir cassé le nez.*

— La première, c'est que vous soyez suivi par le psychologue que vous indiquera votre conseiller en réinsertion, pour ne pas retomber dans votre dépendance aux stupéfiants et apprendre à gérer votre colère. La deuxième, que vous recherchiez un travail ou une formation, toujours avec l'aide de votre conseiller.

— Excellent, rétorqua Heath. Dès que je serai rétabli, j'aimerais trouver un boulot. Pour pouvoir offrir des cadeaux à mes filles. Organiser un beau mariage. »

Le vote fut rendu à l'unanimité.

Les procédures furent expédiées en quatrième vitesse.

Heath serait libéré le lendemain.

49

J'AVAIS APPORTÉ UN MOT. C'était un très joli mot. Alfred l'aurait apprécié. Mais il ne lui était pas destiné. Le mot commençait ainsi :

Preston,

À neuf heures du matin, je me suis réveillée et suis allée à la salle de bains. Je me suis brossé les dents pendant deux minutes en me servant d'un sablier. Je me suis mise sous la douche. J'en suis sortie. Je me suis séchée. Je me suis habillée dans ma chambre. Je suis descendue. J'ai pris mon petit déjeuner, des corn-flakes aux noix croustillantes et un verre d'eau. J'ai regardé les infos télévisées dans le séjour pendant dix minutes. J'ai appelé la prison sur le téléphone de l'entrée, demandé à venir te voir, et je suis allée à l'arrêt de bus…

La lettre était longue de trois pages. J'ai continué à écrire dans le bus et je l'ai terminée dans le hall de la prison. Est-ce que ça suffirait ? Si je lui en envoyais une chaque jour, pour lui décrire ce qu'il aurait vu s'il m'avait observée, est-ce que ça l'intéresserait ? Est-ce qu'il la lirait et la relirait sans fin ? Cette lettre ne comporterait pas de messages secrets, comme ceux que, dans mon imagination, ma mère avait pu envoyer à Heath, mais elle symbolisait le genre d'amour auquel j'avais toujours aspiré. Un amour difficile, qui impliquait beaucoup de souffrance et de sacrifices. Preston serait-il l'amour de ma vie ? Je le saurais dès que je le verrais lire ma lettre. Si la réponse était oui, je me foutrais pas mal que papa ait passé les tests avec succès, que Kay hérite de la marchandise et que je doive continuer à attendre, que je survive ou pas.

J'ai donné ma carte d'identité au type efféminé et à la gardienne hommasse du bureau d'accueil, j'ai rangé mon sac à main dans le casier et, escortée par une femme en uniforme qui mesurait un mètre quatre-vingts et aurait pu être top model, j'ai gravi l'escalier et pénétré dans la salle des visites.

Oh, Preston. Pourquoi avait-il la moitié de la tête rasée ? Sans ses lunettes de soleil, sa chevelure complète et rien pour le dissimuler, je ne le reconnaissais pas.

« Comment ça va ? je lui ai demandé en m'asseyant en face de lui. Je t'ai apporté une lettre. »

Preston se comportait de façon extrêmement bizarre, comme s'il avait deux langues dans la bouche. Bon sang, qu'est-ce qui clochait chez ce mec ? Il a tendu la main et pris l'enveloppe. J'ai attendu qu'il dise quelque chose ou qu'il ouvre la lettre. Mais il a continué à contempler un jeune détenu assis à la table près de la porte. Il ne pouvait pas en détacher ses yeux.

« Eh bien, ouvre-la », l'ai-je encouragé, et il s'est exécuté. Il y a jeté un rapide coup d'œil – un dixième de seconde grand max – et l'a reposée.

« Qui est donc ce type que tu n'arrêtes pas de reluquer ? »

Il pouvait à peine parler. Il était arrivé quelque chose à sa bouche et à sa gorge. « Il s'appelle Jason McVie », a-t-il marmonné avec difficulté, toujours sans me regarder.

Qu'est-ce que je m'étais imaginé ? Qui était ce type ?

« Jason McVie. » Il n'avait pas besoin de le répéter. Une seule fois me suffisait pour comprendre qu'il n'était pas l'amour de ma vie. Il m'avait déjà remplacée par un jeune détenu plus accessible. Ce n'était qu'un mignon petit obsédé avec une bouche zarbi.

Je suis restée un instant silencieuse, ai soupiré, repris ma lettre et l'ai fourrée dans ma poche.

« Je ne tomberai jamais amoureuse de toi, Preston », ai-je déclaré.

50

HEATH FUT LIBÉRÉ À ONZE HEURES DU MATIN. On lui remit son pécule et ses effets personnels et on l'escorta jusqu'à la porte.

Chaque fois qu'il sortait, Heath s'offrait une nuit de bamboche avant de rentrer à la maison auprès de bobonne. Il se passait toujours des tas de trucs, ces nuits-là. Des trucs chouettes. Des trucs marrants. Des trucs auxquels il avait rêvé sur la couchette de sa cellule pendant Dieu sait combien de mois ou d'années. Cette fois, quelque chose d'inédit l'attendait : ses retrouvailles avec ses filles constitueraient le premier chapitre de cette soirée. Cette idée l'emballait tellement qu'il descendit l'allée en courant presque et se rua chez le marchand de spiritueux pour fêter l'événement.

Sa bouteille de whisky à la main, Heath prit le bus à destination du centre-ville en compagnie de trois autres détenus nouvellement libérés. Il attrapa ensuite un autre bus, pour un trajet d'une quarantaine de minutes. Quand il arriva devant la résidence des Marion, sa bouteille de whisky était vide.

Il était là depuis moins d'une minute quand une jeune fille sortit de la maison, ses clés et son sac à la main. C'était donc là l'une de ses filles, il ignorait laquelle. Hmm, se dit-il. Où allait-elle ? Il pressa l'allure pour la rattraper. Il n'était plus qu'à un pas derrière elle à présent, ce qui incita la fille à tourner la tête. Elle le dévisagea, puis se détourna. Elle ne savait absolument pas qui il était.

Il se posta à côté d'elle à l'arrêt de bus et la dévisagea à son tour. Alors, voilà ce qu'il pouvait faire de son sperme excellentissime ! Pas mal. Un peu triste et maladive, mais pas mal quand même. Il en avait probablement au moins cinq autres quelque part dans le pays. Il se demanda s'ils avaient tous les cheveux blonds et – sans vouloir se vanter – un physique parfait.

Dans le bus, il s'assit derrière elle. C'était une drôle de fille, elle regardait fixement devant elle, les yeux perdus dans le vide. Quand elle descendit en plein centre-ville, il la suivit.

Elle entra dans un bar de Merchant City. Ah, la deuxième était là aussi. La même, mais en plus jolie, l'air plus doux. Elles s'installèrent à une table dans un coin et commandèrent deux vodkas tonics.

« Tu as eu des nouvelles de papa ? » demanda la jolie.

Papa. Ce mot lui fit chaud au cœur, bien plus qu'il ne s'y serait attendu. Il était papa ! *Leur* papa. Ces jeunes filles si intéressantes étaient ses filles. Il sourit en portant son demi à ses lèvres.

« Non. Je n'arrive pas à le joindre, répondit l'autre. Cette attente est insupportable, hein ? Ça doit être un vrai cauchemar pour toi. »

« J'ai cru que j'allais tomber amoureuse aujourd'hui, reprit la triste, un instant plus tard.

— De qui ?

— De ce type, le détective. Il me suivait partout. Il est en prison, maintenant. Je lui ai rendu visite, en début de matinée.

— Pourquoi est-il en prison ?

— Il a poignardé un dealer.

— L'amoureux idéal, quoi. G, pour l'amour de Dieu !

— Je sais. J'ai dû perdre la tête. Mais il m'intriguait, avec son air insaisissable. Et il semblait faire une fixation sur moi. Personne n'avait jamais fait de fixation sur moi. Ça flattait mon ego. Qu'est-ce que je suis donc, pour avoir envie d'être suivie par une espèce de malade !

— Comment veux-tu qu'on ne devienne pas cinglées, hein ? Dieu sait que nous avons grand besoin de distractions. »

Ainsi, la tristounette était Georgie, se dit Heath. Son rein était destiné à la jolie, Kay. Qu'allaient-elles penser de lui ? se demanda-t-il. Est-ce qu'elles l'aimeraient ? Lui offriraient-elles des cadeaux pour la fête des Pères ?

« Oui, c'est vrai, répondit Georgie.

— Que va-t-il se passer, à ton avis ? » s'enquit Kay.

Georgie lui prit la main, la regarda dans les yeux et dit : « À mon avis, le rein de papa sera impec et tu seras comme neuve, et moi aussi j'en aurai un bientôt et nous irons en vacances à Arran pour fêter ça !

— À Arran ? Je croyais que tu détestais Arran.

— Je le croyais aussi...

— Excusez-moi, se surprit à les interrompre Heath en se dirigeant maladroitement vers leur table, j'ai entendu votre conversation malgré moi. Vous aimez Arran. J'ai un cousin germain qui habite là-bas.

— Désolée, mais il s'agit d'une conversation privée, rétorqua Georgie, le regard dur.

— C'est juste. » Pour la première fois depuis que ce procureur avait déclaré qu'il possédait une intelligence au-dessous de la moyenne, Heath se sentit stupide. Comment ces filles avaient-elles réussi à lui donner ce sentiment ? Il sentit ses joues s'empourprer tandis qu'il murmurait : « Pas de problème » et regagnait sa place.

« J'ai un aveu à te faire », reprit Georgie à l'adresse de Kay.

Elles n'avaient même pas sourcillé quand il s'était éloigné. Même pas eu la décence de se montrer polies. Et tout ce qu'il voulait, c'était apprendre à les connaître un peu mieux, avant de risquer sa vie pour l'une d'elles.

« Lequel ? demanda Kay.

— J'ai invité Graham à boire un verre. »

Kay parut d'abord horrifiée, puis terrifiée, puis réjouie.

« Il serait grand temps que vous vous mettiez ensemble. Ça fait combien d'années que tu le fais poireauter ? Regarde, le voilà. »

Un garçon d'environ dix-sept ans s'avançait vers leur table. Un peu ringard, avec un joli minois – exactement le genre de minois dont Heath prenait plaisir à effacer la joliesse à grands coups de poing.

Heath, un peu ivre à présent et fâché d'avoir été si froidement rembarré, les écouta discuter orchestres et bâilla d'ennui. Qu'elles étaient chiantes, ces pétasses ! Comment avait-il pu engendrer des pétasses aussi chiantes ? Chiantes et cruelles. Finalement, Kay et son petit ami sourirent, se levèrent et sortirent. Avant qu'ils ne disparaissent au bout de la rue, Heath et Georgie les virent entrelacer leurs doigts. Georgie la tristounette sourit.

« Un verre ? lui proposa Heath, en s'approchant de nouveau de sa table.

— Non merci », répondit-elle. Elle n'avait toujours pas la moindre idée de son identité. Ne l'avait-elle pas vu à la télé ou dans les journaux, au moment de son arrestation ? Peut-être pas. Il avait pris douze kilos depuis, et il avait vieilli. Il n'était plus tout à fait le même, mais avait-il changé à ce point ? Il était encore séduisant, non ?

« Oh, allez, rien qu'un verre. Votre conversation privée est terminée à présent, n'est-ce pas ? Nous pourrions bavarder un peu.

— Casse-toi, tu veux ? répliqua-t-elle d'un ton sec.

— Qu'est-ce que tu as dit ? » s'écria Heath, en dardant sur elle un regard furibond. C'était la dernière chance qu'il lui accordait. De sa réponse dépendrait le sort de sa sœur.

« J'ai dit : casse-toi, tu veux. Et je te le répète. Casse-toi. Tu pues et tu es un sale type. »

Heath sourit, puis se mit carrément à rire. Penser qu'il s'était mis en tête d'aider ces connasses ! (Mais en avait-il vraiment eu l'intention ?) Qu'avaient-elles donc de spécial ? Pourquoi devrait-il s'attacher davantage à elles qu'à tous les autres issus de son sperme ?

« Qu'est-ce qui te fait rire, espèce de taré ?

— Ta sœur va être furieuse contre toi.

— Quoi ?

— Tu viens juste de sceller son destin. »

Georgie lui adressa un grognement hargneux et partit en hâte. Elle devait sans doute penser qu'il allait la tuer sur place, là, tout de suite, alors qu'il allait en fait tuer sa sœur, mais d'une manière indirecte, pas ici, pas tout de suite.

Bon, et maintenant ? Ça faisait un bout de temps qu'il ne s'était pas offert une bonne agression.

Trois bières plus tard, il avait trouvé sa victime. Un beau gosse qui se croyait drôle. Il était entouré de trois filles qui riaient aux éclats, et il ne se rendait pas compte que c'était uniquement parce qu'il leur payait à boire avec son bel argent. Heath le suivit dans les toilettes. Rien de trop compliqué, se dit-il. Juste un simple :

Coup de poing dans la gueule

Coup de pied dans les couilles

Coup de poing dans la gueule

Coup de pied dans les tibias

Et une pluie de coups de pied sur le corps étendu par terre.

Joli portefeuille. Joli et bien garni, beau gosse. On va voir si tu plais toujours à ces filles, à présent.

Heath prit le portefeuille et sortit du bar, rayonnant de plaisir. Cette nuit serait sa dernière au Royaume-Uni. Demain, il devrait quitter le pays, avec Cynthia, bien entendu. Et dans l'immédiat ?

Soit les prostituées sur Glasgow Green étaient devenues plus vieilles et plus moches, soit il avait oublié à quel point cette ville était nulle. Il loua les services de deux d'entre elles avec une partie du fric du beau gosse, les emmena dans une chambre d'hôtel minable et ordonna :

Toi, mets-toi debout au-dessus de moi.

L'autre, tu prends ça dans ta bouche.

Maintenant, assieds-toi.

Penche-toi.

Lèche.

Maintenant, couchez-vous là, salopes.

Il éprouvait une nette impression de soulagement au niveau des couilles. Il se sentait bien. La seule chose qui pouvait lui procurer encore plus de bonheur, c'était l'amour de sa vie, sa future épouse, qui lui procurerait aussi de l'héroïne.

Ah.

La nuit se passait bien. Heath allait pouvoir s'éclater pour de bon, à présent. Il n'avait pas à se préoccuper de cette stupide promesse qu'il avait faite à la tapette et au comité de probation. Il prit un taxi jusqu'à Govanhill, longea le couloir merdique et arriva devant l'appartement tout aussi merdique qu'elle avait dégoté en vue de sa libération.

La porte n'était pas fermée à clé. Il s'avança dans l'entrée, pénétra dans le salon et la vit. L'amour de sa vie. L'excitante, la dangereuse Cynthia.

« Qu'est-ce que t'as fabriqué, bordel ? » s'exclama-t-il. Elle était vautrée sur le canapé, vêtue d'un tee-shirt et d'un vieux slip grisâtre.

« Heath ! s'écria-t-elle. Viens là ! »

Il s'assit à côté d'elle. Bon Dieu, s'il devait compter sur elle pour gagner leur croûte, ils étaient mal barrés. Il serait certainement obligé de casser les prix.

« Tu as de la dope ?

— Oui, enfin, j'en avais. J'en avais, mon chéri. Mais pourquoi as-tu mis si longtemps à venir ? Où étais-tu ? »

Cette garce s'était envoyé toute la came.

« Tu as tout pris ?

— Je suis désolée, chéri. Non, je ne l'ai pas prise. C'est Will qui me l'a chourée. Où étais-tu ?

— Will te l'a chourée ?

— Oui, il est passé ce matin, et il l'a emportée. Il m'a dit de te dire que c'était sa police d'assurance.

— Ouvre les yeux, dit-il en lui empoignant le menton pour lui redresser la tête. Ouvre les yeux, bordel de merde. Comment peux-tu être désolée, avec les yeux fermés ? »

Elle fit un gros effort et ils s'entrouvrirent un peu.

« Je t'avais demandé une chose. Une seule chose ! » Il laissa brutalement retomber la tête de Cynthia, se leva, ôta sa ceinture et se mit à lui en administrer des coups vigoureux, si bien qu'à la fin elle avait l'air beaucoup plus désolée.

51

WILL APPELA LA DIRECTRICE DE LA PRISON et apprit que Heath avait été libéré le jour même. Ils se verraient donc le lendemain. En attendant, il préféra éviter les filles et resta dans sa chambre d'hôtel, à méditer. Il leur téléphona afin qu'elles ne s'inquiètent pas. Leur dit que le résultat des tests n'était toujours pas arrivé, qu'il n'y avait rien de neuf, et qu'il allait séjourner encore un moment chez Si pour décompresser un peu. Elles parurent contentes pour lui. « Amuse-toi bien ! dit Georgie. On va essayer d'en faire autant. Aujourd'hui, on fera un tour en ville. Et demain, on ira à la plage. »

Profitant de leur absence, Will alla chez Cynthia et s'empara de l'héroïne qu'elle avait achetée pour Heath, s'assurant ainsi que celui-ci ne manquerait pas de venir chez lui comme prévu. Ensuite, il se glissa subrepticement chez lui et farfouilla dans une boîte de vieilles cassettes jusqu'à ce qu'il trouve celle que Cynthia lui avait envoyée autrefois. Dans le grenier, il dénicha le vieux magnétoscope et l'emporta également. De retour dans sa chambre d'hôtel, un verre de vin à la main, il se passa la cassette.

La porte de la salle de bains est ouverte. Will vient de se lever et il est en train de pisser. Gros plan sur son postérieur légèrement velu. Suivant son habitude, il lâche un pet, en interrompant à peine le jet.

Il zappe d'une chaîne à l'autre. Les bébés pleurent, mais il n'a pas l'air d'y faire attention…

Il dit : « Salut, ma toute belle !

— Qu'est-ce que tu aimes en moi ? demande-t-elle derrière l'objectif.

— Euh… tout, répond-il.

— Non, quoi exactement, en particulier ? reprend-elle.

— Toi tout entière. Tu es géniale », dit-il.

Il baisse le volume de la musique, le remonte un peu, le rebaisse.

Il lit la page culturelle du journal, hoche la tête en signe d'approbation, puis la secoue d'un air mécontent…

Il dit : « Salut, ma toute belle.

— Parle-moi. Dis-moi quelque chose.

— Euh… De quoi as-tu envie de parler ? Qu'est-ce que tu aimerais que je te dise ? »…

…

De nouveau lui en train de péter, debout devant la cuvette des W.-C.

…

De nouveau lui en train de zapper…

Combien de fois regarda-t-il le film ? Une dizaine ? C'était déjà le matin quand il se dit qu'il ferait peut-être mieux d'arrêter. Déjà le matin quand il prit conscience qu'il n'était plus cet homme indécis, ce mollusque craintif et malléable.

Le matin. Les filles avaient dit qu'elles iraient à la plage, aujourd'hui.

Il était temps de s'habiller.

Et de passer à l'action.

52

KAY ET MOI, nous étions censées retrouver Graham à la gare pour nous rendre à Largs et passer la journée au grand air, loin des hôpitaux. Quelques instants après avoir quitté la maison, je me suis aperçue que j'avais oublié mon portable – celui qui était réservé aux appels du service des greffes. « Je fonce le chercher. On se retrouve là-bas. Je t'appellerai quand je serai dans le train », ai-je dit à ma sœur.

J'ai su que quelque chose clochait dès que j'ai ouvert la porte. Un bruit en provenance du bureau. Notre courrier éparpillé sur le sol, dans l'entrée. Papa était à Édimbourg avec Si. Kay était en route vers la gare.

Un intrus était entré dans la maison.

Sans faire de bruit, je suis allée dans la cuisine et j'ai sorti le plus grand des couteaux à découper de son bloc en bois. Dans le couloir, j'ai cherché le téléphone : la base était bien là, mais pas le combiné. Où diable était-il passé ? Je me suis dirigée vers le bureau sur la pointe des pieds.

La porte était entrouverte. J'ai jeté un coup d'œil par l'interstice. L'homme qui m'avait abordée hier au pub était en train de fouiller dans les papiers de mon père.

J'ai ouvert la porte.

« Qui êtes-vous ? »

Le colosse s'est retourné et m'a fait un large sourire. « Oh, salut. Georgie, c'est bien ça ?

— Qui êtes-vous, bordel ? Et que faites-vous chez moi ? »

Il s'est avancé vers moi, pas effrayé le moins du monde par le couteau que je brandissais. « Allons, allons, donne-moi ça », a-t-il dit.

J'ai resserré mes doigts autour du manche. « Sortez immédiatement d'ici ou je vous plante. »

Il a continué d'avancer jusqu'à ce que sa poitrine effleure la pointe du couteau. « Tu veux savoir qui je suis ?

— Je veux que vous partiez, sinon je vous enfonce cette lame dans le cœur.

— Je m'appelle Heath Jones. Et mon cœur se trouve de l'autre côté. »

J'ai desserré les doigts. Et déplacé le couteau vers la droite. Heath Jones. L'amant de ma mère. Bien sûr. Sous ce visage empâté, j'ai reconnu le tueur impitoyable dont j'avais vu la photo dans le journal.

« Que voulez-vous ?

— Je suis venu chercher un truc qui m'appartient.

— Quel truc ?

— De l'héroïne. De la drogue. L'autre pédale l'a volée à ta mère. Elle m'appartient. »

Je me suis dirigée vers le classeur et ai cherché à U comme urgence. J'ai saisi l'enveloppe contenant les fonds de secours et la lui ai tendue en disant : « Je n'ai pas de drogue. Voici tout l'argent qu'il y a dans la maison. Prenez-le et allez-vous-en. »

Il a mis l'enveloppe dans sa poche mais, au lieu de s'en aller, il s'est avancé de nouveau vers moi en souriant.

« Je vous ai dit de foutre le camp !

— Allons, allons, pas besoin d'être aussi désagréable. Pourquoi as-tu aussi mauvais caractère ? Ça doit venir de ta mère.

— Sortez ! » ai-je hurlé, mais ma prise sur le couteau s'est relâchée une fois de plus. Mes mains étaient moites de sueur. J'ai promené mon regard autour de la pièce. Où était le téléphone ? je devais appeler les urgences tout de suite.

« Tu veux que je te dise qui je suis, qui je suis réellement ?

— Je m'en contrefous. Tout ce que je veux, c'est que vous dégagiez. TOUT DE SUITE !

— Je suis ton papa, Georgie. Tu veux embrasser papa ?

— Sortez, ai-je répété, sans écouter ses divagations.

— Je n'en ai pas l'intention », a-t-il dit, en s'emparant du couteau si rapidement que j'eus à peine le temps de m'en rendre compte, avant de me plaquer contre le mur. La lame était à présent pointée vers ma poitrine. Son bras me comprimait la gorge. Je ne pouvais plus respirer. Je lui ai donné un coup de pied, aussi fort que j'ai pu, mais il n'a pas eu l'air de le sentir. Je lui ai tiré les cheveux. Sans que cela lui fasse davantage d'effet. De toute façon, j'étais à bout de forces. Mon cerveau ne transmettait plus de messages à mes membres. Mes yeux me sortaient de la tête. Il y a plongé les siens. Ce qu'il y a vu a paru lui plaire.

« C'est la vérité. C'est marrant, non ? Je suis ton père.

— Quelle connerie ! » Ma réponse fut pratiquement inaudible. Seigneur, il était en train de me tuer. J'allais mourir. Tout est devenu flou dans la pièce. J'ai réussi à lui flanquer un autre coup de pied, en plein dans les couilles. Il a grimacé légèrement, mais sans plus.

« C'est vrai, ma petite Georgie. Je viens juste de le découvrir, et je suis ravi. Je suis ton papa !

— Connerie ! ai-je répété dans un râle, consciente que ce serait mon tout dernier mot.

— C'est vrai », ai-je encore entendu, tandis que tout commençait à s'assombrir autour de moi. Mais ces deux mots n'avaient pas été prononcés par l'homme qui était en train de me tuer.

Ils sortaient de la bouche de celui qui venait d'apparaître sur le seuil.

Mon *vrai* père.

Will Marion.

53

DE TOUTE SA VIE, Will n'avait jamais rien fait de mal, à part dresser cette liste de « pour » et de « contre » dans son carnet, en état d'ébriété. Et maintenant, il s'apprêtait à faire quelque chose de très très mal. Il allait tuer un homme.

Par chance, il avait récupéré son arme un peu plus tôt dans la journée, après avoir failli l'oublier. Il y avait repensé tout à coup, en farfouillant dans ses vidéos, et s'était dit que c'était dangereux de la laisser dans la maison, à la portée des filles, et qu'il pourrait en avoir besoin pour convaincre ce connard de l'accompagner à l'hôpital.

Par chance, il avait étudié la question à fond.

7. Arme à feu : 8/10.

C'était également une chance qu'il ait fait des recherches sur Internet pour savoir comment s'en servir (*7a*).

Qu'il ait déterminé où il devait viser (*7b*) : à la tête, dans la tempe droite.

Qu'il ait décidé de le faire chez lui (*7c*).

Qu'il sache que l'ambulance arriverait vingt-deux minutes après son appel.

En revanche, quelle malchance que sa fille doive assister à ça ! Mais ce salaud essayait de la tuer. Elle avait cessé de bouger.

Will s'avança vers Heath et lui appuya l'arme contre la tempe droite. « Lâche-la tout de suite, ordonna-t-il. Et lâche ce couteau. »

Heath obéit, et Georgie s'affala sur le sol. Elle toussa, crachota, se redressa sur son séant.

« Sors d'ici, Georgie », lui dit Will.

Il n'aurait pas dû la regarder se traîner vers la porte, en espérant qu'elle était indemne. Cet instant d'inattention avait suffi à Heath pour empoigner le pique-notes en métal sur le bureau et essayer de le lui plonger dans la poitrine.

Will réagit promptement, toutefois. Il para le coup avec sa main gauche. La pique la traversa de part en part, pour s'arrêter à un millimètre de son torse. Environ quatre-vingts bouts de papier périmés portant des listes de choses qui ne seraient jamais faites étaient maintenant épinglés sur sa paume gauche.

Malheureusement, sous l'effet du choc, il avait laissé tomber l'arme qu'il tenait dans l'autre main. Elle voltigea à travers la pièce et atterrit sous le canapé. Heath se jeta à plat ventre pour tenter de s'en emparer.

Will appuya l'extrémité de la pique sur le sol et poussa sa main vers le bas aussi fort qu'il le put. Elle descendit le long de la tige avec une lenteur de supplice, en produisant un petit bruit de succion. Elle finit par entrer en contact avec la moquette et il extirpa le pique-notes, puis secoua sa main ensanglantée pour en décoller les bouts de papier – ces bouts de papier couverts de listes symbolisant l'homme qu'il était autrefois, celui qui ne faisait jamais rien. Empoignant le pique-notes par son socle, il se rua sur Heath, qui, à quatre pattes, s'efforçait toujours d'attraper l'arme en dessous du canapé. Sa tête se trouvait à la hauteur du genou de Will. Poussant un rugissement animal, celui-ci lui enfonça la tige métallique de vingt-cinq centimètres de long dans la tempe droite. Puis il se pétrifia en prenant conscience de ce qu'il venait de faire. Heath se pétrifia également, porta une main à sa tête et la palpa d'un geste hésitant. Était-ce réellement arrivé ? Avait-il réellement une pique plantée dans le crâne ?

Il regarda Will pour en avoir la confirmation. « Qu'est-ce que c'est que ça ? Y a un truc dans ma tête ? Qu'est-ce que t'as foutu ? Dis-le-moi ! »

La main de Will ne tenait plus la base du pique-notes. Il contempla l'homme agenouillé devant lui et toujours bien en vie. Il contempla la pique, dont dix bons centimètres avaient disparu à l'intérieur de son crâne épais.

« Tu sais ce que j'ai fait ? J'ai commencé une chose… »

D'un coup de pied, il renversa Heath sur le flanc. Posant son pied sur le socle du pique-notes, il regarda Heath droit dans les yeux et reprit : « Et maintenant je vais la finir. » Il appuya son pied contre le socle et poussa de toutes ses forces, en fixant sur Heath un regard impassible, jusqu'à ce que la pointe ressorte par l'autre tempe et se plante dans la moquette.

Pourquoi respire-t-il encore, se demanda Will, *alors qu'il a la tête embrochée sur une pique de part en part ? Comment arrive-t-il encore à parler ?* À implorer, une main tendue vers Georgie : « Georgie… Aide-moi. Aide ton papa. Je suis ton père. Tu es la chair de ma chair. »

Georgie garda le silence, observant l'homme en train de s'affaiblir, en train de mourir. « Non, ce n'est pas vrai, déclara-t-elle enfin, plongeant la main sous le canapé pour ramasser l'arme et la tendre à Will. Mon père, c'est lui. »

Pas besoin d'arme à feu. Le pique-notes faisait parfaitement l'affaire. Heath se tut, son regard s'éteignit, du sang s'écoula de sa bouche, de ses oreilles, de ses tempes. Un spasme, un gargouillis, un relâchement de tous les muscles. Il ferma les yeux et cessa de respirer.

Will se tourna vers sa fille. « Je suis désolé, Georgie. Je suis désolé. »

Ils ne pouvaient ni l'un ni l'autre détacher les yeux du mort étendu sur le sol. Qu'avait-il fait ? Il avait tué quelqu'un.

Georgie se pencha et toucha le pouls de Heath. Rien. Elle posa une main sur sa joue, comme si elle espérait ressentir quelque chose, un peu de tristesse devant la mort de cet homme, mais elle la retira aussitôt. Elle n'éprouvait rien. Elle se redressa et regarda Will, qui semblait frappé de catatonie.

« Tu iras en prison, papa. Je ne veux pas que tu ailles en prison », dit-elle. Il ne réagit pas. Elle le saisit par les épaules, le secoua. « Papa ! Écoute-moi, tu ne peux pas aller en prison ! »

Ces mots le ramenèrent à la réalité. Il s'ébroua avec force, comme pour s'éclaircir les idées.

« Tu as raison. Je n'irai pas. À présent, c'est à toi de m'écouter. Il s'est suicidé, déclara-t-il, en posant l'arme à feu de côté.

— Avec ça ? s'exclama-t-elle en montrant le pique-notes. C'est ridicule.

— Non », répondit Will, se penchant vers Heath et saisissant la base de la tige métallique, qui sortit de la tempe du cadavre avec un léger chuintement. Il ramassa le flingue, l'essuya sur son tee-shirt et le plaça dans la main de Heath. Se tournant vers Georgie, il lui ordonna : « Ne regarde pas. Va-t'en ! »

Elle ne bougea pas. Que pouvait-elle voir de pire que ce qu'elle avait déjà vu ?

« J'ai dit : DEHORS ! Tout de suite, Georgie ! »

Elle sortit à reculons, referma la porte et s'affaissa contre le battant, la tête entre les mains.

Un instant plus tard, Will coucha le corps de Heath sur le flanc, sur la moquette imbibée de sang, appuya l'arme contre la tempe droite, s'assura qu'elle était placée selon le bon angle et que la balle effectuerait le même trajet que la pique. Il prit une profonde inspiration et pressa avec force les doigts de Heath sur la détente.

En entendant la détonation, Georgie sursauta, puis se mit à hurler, et ensuite à sangloter.

Quelques minutes après, Will essaya d'ouvrir la porte. « Georgie, laisse-moi sortir. Écarte-toi de cette porte ! »

Elle s'éloigna en rampant de manière à lui permettre de passer. Il s'agenouilla devant elle.

« G, tout va bien. Ne t'affole pas. Je vais faire un peu de ménage, et tu vas rédiger une lettre d'adieu.

— Mais… Comment ? Je ne connais pas son écriture. »

Il lui tendit l'iPhone de Heath. « C'était dans sa poche. Écris un texto. Quelque chose de pas trop compliqué. Puis efface tes empreintes. Pose ses doigts sur le clavier et envoie le texto au Dr Jamieson. J'ai enregistré le numéro dans ses contacts. Tu as compris ? Dis aux médecins de venir ici. Ensuite, pose le téléphone à côté de lui et va te laver. Tu peux y arriver ?

— Oui.

— Quand ce sera fait, nous appellerons Kay. »

54

« PILE OU FACE ? » proposa Will, les mains à plat sur la table toute neuve de leur cuisine récemment retapée. Tous les trois, ils étaient également transformés. Les filles n'étaient plus jaunes, et Will n'était plus triste. Les cheveux de Kay étaient beaucoup plus longs et Georgie avait teint les siens en noir.

« Pile », répondit Georgie.

Lentement, Will souleva sa main. Le portrait de la reine tourné contre la table.

« Ha ! s'exclama Georgie.

— Alors, où veux-tu aller ? s'enquit Will.

— Tu sais où ? Sur le canapé. Je veux qu'on regarde tous les trois ton nouveau film en mangeant des chips… pendant une semaine entière !

— Mais il n'est pas prêt ! Il n'est pas encore monté ! objecta Will.

— Je m'en fiche. Je veux le voir », rétorqua Georgie.

Ainsi fut fait.

Tout s'était déroulé à merveille, après la mort de Heath Jones, quelques mois plus tôt. Will avait méticuleusement effacé les empreintes digitales et les taches de sang. Son tir avait été d'une précision parfaite. Les policiers n'avaient pas eu le moindre soupçon et ils avaient emmené Will à l'hôpital afin qu'il puisse être auprès de ses filles au moment de l'opération.

Et sa Georgie chérie avait rédigé le parfait message d'adieu, le texte poignant dont Will avait toujours rêvé.

AU DOCTEUR JAMIESON

J'ai tout raté, j'ai loupé ma vie. Je n'ai jamais aimé. J'ai été un mauvais père.

Je ne leur ai jamais lu d'histoires, je ne les ai jamais serrées dans mes bras quand leur maman leur manquait, je ne les ai jamais emmenées à l'école, regardées jouer au netball, aidées à faire leurs devoirs, réconfortées quand elles n'avaient pas le moral. Je ne les ai jamais aimées de manière à la fois équitable et distincte. Je ne suis jamais resté assis à côté d'elles des heures d'affilée durant leurs séances de dialyse, semaine après semaine, tandis qu'elles attendaient la mort. Je n'ai pas été cet homme-là. J'ai été quelqu'un de mauvais. Je n'ai jamais agi que par égoïsme. Jamais aimé. Le moment est venu de me racheter. Ceci sera mon histoire d'amour, mon sacrifice, mon cadeau. Pardon de faire ça devant témoins, mais je veux être sûr qu'elles seront conduites immédiatement à l'hôpital, en même temps que mon corps. Je vous en prie, faites en sorte que mes filles reçoivent de moi ce dont elles ont besoin.

C'était signé :

Heath Jones
Père.

Collection « Littérature étrangère »

ADAMS Poppy
Le Temps des métamorphoses

ADDERSON Caroline
La Femme assise

AGUÉEV M.
Roman avec cocaïne

ALI Monica
Sept mers et treize rivières
Café Paraíso
En cuisine
La Véritable Histoire de Lady L.

ALLISON Dorothy
Retour à Cayro

ANDERSON Scott
Triage
Moonlight Hotel

ARLT Roberto
Les Sept Fous
Les Lance-Flammes

ARPINO Giovanni
Une âme perdue
Le Pas de l'adieu
Mon frère italien

AUSLANDER Shalom
La Lamentation du prépuce
Attention Dieu méchant
L'Espoir, cette tragédie

BAXTER Charles
Festin d'amour

BENIOFF David
24 heures avant la nuit

BLOOM Amy
Ailleurs, plus loin

BROOKNER Anita
Hôtel du Lac
États seconds
La Vie, quelque part
Une chute très lente
Une trop longue attente
Fêlures
Le Dernier Voyage

BROOKS Geraldine
Le Livre d'Hanna
La Solitude du Dr March
L'Autre Rive du monde

BROWN Clare
Un enfant à soi

CABALLERO Antonio
Un mal sans remède

CAÑÓN James
Dans la ville des veuves intrépides

CONNELL D. J.
Julian Corkle est un fieffé menteur
Sherry Cracker et les sept voleurs

CONROY Pat
Le Prince des marées
Le Grand Santini

COURTENAY Bryce
La Puissance de l'Ange

CUNNINGHAM Michael
La Maison du bout du monde
Les Heures
De chair et de sang
Le Livre des jours
Crépuscule

DORRESTEIN Renate
Vices cachés
Un cœur de pierre
Sans merci
Le Champ de fraises
Tant qu'il y a de la vie

DOUGHTY Louise
Je trouverai ce que tu aimes

DUNANT Sarah
La Courtisane de Venise
Un cœur insoumis

DUNMORE Helen
Un été vénéneux
Ils iraient jusqu'à la mer
Malgré la douleur
La Faim
Les Petits Avions de Mandelstam
La Maison des orphelins

EDELMAN Gwen
Dernier refuge avant la nuit

ELTON Ben
Nuit grave
Ze Star

FERRARIS Zoë
La Disparue du désert
Les Mystères de Djeddah

FEUCHTWANGER Lion
Le Juif Süss

FLANAGAN Richard
La Fureur et l'Ennui
Désirer

FREY James
Mille morceaux
Mon ami Leonard

FROMBERG SCHAEFFER Susan
Folie d'une femme séduite

FRY Stephen
L'Hippopotame
Mensonges, mensonges
L'île du Dr Mallo

GALE Patrick
Chronique d'un été
Une douce obscurité
Tableaux d'une exposition
Jusqu'au dernier jour

GARLAND Alex
Le Coma

GEE Maggie
Ma bonne

GEMMELL Nikki
Les Noces sauvages
Love Song

GILBERT David
Les Normaux
Les Marchands de vanité

GUSTAFSSON Lars
La Mort d'un apiculteur

HAGEN George
La Famille Lament
Les Grandes Espérances du jeune Bedlam

HODGKINSON Amanda
22 Britannia Road

HOMES A. M.
Mauvaise mère

HOSSEINI Khaled
Les Cerfs-Volants de Kaboul
Mille soleils splendides
Les Cerfs-Volants de Kaboul (roman graphique)

JOHNSTON Jennifer
Petite musique des adieux
Ceci n'est pas un roman
De grâce et de vérité
Un Noël en famille

JONES Kaylie
La fille d'un soldat ne pleure jamais
Dépendances

JORDAN Hillary
Mississippi
Écarlate

KAMINER Wladimir
Musique militaire
Voyage à Trulala

KANON Joseph
L'Ultime Trahison
L'Ami allemand
Alibi

KENNEDY Douglas
La Poursuite du bonheur
Rien ne va plus
Une relation dangereuse
L'homme qui voulait vivre sa vie
Les Désarrois de Ned Allen
Les Charmes discrets de la vie conjugale
Piège nuptial
La Femme du Ve
Quitter le monde
Cet instant-là

KLIMKO Hubert
La Maison de Róża
Berceuse pour un pendu
Les Toutes Premières Choses

KNEALE Matthew
Les Passagers anglais
Douce Tamise
Cauchemar nippon
Petits crimes dans un âge d'abondance
Maman, ma sœur, Hermann et moi

KOCH Herman
Le Dîner

LAMB Wally
Le Chant de Dolorès
La Puissance des vaincus
Le Chagrin et la Grâce

LAW Benjamin
Les Lois de la famille

LAWSON Mary
Le Choix des Morrison
L'Autre Côté du pont

LEONI Giulio
La Conjuration du Troisième Ciel
La Conspiration des miroirs
La Croisade des ténèbres

LI YIYUN
Un millier d'années de bonnes prières
Un beau jour de printemps

LISCANO Carlos
La Route d'Ithaque
Le Fourgon des fous
Souvenirs de la guerre récente
L'Écrivain et l'Autre
Le Lecteur inconstant suivi de *Vie du corbeau blanc*

LOTT Tim
Frankie Blue
Lames de fond
Les Secrets amoureux d'un don Juan
L'Affaire Seymour

MADDEN Deirdre
Authenticité

MARCIANO Francesca
L'Africaine
Casa Rossa
La Fin des bonnes manières

MCCANN Colum
Danseur
Les Saisons de la nuit
La Rivière de l'exil
Ailleurs, en ce pays
Le Chant du coyote
Zoli
Et que le vaste monde poursuive sa course folle

MCCOURT Frank
Les Cendres d'Angela
C'est comment l'Amérique ?
Teacher Man, un jeune prof à New York

MCGARRY MORRIS Mary
Mélodie du temps ordinaire
Fiona Range
Un abri en ce monde
Une douloureuse absence
Le Dernier Secret
À la lueur d'une étoile distante

MERCURIO Jed
La Vie sexuelle d'un Américain sans reproche

MILLS Jenni
Le Murmure des pierres

MORTON Brian
Une fenêtre sur l'Hudson
Des liens trop fragiles

MURAKAMI Haruki
Au sud de la frontière, à l'ouest du soleil
Les Amants du Spoutnik
Kafka sur le rivage
Le Passage de la nuit
La Ballade de l'impossible
L'éléphant s'évapore
Saules aveugles, femme endormie
Autoportrait de l'auteur en coureur de fond
Sommeil
1Q84 (Livre 1)
1Q84 (Livre 2)
1Q84 (Livre 3)
Chroniques de l'oiseau à ressort
Les Attaques de la boulangerie
Underground

NICHOLLS David
Un jour
Pourquoi pas ?

O'CONNOR Scott
Ce que porte la nuit

O'Dell Tawni
Le Temps de la colère
Retour à Coal Run
Le ciel n'attend pas
Animaux fragiles

O'Farrell Maggie
Quand tu es parti
La Maîtresse de mon amant
La Distance entre nous
L'Étrange Disparition d'Esme Lennox
Cette main qui a pris la mienne

Owens Damien
Les Trottoirs de Dublin

Parland Henry
Déconstructions

Payne David
Le Dragon et le Tigre : confessions d'un taoïste à Wall Street
Le Monde perdu de Joey Madden
Le Phare d'un monde flottant
Wando Passo

Pears Iain
Le Cercle de la Croix
Le Songe de Scipion
Le Portrait
La Chute de John Stone

Penney Stef
La Tendresse des loups
Le Peuple des invisibles

Pickard Nancy
Mémoire d'une nuit d'orage

Pizzolatto Nic
Galveston

Pollen Bella
L'Été de l'ours

Radulescu Domnica
Un train pour Trieste

Ravel Edeet
Dix mille amants
Un mur de lumière

Raymo Chet
Le Nain astronome
Valentin, une histoire d'amour

Robertis Carolina De
La Montagne invisible

Rolón Gabriel
La Maison des belles personnes

Rosen Jonathan
La Pomme d'Ève

Sansom C. J.
Dissolution
Les Larmes du diable
Sang royal
Un hiver à Madrid
Prophétie
Corruption

Savage Thomas
Le Pouvoir du chien
La Reine de l'Idaho
Rue du Pacifique

Schwartz Leslie
Perdu dans les bois

Sewell Kitty
Fleur de glace

Sharpe Tom
Fumiers et Cie

Panique à Porterhouse
Wilt 4
Le Gang des mégères inapprivoisées ou Comment kidnapper un mari quand on n'a rien pour plaire
Wilt 5 – Comment enseigner l'histoire à un ado dégénéré en repoussant les assauts d'une nymphomane alcoolique

SHIPSTEAD Maggie
Plan de table

SHREVE Anita
Le Poids de l'eau
Un seul amour
La Femme du pilote
Nostalgie d'amour
Ultime rencontre
La Maison du bord de mer
L'Objet de son désir
Une lumière sur la neige
Un amour volé
Un mariage en décembre
Le Tumulte des vagues
Une scandaleuse affaire
Un jour après l'autre

SHRIVER Lionel
Il faut qu'on parle de Kevin
La Double Vie d'Irina
Double faute
Tout ça pour quoi

SMITH Tom Rob
Enfant 44

SOLER Jordi
Les Exilés de la mémoire
La Dernière Heure du dernier jour
La Fête de l'Ours

SWARUP Vikas
Les Fabuleuses Aventures d'un Indien malchanceux qui devint milliardaire
Meurtre dans un jardin indien

TOLTZ Steve
Une partie du tout

TSIOLKAS Christos
La Gifle
Jesus Man

ULINICH Anya
La Folle Équipée de Sashenka Goldberg

UNSWORTH Barry
Le Nègre du paradis
La Folie Nelson

VALLEJO Fernando
La Vierge des tueurs
Le Feu secret
La Rambla paralela
Carlitos qui êtes aux cieux

VREELAND Susan
Jeune fille en bleu jacinthe

WATSON Larry
Sonja à la fenêtre

WEBB Katherine
L'Héritage

WEISGARBER Ann
L'Histoire très ordinaire de Rachel Dupree

WELLS Rebecca
Fleurs de Ya-Ya

WEST Dorothy
Le Mariage

WINGFIELD Jenny
Les Ailes de l'ange

ZHANG Xianliang
La mort est une habitude
La moitié de l'homme, c'est la femme

ZWEIG Stefan
Le Monde d'hier. Souvenirs d'un Européen

Composé par Nord Compo Multimédia
7, rue de Fives, 59650 Villeneuve-d'Ascq

Cet ouvrage a été imprimé en France par

CPi
BUSSIÈRE

à Saint-Amand-Montrond (Cher)
en février 2013

Numéro d'impression : 124550
Dépot légal : février 2013

FSC
www.fsc.org
MIXTE
Issu de sources responsables
FSC® C003309